Formaturas Infernais

Meg Cabot
Stephenie Meyer
Michele Jaffe
Kim Harrison
Lauren Myracle

Tradução de
Camila Mello

14ª EDIÇÃO

galera
RECORD
Rio de Janeiro | 2010

CIP-BRASIL. CATALOGAÇÃO-NA-FONTE
SINDICATO NACIONAL DOS EDITORES DE LIVROS, RJ.

F82 Formaturas infernais / contos de Meg Cabot... [et al.]; tradução
14ª ed. de Camila Mello. – 14ª ed. – Rio de Janeiro: Galera Record, 2010.

Tradução de: Prom nights from hell
ISBN 978-85-01-08536-8

1. Conto americano. I. Cabot, Meg, 1967- . II. Mello, Camila.

CDD: 813
09-0776 CDU: 821.111(73)-3

"A filha da exterminadora" copyright © 2007 by Meg Cabot LLC
"O buquê" copyright © 2007 by Lauren Myracle
"Madison Avery e a Morte" copyright © 2007 by Kim Harrison
"Salada mista" copyright © 2007 by Michele Jaffe
"Inferno na Terra" copyright © 2007 by Stephenie Meyer

Publicado mediante acordo com HarperCollins Children's Books, uma
divisão de HarperCollins Publishers

Todos os direitos reservados.
Proibida a reprodução, no todo ou
em parte, através de quaisquer meios.

Design de capa: Sergio Campante
Composição de miolo: Abreu's System

Texto revisado segundo o novo Acordo Ortográfico
da Língua Portuguesa.

Direitos exclusivos de publicação em língua portuguesa
somente para o Brasil adquiridos pela
EDITORA RECORD LTDA.
Rua Argentina 171 – Rio de Janeiro, RJ – 20921-380 – Tel.: 2585-2000
que se reserva a propriedade literária desta tradução

Impresso no Brasil

ISBN 978-85-01-08536-8

Seja um leitor preferencial Record.
Cadastre-se e receba informações sobre
nossos lançamentos e nossas promoções.

Atendimento e venda direta ao leitor:
mdireto@record.com.br ou (21) 2585-2002

A filha da exterminadora

MEG CABOT
7

O buquê

LAUREN MYRACLE
59

Madison Avery e a Morte

KIM HARRISON
103

Salada mista

MICHELE JAFFE
173

Inferno na Terra

STEPHENIE MEYER
261

A filha da exterminadora

MEG CABOT

A música bate-estaca soa na mesma batida que o meu coração. Posso sentir o baixo batendo dentro do meu peito — tum tum. É difícil enxergar à minha volta com tantos corpos se contorcendo, ainda mais com a névoa de gelo seco e as luzes bruxuleantes do teto do clube, que criam uma atmosfera um tanto hostil.

Mas sei que ele está aqui. Posso senti-lo.

É por isso que sou muito grata a todos esses corpos que se contorcem em volta de mim. Eles me mantêm longe da visão dele — e ainda disfarçam a minha presença. Caso contrário, ele já teria sentido o meu cheiro. Eles conseguem detectar qualquer rastro de medo a uma distância enorme.

Não que eu esteja com medo, porque não estou nem um pouco.

Bom, talvez um pouco.

Mas trago uma arma comigo: a minha besta Excalibur Vixen 285 FPS, com uma flecha Easton XX75 de quase 70 centímetros (a antiga ponta de ouro foi substituída por outra talhada a mão), pronta para ser lançada com um simples toque do meu dedo.

Ele nunca vai saber o que o atingiu.

E com sorte, nem ela.

O mais importante é dar um tiro certeiro — o que não será fácil com tantas pessoas aqui — e fatal. É bem provável que eu só tenha uma chance para atirar. Então, ou eu acerto o alvo... ou ele me acerta.

— Aponte sempre para o peito — mamãe costumava dizer. — É a parte mais larga do corpo, um alvo difícil de errar. É claro que é mais fácil matar do que machucar quando você mira no peito, em vez de mirar na perna ou no braço... mas para que machucar, não é? A ideia é acabar com eles.

E foi para isso mesmo que vim aqui esta noite. Para acabar com eles.

A Lila vai me odiar quando descobrir o que aconteceu de verdade... e ainda mais quando souber que fui eu que fiz tudo aquilo.

Mas também o que ela queria que eu fizesse? Não é possível. Será que Lila achava que eu ia ficar parada assistindo ela jogar sua vida fora?

— Conheci um cara — disse ela no almoço hoje enquanto estávamos na fila do bufê de saladas. — Meu Deus, Mary, você não vai acreditar no quanto ele é fofo. O nome dele é Sebastian. Ele tem os olhos mais azuis que você já viu.

O que as pessoas não entendem sobre a Lila é que, por trás daquela aparência — temos que admitir — de vagabunda, bate o coração de uma amiga verdadeiramente leal. Ao contrário das outras meninas do Santo Elígio, Lila nunca me tratou mal por meu pai não ser um megaempresário ou cirurgião plástico.

Tudo bem, admito, eu tenho que filtrar mais ou menos três quartos do que ela fala porque, em sua maioria, são assuntos que não me interessam — tipo, o quanto ela pagou pela bolsa Prada na liquidação da Saks, e qual a tatuagem tosca que ela quer fazer quando voltar a Cancun.

Mas essa nossa conversa realmente me deixou encucada.

— Lila — perguntei —, e o Ted?

Afinal, Ted era seu principal assunto desde que ele finalmente criou coragem de chamá-la para sair no ano passado. Quer dizer, era o principal assunto ao lado das bolsas Prada em liquidação e da tatuagem de vagaba na parte inferior das costas.

— Ah, isso já era — disse Lila, selecionando as folhas de alface com o pegador. — O Sebastian vai me levar para sair hoje à noite, vamos ao Swig. Ele disse que consegue nos colocar lá dentro... ele está na lista VIP.

Não foi o fato de esse cara, seja lá quem fosse, dizer que estava na lista VIP da boate mais nova e exclusiva do centro de Manhattan que me fez sentir calafrios. Não me entendam mal: a Lila é linda. Se alguma garota tiver que ser, de repente, abordada por um estranho que diz estar na lista VIP mais cobiçada da cidade, essa garota tem que ser a Lila.

Foi a situação com o Ted que me deixou intrigada. A Lila adora o Ted. Eles são aquele típico casal perfeito da escola. Ela é linda, ele é um atleta admirado... é uma união no paraíso hormonal.

E é por isso que aquilo que ela estava me contando não batia.

— Lila, como você pode simplesmente dizer que já era? — indaguei. — Vocês estão juntos desde sempre. Ou pelo menos desde quando eu cheguei ao ensino médio do Santo Elígio, em setembro, quando Lila foi a primeira (e, até hoje, a única) menina da sala que falou comigo. — E ainda tem a formatura neste fim de semana!

— Eu sei — disse Lila com um suspiro contente. — O Sebastian vai me levar.

— Seb...

Foi aí que eu entendi. Entendi *tudo*

— Lila — disse eu —, olha para mim.

Lila então baixou seus olhos. Afinal eu sou baixinha. Baixinha, mas bem rapidinha, como minha mãe costumava dizer. E então eu percebi aquilo que eu devia ter me dado conta assim que ela apareceu com aquela expressão sutilmente apagada — os olhos entorpecidos... a boca mole — que, depois de tanto tempo, eu já sabia muito bem reconhecer.

Não dava para acreditar. Ele havia atingido a minha melhor amiga. A minha *única* amiga.

Pois bem. O que eu ia fazer agora? Ficar sentada e deixá-lo agir?

Não, isso não. Dessa vez, não.

Era de se esperar que uma garota com uma arma daquele tamanho no meio da pista de dança da mais nova e badalada boate de Manhattan fosse gerar algum murmurinho. Mas isso aqui *é* Manhattan. Além disso, todos estão se divertindo muito para me notar. Até mesmo...

Ai, meu Deus. É ele. Eu não acredito que estou vendo o cara em carne e osso...

Na verdade, é o filho dele.

Ele é mais bonito do que eu achei que fosse. Ele tem cabelos dourados e olhos azuis, os lábios perfeitos como os de atores de cinema e os ombros bem largos. Ele também é alto — assim como a maioria dos meninos é, comparando ainda mais comigo.

Se ele for um pouquinho parecido com o pai dele, então eu entendo. Finalmente, eu entendo.

Pelo menos eu acho que sim. Eu ainda não...

Ai, eu não acredito. Ele sentiu o meu olhar. Agora está se virando para cá...

É agora ou nunca. Então eu ergo a arma. *Adeus, Sebastian Drake. Aaeus para sempre.*

Quando eu finalmente tenho a camisa branca dele sob a minha mira, algo inacreditável acontece: uma explosão vermelho-cereja surge exatamente na frente do ponto que eu estava mirando.

Acontece que eu nem puxei o gatilho.

E a espécie dele não sangra.

— O que é isso, Sebastian? — pergunta Lila, movendo-se na frente dele.

— Droga! Alguém... — Eu observo Sebastian tirar o olhar azulado e espantado da mancha escarlate em sua blusa e direcioná-lo para Lila. — *Atiraram* em mim.

Verdade. Alguém *realmente* atirou nele.

E esse alguém não fui eu.

Porém, não é só isso que não faz sentido. Ele está *sangrando*.

Isso não é possível.

Sem saber o que fazer, me escondo atrás de uma pilastra, abraçando a Vixen contra o meu peito. Preciso me reestruturar e pensar nos meus próximos movimentos. Nada disso pode estar acontecendo de verdade. Não é possível que eu tenha me enganado quanto a ele. Eu fiz a pesquisa. Tudo faz sentido... O fato de ele estar aqui em Manhattan... o fato de ele ter procurado a minha melhor amiga, entre tantas outras pessoas... a expressão distante de Lila... tudo.

Tudo, menos o que acabou de acontecer.

Eu vou simplesmente ficar aqui, parada, olhando. Tive o tiro perfeito ao meu alcance, mas não acabei com ele.

Ou acabei? Se ele está sangrando, então é porque ele é humano. Não é?

Só que, se ele é humano e levou um tiro no peito, *por que ele ainda está em pé?*

Meu Deus.

O pior de tudo é que... ele me viu. Eu tenho quase certeza de que o olhar vil dele passou por mim. O que ele vai fazer agora? Virá atrás de mim? Se vier, a culpa é toda minha. Mamãe me *disse* para nunca fazer isso. Ela sempre dizia que uma caçadora não trabalha sozinha. Por que eu não dei ouvidos a ela? No que, exatamente, eu estava pensando? É este o problema, é claro. Eu não pensei em nada, deixei que minhas emoções me guiassem. Eu não podia deixar que Lila passasse pelo que mamãe passou. E agora vou ter que pagar por isso.

Assim como mamãe pagou.

Agoniada, tento não pensar sobre a reação de papai ao receber a polícia de Nova York às quatro da manhã pedindo que ele vá ao necrotério a fim de identificar o corpo de sua única filha. Minha garganta estará exposta, e sabe-se lá que outras atrocidades terão sido feitas em meu corpo trucidado. Tudo porque eu não fiquei em casa hoje à noite fazendo o meu trabalho de história dos Estados Unidos para a Sra. Gregory, como eu deveria ter feito (tema: o movimento de paz antes da Guerra Civil Americana, duzentas palavras, espaço duplo, para segunda-feira).

Uma nova música começa. Escuto Lila berrar:

— Aonde você vai?

E agora? Ele está vindo.

E ainda faz questão que eu saiba que ele está vindo. Ele está brincando comigo agora... assim como seu pai brincou com a minha mãe, antes que ele... Bem, antes de fazer o que ele fez com ela.

Então, eu escuto um som estranho — um *ffffuuush* — seguido por outra exclamação:

— Droga!

O que está acontecendo?

— Sebastian. — A voz de Lila demonstra espanto.

— Tem alguém atirando ketchup em você!

O quê? Ela falou... *ketchup?*

Eu me viro cuidadosamente para o outro lado da pilastra a fim de checar o que Lila havia falado, e então eu o vejo.

Não o Sebastian. O atirador.

Eu mal posso acreditar nisso.

O que *ele* está fazendo aqui?

Adam

É tudo culpa do Ted. Foi ele quem disse que nós devíamos segui-los no dia do encontro.

Eu, sem entender bulhufas, perguntei:

— Mas por quê?

— Porque ele é furada, cara — disse Ted.

Só que não tinha como Ted saber disso. Sebastian Drake havia basicamente aparecido do nada na frente do prédio da Lila na Park Avenue na noite anterior. Ted nunca nem o havia conhecido. Como ele podia saber alguma coisa sobre o garoto? Como?

Quando eu mencionei minhas dúvidas, Ted disse:

— Cara, você *olhou* para ele?

Eu tenho que admitir que meu amigo T tem razão. De fato, o cara parece ter saído de um catálogo de revista de moda Abercrombie & Fitch, ou algo do gênero. Não se pode confiar em um cara que seja tão assim... *perfeito*.

No entanto, eu não concordo em ficar seguindo pessoas. Não é legal. Mesmo que, como Ted lembrou, seja para assegurar que Lila não se meta em confusão. Eu sei que a Lila é namorada do Ted — ex-namorada agora, graças ao Drake.

Sei também que ela não é lá muito flor que se cheire.

Porém, segui-la no dia do seu encontro com um cara? Isso parecia ser uma perda de tempo maior do que ficar fazendo o trabalho de história de duzentas palavras, espaço duplo, com prazo para segunda-feira, da Sra. Gregory.

Ainda por cima, Ted sugeriu que eu trouxesse a pistola Beretta 9 milímetros.

O problema é que, mesmo sendo apenas uma pistola de água, as armas de brinquedo que parecem ser reais são proibidas em Manhattan.

Por isso, nunca tive muita oportunidade de usar a minha pistola, e Ted sabia disso.

E, provavelmente, foi exatamente por esse motivo que ele insistiu tanto em dizer que seria hilário se nós deixássemos o cara totalmente molhado. Ele sabia que eu não seria capaz de resistir.

O ketchup foi ideia minha.

Tudo bem, é *bem* infantil.

O que mais eu tenho para fazer em uma noite de sexta-feira? Topar essa missão seria bem mais divertido do que ficar escrevendo um trabalho de história.

Enfim, falei para o T que só concordaria com o plano se eu fosse o atirador. Ted achou melhor ainda.

— Eu tenho que descobrir, cara — disse ele, balançando a cabeça.

— Descobrir o quê?

— O que esse tal de Sebastian tem que eu não tenho — respondeu.

Eu poderia ter respondido, é claro. Quer dizer, é bem óbvio, para qualquer pessoa que olhe para o Drake, que ele tem coisas que o Ted não tem. Ted é um cara bonitão e tudo o mais, mas não do tipo Abercrombie. Eu preferi não falar nada, visto que T estava mesmo chateado com aquilo. Eu até podia entender o porquê. A Lila é aquele tipo de garota, sabe? Com olhos castanhos bem grandes e outras partes bem grandes também. Contudo, eu não vou levar esse tipo de coisa em consideração. Vou seguir o toque da minha irmã. Segundo Veronica, eu preciso parar de ver as mulheres como objetos sexuais e começar a enxergá-las como futuras parceiras na inevitável luta em busca de sobrevivência em um Estados Unidos pós-apocalíptico (assunto sobre o qual Veronica está escrevendo sua tese, pois ela sente que o apocalipse vai acontecer em algum momento na próxima década devido ao atual estado de fanatismo religioso e descaso ambiental no país, características que existiam durante a queda de Roma e de várias outras sociedades extintas).

Foi assim que eu e T viemos parar na Swig, atirando ketchup em Sebastian Drake com a minha Beretta 9 milímetros e uma pistola de água — felizmente, o tio de T, Vinnie, é o distribuidor de bebidas da boate e nos ajudou a entrar sem ter que passar pelo detector de metais, como todos os clientes são obrigados a passar.

Sei que era para eu estar em casa fazendo o trabalho da Sra. Gregory, mas que mal há em se divertir um pouco, não é mesmo?

E era *muito* divertido ver aquelas manchas aparecendo no peito do cara. Meu amigo T estava gargalhando como não fazia desde que Lila mandou aquela mensagem de texto durante o almoço dizendo que ele teria que ir sozinho à formatura, pois ela iria com o Drake.

Estava tudo indo bem... até eu perceber que Drake estava olhando para a pilastra do outro lado da pista de dança. Isso não fazia sentido algum. Ele deveria estar olhando em nossa direção, mais especificamente em direção a área VIP (obrigado, tio Vinnie), considerando que era dali que o ataque de ketchup estava sendo feito.

Foi então que eu percebi que havia alguém atrás da pilastra.

E não era uma pessoa *qualquer*, e sim Mary, a menina nova da aula de história americana, aquela que não fala com ninguém, só com a Lila.

E ela estava segurando uma besta.

Uma *besta*.

Como foi que ela conseguiu passar com uma arma pelo detector de metais? Não é possível que ela conheça o tio do Ted.

Isso não importa. O que importa é que Drake está olhando para a pilastra atrás da qual Mary está encolhida, como se ele conseguisse enxergar através do concreto. Tem algo estranho na forma como ele olha para ela. É algo que me faz sentir... bem, por algum motivo, eu *não* quero que ele continue olhando para ela.

— Idiota — sussurro. Refiro-me a Drake, mas também a mim. Eu miro e atiro mais uma vez.

— Nossa, na lata — exclama Ted, alegremente. — Viu isso? Bem no traseiro!

Esse tiro chamou a atenção de Drake. Ele se vira...

...e, de repente, eu passo a entender o que a expressão "olhos fumegantes" significa. Aquela expressão que tem em livros tipo os do Stephen King, sabe? Nunca achei que fosse realmente ver um par de olhos daqueles.

Porém, é exatamente esse tipo de olhar que Drake tem. Ele nos encara. Seus olhos parecem feitos de fogo.

"Vem", eu penso, olhando para Drake. "Isso mesmo. Venha até aqui, Drake. Quer brigar? Eu tenho muito mais do que ketchup, cara."

Isso não é exatamente uma verdade. No entanto, isso não faz a menor diferença, afinal Drake não veio até aqui em nenhum momento.

Em vez de vir, ele simplesmente desaparece.

Eu não quis dizer que ele vira as costas e sai da boate.

Eu quis dizer que, num minuto, ele estava em pé ali, e no minuto seguinte... bem, ele se foi. Por um instante, pareceu inclusive que a névoa de gelo seco ficou ainda mais grossa — e quando ela se dissipou, Lila estava dançando sozinha.

— Segure isto — digo, entregando a Beretta ao Ted.

— Como assim... — Ted vasculha a pista com o olhar. — Onde ele foi?

Mas eu já não estava mais perto dele.

— Pegue a Lila — berro para Ted — e me encontre na entrada.

Ted fala um palavrão ou dois, mas ninguém escuta. A música está muito alta, e todos estão se divertindo bastante. Se o pessoal nem notou que estávamos atirando em um cara com uma arma cheia de ketchup — ou que esse cara literalmente sumiu no meio do nada —, eles não vão ligar para os palavrões de Ted.

Eu vou até a pilastra e olho para baixo.

Ela está lá, respirando rapidamente, como se tivesse acabado de correr uma maratona. Ela segura a besta junto ao peito como se fosse o cobertor de uma criança. Seu rosto está branco como uma folha de papel.

— Ei — digo para ela com calma. Eu não quero assustá-la.

Porém, ela acaba se assustando. E praticamente pula ao ouvir a minha voz, virando seus olhos arregalados e assustados para mim.

— Ei, calma — digo eu. — Ele já foi. Tá bom?

— Foi? — Seus olhos, verdes como o gramado do Central Park em maio, me encaram. Não tem como não notar o terror dentro deles. — Como... Anh?

— Ele simplesmente sumiu — respondo, encolhendo os ombros. — Eu o vi olhando para você. Então, eu atirei.

— Você o *quê*?

Vejo que o terror dela desapareceu tão repentinamente quanto o Drake. No entanto, ao contrário dele que sumiu sem deixar vestígios, alguma coisa ficou no lugar do terror: a raiva. Mary está *furiosa*.

— Meu Deus, Adam — diz ela —, você enlouqueceu? Tem alguma noção de *quem* aquele cara é?

— Tenho — eu respondo. A verdade é que ela fica bem bonita quando está com raiva. Nem acredito que nunca percebi isso antes. Bom, acho que também nunca vi Mary furiosa. Afinal, não há muito com o que se irritar nas aulas da Sra. Gregory. — Ele é o novo cara da Lila. Ele é muito idiota. Você notou as calças dele?

Mary simplesmente balança a cabeça.

— O que você está fazendo aqui? — pergunta ela com uma voz um tanto surpresa.

— Acho que o mesmo que você — respondo, olhando para a sua arma —, só que você está mais bem equipada do que eu. Onde você *arrumou* esse troço? Você pode ter isso em Manhattan?

— Olhe quem fala — respondeu ela, falando da Beretta.

Eu levanto as mãos como se dissesse "eu me rendo."

— Ei, mas aquilo era só ketchup. Essa ponta aí não parece ser de borracha, não. Você podia machucar alguém de verdade...

— Essa é a ideia — responde Mary.

Há tanta animosidade na voz dela — parece que ela segue o conselho da minha mãe, que sempre fala para mim e para Veronica que devemos nos expressar claramente em vez de apenas sugerir as coisas — que não me restam dúvidas. Entendi tudo. Eu simplesmente *saquei*.

O Drake é ex-namorado dela.

Tenho que admitir que me senti meio estranho quando percebi isso. Eu gosto dela. Dá para perceber que Mary é bem esperta — ela sempre lê as coisas que a Sra. Gregory pede —, e, na verdade, o fato de ela andar com Lila prova que ela não é esnobe, quando todas as meninas no Santo Elígio não dão a mínima para Lila... desde quando aquela foto tirada com um celular circulou pela escola mostrando exatamente o que ela e Ted andavam fazendo no banheiro durante uma festa no centro da cidade.

Não que eu ache que o que eles estavam fazendo é errado, se você quer saber.

Mesmo assim, estou um pouco desapontado. Achava que uma menina como Mary tivesse o bom gosto de escolher companheiros melhores do que Sebastian Drake.

Isso só comprova que aquilo que Veronica sempre fala é verdade: as coisas que eu não sei sobre mulheres são tantas que poderiam encher o East River.

Eu não acredito. Não dá para acreditar que estou no beco ao lado da Swig falando com Adam Blum, que senta atrás de mim durante as aulas de história da Sra. Gregory. Sem mencionar Teddy Hancock, o melhor amigo de Adam.

E ex-namorado da Lila.

Aquele que está sendo completamente ignorado por ela.

Eu peguei a flecha com ponta de freixo e a recoloquei na bolsa. Já percebi que não vai rolar nenhum extermínio nesta noite.

Se bem que eu deveria estar agradecida por *não* ter sido exterminada. Se não fosse por Adam... eu não estaria em pé aqui agora, tentando explicar para ele algo que é... bem, quase inexplicável.

— Falando sério, Mary. — Adam está olhando para mim com os olhos castanhos sombrios. Que engraçado eu nunca ter notado o quanto ele é bonito. Claro que ele não é nenhum Sebastian Drake. Adam tem o cabelo tão escuro quanto o meu; suas íris são negras e densas como um xarope, e não azuis como o mar.

Mesmo assim, ele até causa boa impressão com seus largos ombros de nadador — ele já levou o Santo Elígio às finais do campeonato regional por dois anos consecutivos com o nado borboleta — e com mais de 1,80m de altura (bem mais alto do que os meus meros 1,52 metros, dos quais eu não sou muito fã). Ele é um pouco mais que um aluno qualquer. Além do mais, se contarmos as meninas que suspiram quando ele passa no corredor, podemos até dizer que ele é popular (não que ele perceba isso).

Ele está olhando para mim com toda a atenção agora.

— O que está rolando? — Adam quer saber, levantando uma de suas sobrancelhas escuras em sinal de suspeita. — Entendo o Ted odiar o Drake, afinal o cara roubou a garota dele. Mas o que *você* tem a ver com isso?

— É pessoal — respondo. Meu Deus, isso não é *nada* profissional. Minha mãe vai me matar quando descobrir.

Se ela descobrir.

Por outro lado... o Adam *realmente* salvou a minha vida. Mesmo que não soubesse muito bem o que estava fazendo. Drake teria me estripado — ali, na frente de todos — sem nem pensar duas vezes.

A não ser que ele quisesse brincar comigo antes. Conhecendo o pai dele, é exatamente isso que ele teria feito.

Devo muito ao Adam.

— Mesmo.

Mas eu não quero que ele saiba disso.

— Como você entrou lá? — pergunta Adam. — Nem tente dizer que você passou pelo detector de metais com esse trambolho aí.

— Claro que não — respondo. É impressionante o quanto esses meninos parecem tão bobos de vez em quando. — Eu entrei pela claraboia.

— No *teto*?

— É onde as claraboias geralmente ficam — eu explico.

— Você é tão imaturo — diz Lila ao Ted num tom suave e leve, apesar de o conteúdo de sua fala indicar o oposto disso. Ela não consegue agir de forma diferente porque está presa ao feitiço de Drake. — O que você estava tentando fazer?

— Você não conhece aquele cara nem há um *dia*, Lila. — As mãos de Ted estão enterradas nos bolsos. Ele parece envergonhado... mas não perde a postura. — *Eu* podia ter trazido você à Swig, se era isso que você queria. Por que não me falou? Você conhece o meu tio Vinnie.

— A questão não é a boate a qual Sebastian pode me levar, Ted — responde Lila. — A questão é que... bem, é ele. Ele é... perfeito.

Eu tenho que engolir a ânsia de vômito que quase chegou a minha garganta.

— Ninguém é perfeito, Li — diz Ted, antes que eu tenha a chance de dizê-lo.

— O Sebastian é — responde Lila com seus olhos negros brilhando sob a luz da única lâmpada que ilumina a saída de emergência da boate. — Ele é tão lindo... e inteligente... e cuidadoso... e gentil...

Chega. Já ouvi mais do que posso suportar.

— Lila — interrompo —, cala a boca, sério. Ted tem razão. Você nem conhece o cara. Se conhecesse, nunca diria que ele é gentil.

— Mas ele é — insiste Lila, e o brilho de seus olhos se transforma em brasa. — Você não faz ideia...

Eu nem sei direito o que aconteceu, mas um segundo depois que ela disse isso eu me vejo segurando ela pelos ombros, sacudindo seu corpo. Lila é 15 centímetros mais alta do que eu, e pesa uns quinze quilos a mais. No entanto, isso não importa. Neste momento, tudo o que eu quero fazer é despertar algum senso crítico nela.

— Ele contou, não contou? — Eu me vejo berrando com ela, brutalmente. — Ele contou o que ele é. Ai, Lila. Sua *idiota*. Que menina *burra*.

— Ei — Adam está tentando tirar as minhas mãos dos ombros dela. — Já chega. Vamos nos acalmar aqui...

Então Lila consegue se livrar das minhas mãos e começa a andar ao nosso redor exibindo uma expressão de triunfo.

— Sim — exclama Lila naquele tom de voz exultante que eu reconheço muito bem —, ele me contou. E também me avisou sobre pessoas como você, Mary. Pessoas que não entendem — não *conseguem* entender — que ele vem de uma linha tão ancestral e nobre quanto a de qualquer rei...

— Ai, meu Deus. — Preciso me controlar para não dar um tapa nela. A única coisa que me impede é a mão de Adam segurando o meu braço, quase como se ele tivesse lido a minha mente. — Lila, então você já sabia? *E saiu com ele mesmo assim?*

— Claro que saí — responde Lila, fungando o nariz. — Ao contrário de você, Mary, sou super mente aberta. Não tenho problemas com a espécie dele, como você...

— A espécie dele? A *espécie* dele? — Se não fosse por Adam me segurando (e murmurando, "Ei, calma"), eu teria me jogado em cima dela e tentado restaurar alguma noção de realidade naquela cabeça loira e oca.

— E por acaso ele mencionou de que forma a *espécie dele* sobrevive? O que eles comem — ou melhor, *bebem* — para viver?

Lila faz um ar de desprezo.

— Sim — responde ela —, ele falou. E eu acho que você está causando muita confusão por causa disso. Ele só bebe o sangue que compra de uma clínica de doação de plasma. Ele não *mata*...

— Ah, Lila! — Não consigo acreditar no que estou ouvindo. Quer dizer, na verdade, até consigo, considerando que é a Lila que está falando. Mesmo assim, achei que ela não seria ingênua a ponto de acreditar nessa. — Isso é o que todos dizem. Eles usam esse mesmo papinho com as meninas há séculos. *Ah! Eu não mato humanos.* É tudo papo furado.

— Opa. — Adam afrouxou o toque no meu braço. Mas, infelizmente, agora que eu poderia, não sinto mais a menor vontade de bater em Lila. Fiquei até com nojo.

— O que está acontecendo aqui? — Adam quer saber.

— Quem bebe sangue? Vocês estão falando sobre o... *Drake*?

— É, o Drake — eu respondo, sucintamente.

Adam continua olhando para mim sem acreditar, enquanto o seu amigo Ted faz um comentário:

— Cara — diz ele —, eu sabia que tinha alguma coisa naquele cara que eu não gostava.

— Parem com isso! — exclama Lila. — Todos vocês! Será que não percebem que falam tanta besteira que nem se escutam? Muito menos se tocam que estão se sentindo muito superiores. Sim, Sebastian é um vampiro, mas isso não significa que ele não tem o direito de existir.

— Na verdade — eu respondo —, considerando que ele é uma aberração para a raça humana e que tem se alimentado do sangue de meninas inocentes, como você, por séculos, ele realmente *não* tem o direito de existir.

— Esperem aí, um minuto. — Adam ainda parece não acreditar. — Um *vampiro*? Por favor. Isso é impossível. Vampiros não existem.

— Você é muito pior do que eles! — responde Lila, colocando-se na frente de Adam e batendo o pé.

— Lila — eu chamo, ignorando Adam —, você não pode mais ver esse cara.

— *Ele não fez nada de errado* — insiste Lila —, ele sequer me mordeu, mesmo quando eu implorei que ele o fizesse. Ele disse que me ama *muito* para fazer isso.

— Ai, meu Deus — respondo com desprezo. — Isso é só mais uma mentira que ele está dizendo, Lila. Você não percebe? *Todos* eles falam isso. Ele *não* ama você. Se ele ama, é da mesma forma que um carrapato ama o cachorro cujo sangue ele está sugando.

— *Eu* amo você — diz Ted com uma voz trêmula —, e você me deixou por um *vampiro?*

— Você não entende. — Lila joga os cabelos loiros para trás. — Ele não é um carrapato, Mary. O Sebastian não me morde porque me ama muito. Mas eu sei que consigo mudar a cabeça dele. Porque ele quer ficar comigo para sempre, assim como eu quero ficar com ele para sempre. Eu *sei* disso. E depois de amanhã à noite, nós *ficaremos* juntos para sempre.

— O que tem amanhã à noite? — pergunta Adam.

— A formatura — respondo secamente.

— Isso — continua Lila. — Sebastian vai me levar. E, mesmo que ele ainda não saiba disso, ele vai se entregar para mim. Apenas uma mordida, e eu terei vida eterna. Sério, isso não é muito maneiro? Vocês também não gostariam de viver eternamente, se pudessem?

— Não dessa forma — respondo. Sinto doer algo dentro de mim. Sinto por Lila, sinto por todas as outras meninas que se foram antes dela. E por todas as outras que virão depois, caso eu não interfira.

— Ele vai te encontrar na festa? — eu me força a perguntar. É difícil falar, porque tudo o que quero fazer é chorar.

— Vai — diz Lila. Seu rosto ainda tem a mesma expressão vazia que tinha dentro da boate, assim como hoje mais cedo no refeitório. — Ele não vai conseguir resistir, não quando eu estiver usando o meu vestido novo Roberto Cavalli, e com o meu pescoço exposto sob a luz prateada do luar...

— Acho que vou vomitar — diz Ted.

— Não vai, não — eu digo. — Você vai levar Lila para casa. Tome. — Tiro um crucifixo e duas garrafinhas de água benta da minha bolsa e as entrego para ele. — Se Drake aparecer, o que eu acho bem difícil de acontecer, jogue isto nele. E vá direto para casa depois de deixar Lila.

Ted analisa os objetos que eu o obriguei a segurar.

— Calma aí um pouquinho. Então é isso mesmo? — pergunta ele. — Nós vamos simplesmente deixá-lo *matar* Lila?

— Matar, não — corrige Lila, entusiasmada. — Ele vai me *transformar* em um ser da espécie dele.

— *Nós* não vamos fazer nada — eu digo. — Vocês vão para casa e deixem que eu resolvo a situação. Está tudo sob controle. Apenas tome cuidado para que Lila volte para casa com segurança. Ela vai ficar bem até a festa. *Espíritos do mal não entram em uma casa se não forem convidados.*

— Eu olho para Lila com atenção. — Você não convidou aquele sujeito para entrar na sua casa, não, né?

32

— Até parece — diz Lila, movendo a cabeça — que meu pai deixaria um menino entrar no meu quarto.

— Viu? Vá para casa. Você também — continuo olhando para Adam.

Ted pega Lila pelo braço e começa a levá-la dali.

Todavia, para minha surpresa, Adam fica parado onde está, com as mãos enterradas dentro de seus bolsos.

— Então, quer que eu faça mais alguma outra coisa? — pergunto a ele.

— Sim — diz Adam calmamente. — Para começar, eu quero que você me conte tudo com detalhes. Eu quero entender *tudo*. Porque se o que você está falando é realmente verdade, então graças a mim você não virou pó ao lado daquela pilastra na boate. Pode começar a falar logo.

Adam

Se você tivesse me dito há uma ou duas horas que eu terminaria minha noite no bairro mais chique de Nova York, na cobertura de Mary, a menina da turma de história americana... bem, eu teria dito que você perdeu a noção da realidade.

No entanto, é exatamente onde me encontro neste momento, seguindo os passos de Mary da portaria do prédio — o porteiro sonolento nem demonstra surpresa ao ver a besta — até o elevador. O apartamento é bem luxuoso, todo decorado aos moldes da arquitetura vitoriana, do meio do século XIX — ou, pelo menos, é o que eu acho, considerando todos os móveis que parecem ter saído daquelas minisséries chatas que minha mãe assiste na televisão, com protagonistas chamadas Violeta, Hortência, ou algo assim.

Há livros por *toda* parte — não livros de capa fina de autores como Dan Brown, e sim livros grandes e pesados, com títulos como *Demonologia na Grécia do século XVII* e *O guia da necromancia*. Olhando em volta, eu não vejo nenhuma tela de plasma ou de LCD. Nem mesmo uma televisão convencional.

— Seus pais são professores, ou algo assim? — pergunto à Mary enquanto ela coloca a besta no chão e vai para a cozinha, onde ela abre a geladeira, pega dois refrigerantes, e me oferece um.

— Quase isso — diz Mary. Foi assim que ela se comportou durante o caminho todo até a sua casa: economizando explicações.

Não que isso faça alguma diferença, pois eu já falei para ela que só vou embora quando souber a história toda. O fato é que eu ainda não sei nem o que pensar sobre tudo isso. Quer dizer, estou feliz por saber que Drake não é quem eu achei que fosse — o ex-namorado de Mary. Por outro lado... um *vampiro*?

— Vem aqui — diz Mary, e eu a sigo porque... bem, que outra alternativa eu tenho? Não sei o que estou fazendo aqui. Nem acredito em vampiros. Acho que Lila se envolveu foi com um daqueles caras góticos bizarros que eu vi no *Law & Order* um dia desses.

Todavia, a pergunta de Mary — '*Como você explica, então, que ele tenha desaparecido do nada no meio da pista de dança?*' — me intriga. *Como* ele fez aquilo?

Da mesma forma, existem várias outras perguntas parecidas com aquela que eu não sei responder. Como, por exemplo, esta aqui: Como eu faço para que Mary olhe para mim da mesma forma que a Lila estava olhando para o Drake?

A vida é cheia de mistérios, meu pai sempre diz. Muitos deles estão envolvidos por enigmas.

Mary me leva por um corredor escuro até uma porta parcialmente aberta, de onde vem uma luz. Ela bate na porta e pergunta:

— Pai? Podemos entrar?

Uma voz taciturna responde:

— Pois não.

Então, novamente eu sigo os passos de Mary e entro no quarto mais estranho que eu já vi. Muito estranho principalmente para uma cobertura em um bairro chique de Nova York.

É um laboratório. Vejo tubos de ensaio, provetas e frascos por toda a parte. Em pé, no meio de todos aqueles recipientes, encontra-se um homem com toda pinta de professor, grisalho, alto, vestido com um roupão de banho, examinando uma mistura verde que solta fumaça. O senhor tira o olhar concentrado do recipiente e sorri ao ver Mary entrando no quarto. Seus olhos verdes — idênticos aos de Mary — me observam com curiosidade.

— Olá — diz o homem —, estou vendo que trouxe um amigo para casa. Que bom. Tenho pensado ultimamente, e acho que você passa muito tempo sozinha, moça.

— Pai, esse é o Adam — diz Mary, casualmente. — Ele senta atrás de mim na aula de história americana. Nós vamos para o meu quarto fazer dever.

— Que ótimo — diz o pai de Mary. Parece que ele não percebe que a última coisa que um cara da minha idade vai fazer no quarto de uma menina às duas da madrugada é um dever da escola. — Não fiquem estudando demais, crianças.

— Não ficaremos — diz Mary. — Vamos, Adam.

— Boa noite, senhor — digo ao pai de Mary, que olha para mim sorridente antes de se voltar para o recipiente enfumaçado.

— Está bem — digo à Mary enquanto ela me leva pelo corredor mais uma vez até o seu quarto... que é surpreendentemente utilitário demais para ser de uma garota: uma cama grande, um armário e uma mesa. Ao contrário do quarto de Veronica, tudo aqui está guardado em seu devido lugar, exceto por um laptop e um MP3, que estão jogados na mesa. Dou uma olhada na lista de músicas enquanto ela está procurando alguma coisa no armário. A maioria é rock, tem também R&B, e um pouco de rap. Nada emo, no entanto. Graças a Deus.

— O que está acontecendo? O que o seu pai está fazendo com aquela coisa?

— Procurando por uma cura — diz Mary de dentro do armário com a voz abafada.

Eu ando da mesa até a cama passando por cima do tapete persa que cruza o quarto. Tem uma foto emoldurada em cima da mesa de cabeceira. É de uma mulher bonita, franzindo os olhos contra o sol e sorrindo. É a mãe dela. Não sei como logo percebi isso. Mas simplesmente percebi.

— Uma cura para o quê? — eu pergunto, pegando a foto para olhar mais de perto. Ah, sim, ali estão eles. Os lábios de Mary. Lábios que, conforme eu não pude evitar de notar, são um pouco curvados nas extremidades. Mesmo quando ela está brava.

— Vampirismo — responde Mary. Ela ressurgiu do armário segurando um vestido vermelho longo envolto em um plástico transparente de lavanderia.

— Olha — eu digo —, odeio ter que lhe dizer isso, Mary, mas vampiros não existem. Nem vampirismo. Ou, sei lá, essas outras coisas desse tipo.

— Ah, não? — Os cantos da boca de Mary estão mais curvados do que nunca.

— Os vampiros foram inventados por aquele cara. — Ela começa a rir da minha cara. Eu não me importo, no entanto, porque é a Mary. É melhor ela rir de mim do que me ignorar, que é o que ela fazia antes disso tudo.

— Aquele cara do *Drácula*, lembra?

— Bram Stoker não inventou os vampiros — diz Mary, agora sem sorrir —, nem o Drácula, que, inclusive, trata-se de um personagem histórico real, não de uma lenda.

— Tá, mas um cara que bebe sangue e se transforma em morcego? Ah, fala sério.

— Vampiros existem, Adam — diz Mary com calma. Eu gosto da forma como ela diz o meu nome. Gosto tanto que nem percebo que ela está prestando atenção na foto que está na minha mão. — Assim como suas vítimas também existem.

Sigo a direção do seu olhar e quase deixo a foto cair.

— Mary — eu digo. É tudo o que eu consigo pensar em dizer. — É a sua... sua mãe? Ela é... ela já...

— Ela ainda está viva — diz Mary, virando-se para colocar o vestido vermelho, que ainda está dentro do plástico, em cima da cama —, se é que podemos chamar aquilo de vida — ela completa, como se estivesse somente pensando alto.

— Mary... — digo em um tom de voz diferente. Não dá para acreditar.

Mas o pior é que eu acredito. Alguma coisa no rosto dela me diz que ela não está mentindo — e me faz ter vontade de abraçá-la. Veronica diria que isso é sexismo. Tudo bem.

Então solto o lábio que eu mastigava sem parar e sem perceber

— É por isso que o seu pai...

— Ele não foi sempre assim — diz ela sem olhar para mim. — Ele era diferente, quando mamãe estava aqui. Ele... ele acha que pode encontrar uma cura. — Ela se senta na cama ao lado do vestido. — Ele não acredita que só existe uma maneira de tê-la de volta. E que é somente matando o vampiro que a transformou em um deles.

— Drake — completo, me afundando ao seu lado na cama. Agora tudo faz sentido. Eu acho.

— Não — diz Mary, mexendo a cabeça rapidamente —, o pai dele. Que, a propósito, leva o nome original da família Drácula. O filho dele é que prefere ser chamado de Drake, por ser menos pretensioso e mais moderno.

— Então... por que você está tentando matar o filho do Drácula, se é o pai dele que... — Eu nem consigo acabar a frase. Por sorte, isso nem se faz necessário. Os ombros de Mary estão curvados para frente.

— Se matar o seu único filho não o fizer sair do esconderijo para que eu possa matá-lo, então não sei mais o que fazer.

— Isso não é... um pouco perigoso? — pergunto. Não acredito que estou aqui falando sobre isso. E também não acredito que estou no quarto da Mary da aula de história americana. — O que eu quero dizer é que o Drácula não é tipo o chefe de todo o esquema?

— É — diz Mary, olhando para a foto que eu havia colocado entre nós —, e quando ele morrer, mamãe finalmente vai estar livre.

"E o pai dela não precisará mais se preocupar com a cura para o vampirismo", penso, mas guardo para mim.

— Por que o Drake não, sei lá, simplesmente não transformou a Lila logo hoje à noite? — pergunto. Até porque isso está me intrigando. Isso e tantas outras coisas. — Assim, por que ele não fez isso de uma vez lá na boate?

— Porque ele gosta de brincar com a comida dele — diz Mary friamente —, exatamente como o pai.

Sinto meu corpo tremer. É inevitável. Apesar de ela não ser exatamente o meu tipo ideal, não é muito agradável pensar nela como sendo o lanchinho da madrugada de um vampiro.

— Você não está preocupada — eu pergunto, tentando mudar de assunto — com a possibilidade de Lila impedir que Drake vá à formatura sabendo que nós estaremos lá, esperando por ele?

Eu digo *nós* em vez de *você* porque eu não vou deixar que Mary vá atrás desse cara sozinha. E sei que Veronica diria que isso também é sexismo.

Só que a Veronica nunca viu a Mary sorrindo.

— Você está de brincadeira, né? — pergunta Mary.

Parece que o uso do *nós* passou despercebido. — Eu estou *contando* com que ela fale tudo para ele. Assim ele vai aparecer com certeza.

Eu não tiro meus olhos dela.

— Por que ele faria isso?

— Porque para eles o exterminador é uma figura execrável, então matar a sua filha vai aumentar muito o *crypt cred* dele.

Eu pisco os olhos.

— *Crypt cred*?

— É como se fosse um crédito bancário — diz ela, jogando o rabo de cavalo para trás —, mas que é válido somente no mundo dos mortos-vivos.

— Ah. — Mesmo que seja estranho, isso faz sentido. Assim como tudo o mais que eu ouvi até agora. — Mas... eles chamam seu pai de "exterminador"? — Eu não estou conseguindo imaginar o pai de Mary segurando uma besta, assim como eu vi sua filha fazendo há pouco.

— Não — diz ela, agora sem sorrir —, é a minha mãe. Pelo menos... é o que ela foi. E não era só com vampiros, mas entidades do mal de todos os tipos: demônios, lobisomens, espíritos possuídos, fantasmas, bruxos, gênios, semideuses, vetelas, titãs, duendes...

— Duendes? — repito, surpreso.

Mary simplesmente continua.

— Se fosse do mal, mamãe matava. Ela tinha um dom para isso... Um dom — adiciona Mary, com leveza — que eu realmente espero ter herdado.

Eu fico parado por um minuto. Tenho que admitir que estou chocado com tudo o que se passou nas últimas duas horas. Bestas, vampiros e exterminadores? E o que são vetelas? Não tenho nem certeza se quero saber. Não. Espere. Eu *não* quero. Não mesmo. Tem um zumbido dentro da minha cabeça que não para.

E o mais estranho é que eu estou gostando de tudo isso.

— Então — diz Mary, levantando os olhos para me ver —, você acredita em mim agora?

— Eu acredito em você — respondo. Eu só não acredito é que eu acredito nela.

— Que bom — diz Mary. — Seria melhor se você não comentasse nada com ninguém. Agora, se você não se importar, eu tenho que começar a arrumar as coisas...

— Ótimo. Diga-me o que tenho que fazer.

O rosto dela demonstra espanto.

— Adam — diz Mary. E tem alguma coisa na maneira como os lábios dela se posicionam para pronunciar o meu nome que me deixa louco... sinto como se eu precisasse abraçá-la e correr pelo quarto ao mesmo tempo.

— Eu agradeço a sua ajuda. Muito mesmo. Mas é muito arriscado. Se eu matar o Drake...

— *Quando* você matar o Drake... — corrijo.

— ...o pai dele provavelmente vai aparecer — continua ela — em busca de vingança. Talvez não seja na mesma noite. Nem na seguinte. Mas em breve. E quando ele vier... não vai ser tranquilo. Vai ser bem complicado. Um pesadelo. Vai ser...

— Apocalíptico — termino a frase, sentindo um tremor correndo pela minha coluna ao pronunciar a palavra.

— Isso mesmo. Exatamente isso.

— Não se preocupe — digo, ignorando o tremor —, estou preparado para isso.

— Adam. — Ela balança a cabeça. — Você não entende. Eu não posso... bem, eu não posso garantir que vou conseguir proteger você. E eu não posso mesmo deixá-lo arriscar a sua vida nisso. Para mim é diferente, porque... bem, porque é a minha mãe. Mas no seu caso...

Eu a interrompo.

— Só me diga quando eu devo vir buscar você.

Ela me encara.

— O quê?

— Você vai me desculpar — digo —, mas não vai à formatura sozinha. E ponto final.

E enquanto eu dizia isso devo ter feito uma expressão muito assustadora. Porque, apesar de ela ter aberto a boca para retrucar, foi só olhar para mim que ela fechou a boca rapidinho e disse:

— Tudo bem.

Mesmo assim, ela ainda teve que dar a última palavra:

— É o seu funeral.

Por mim está ótimo. Ela pode ficar com a última palavra.

Porque agora sei que eu a encontrei: a minha futura parceira na inevitável luta em busca de sobrevivência em um Estados Unidos pós-apocalíptico.

A música bate-estaca soa na mesma batida que o meu coração. Posso sentir o baixo batendo dentro do meu peito — tum tum. É difícil enxergar à minha volta com tantos corpos se contorcendo, ainda mais com as luzes bruxuleantes do salão, que criam uma atmosfera um tanto hostil.

Mas sei que ele está lá. Posso senti-lo.

Então, eu o vejo, movendo-se pela pista de dança na minha direção. Ele está segurando dois copos com um líquido vermelho sangue, um em cada mão. Ao se aproximar de mim, ele me dá um dos copos e diz:

— Não se preocupe, não está forte. Eu cheguei.

Eu não respondo. Provo o ponche, feliz por estar ingerindo algo líquido — mesmo que seja assim tão doce —, pois minha garganta está seca.

A questão é que eu sei que estou cometendo um erro. Refiro-me a deixar o Adam participar disso.

No entanto... tem alguma coisa nele. Eu não sei o que é. Alguma coisa que o difere do resto dos caras idiotas da escola. Talvez seja a maneira como ele me salvou na boate quando eu perdi a noção, ou o fato de ele ter atirado no Sebastian Drake — o primogênito do demônio — com balas feitas de ketchup.

Ou talvez seja a gentileza que ele mostrou em relação ao meu pai, em vez de fazer piadinhas sobre como ele parece o Doc do *De volta para o futuro*. Ele até disse *senhor*. Ou pode ser o jeito como ele pegou a foto da minha mãe, o quão surpreso ele ficou quando contei a verdade sobre ela.

Pode ser também culpa da maneira como ele apareceu às 19h45 lá em casa, tão incrivelmente lindo em seu terno — ele trouxe até um buquê de rosas vermelhas para mim... apesar de que 24 horas atrás ele nem desconfiava que viria à festa de formatura (ainda bem que estavam vendendo convites na porta).

Enfim... papai ficou em êxtase e finalmente agiu como um pai normal. Tirou fotos dizendo coisas do tipo "Essa é para que sua mãe veja, quando melhorar", e tentou botar uma nota de vinte dólares no bolso de Adam, dizendo que ele devia me "Levar para tomar um sorvete depois da festa".

Isso fez com que eu decidisse que prefiro o papai sempre dentro do laboratório mesmo.

De qualquer forma, eu sabia que estava cometendo um erro ao não mandar Adam embora. Isso aqui não é trabalho para amadores.

Isso aqui é... é...

...lindo. Estou me referindo ao salão, que está simplesmente lindo. Quase engasguei quando entrei de braços dados com Adam. (Ele insistiu para que déssemos os braços. Disse que pareceríamos um "casal normal" para Drake, caso ele já estivesse lá nos observando). O comitê de formatura do Santo Elígio realmente se superou este ano.

Alugar o salão nobre do hotel Waldorf-Astoria foi uma jogada de mestre, mas transformá-lo em um ambiente reluzente e romântico desse jeito? Parece um milagre. Eu só espero que todas estas flores e fitas sejam à prova de fogo. Eu detestaria ver toda esta beleza sumir com as chamas que devem aparecer quando o corpo de Drake começar a se conflagrar depois que eu o apunhalar no peito.

— Então — diz Adam enquanto tomamos nossos ponches parados no canto da pista de dança, em um silêncio que, para ser franca, começou a ficar um pouco desconfortável. — Mas, então, como exatamente essa catástrofe vai acontecer? Eu não acho a sua besta em lugar nenhum.

— Eu só vou usar a estaca — respondo, revelando a ele uma parte da minha coxa pelo corte lateral do vestido. Eu havia colocado ali uma estaca toda trabalhada a mão envolta no antigo coldre da mamãe. — Vai ser simples e suave.

— Ah — diz Adam, engasgando-se com o ponche. — Entendi.

Eu percebo que ele ficou olhando para a parte interna da minha coxa. Abaixo a roupa com pressa.

E me ocorre, pela primeira vez, que Adam possa ter entrado nessa por outros motivos que não relacionados a salvar a namorada do melhor amigo dos poderes de um monstro sanguessuga. Porém... será que isso seria possível? Afinal, ele é o *Adam Blum*. E eu sou apenas a aluna nova. Ele gosta de mim, evidentemente, mas ele não *gosta* de mim. Não tem como. Eu, provavelmente, tenho só mais uns dez minutos de vida. A não ser que alguma coisa altere radicalmente o que eu tenho quase certeza que vai acontecer.

Encabulada, eu foco meu olhar nos casais que estão dançando na nossa frente. A Sra. Gregory, a professora de história, é uma das damas de companhia. Ela está circulando pela festa, tentando evitar que as meninas percam a linha com os caras. Ela pode também tentar evitar que a lua nasça na próxima noite.

— Acho que seria melhor se você mantivesse Lila distraída — digo, torcendo para que ele não note que as minhas bochechas estão tão vermelhas quanto o meu vestido. — Nós não queremos que ela interfira e tente salvá-lo.

— Foi para isso que eu forcei o Ted a vir — diz Adam, inclinando a cabeça na direção de Teddy Hancock, que está sentado de forma desleixada em uma mesa perto de nós, olhando entediado para a pista de dança. Assim como nós, ele está esperando que Lila, e o seu namorado, chegue.

— Mesmo assim — digo —, não quero você perto de mim quando... você sabe.

— Eu já escutei as outras nove milhões de vezes que você falou isso — reclama Adam. — Eu *sei* que você sabe se cuidar sozinha, Mary. Você já deixou isso absolutamente claro.

Eu me sinto desconfortável. Ele não está se divertindo. Dá para perceber. Sim, mas e daí? Eu não pedi que ele viesse! Ele se convidou! Isso não é um encontro mesmo! É a noite da matança! Ele sabia disso desde o começo. É ele que está mudando as regras, e não eu. Afinal, eu estou tentando enganar quem? Não posso *namorar*. Tenho um legado a honrar. Eu sou a filha da exterminadora. Eu tenho que...

— Quer dançar? — Adam pergunta, para o meu espanto.

— Bem — eu respondo, um pouco surpresa —, até queria. Mas eu realmente tenho que...

— Ótimo — diz ele, já me envolvendo em seus braços enquanto me conduzia para a pista.

Fiquei surpresa demais para conseguir reagir de alguma forma naquele instante. Tudo bem, assumo que o choque inicial já passou. Acho que eu não *quero* contestá-lo. Estou chocada por perceber que... bem, eu gosto da sensação de estar nos braços de Adam. É bom. É seguro. É caloroso. É... bem, é como se eu quase fosse uma menina normal, para variar um pouco.

Não a aluna nova. Não a filha da exterminadora. Apenas... eu. Mary.

Eu poderia viver sentindo isso.

— Mary — diz Adam. Ele é tão mais alto que eu que a respiração dele mexe com o cabelo que caiu do coque que eu fiz e está me causando cócegas. Mas eu nem me importo porque ele tem um hálito agradável.

Eu olho para cima tentando fitar seus olhos, completamente encantada. Não acredito que eu nunca havia notado — notado de *verdade* — o quão bonito ele sempre foi. Bem, ontem à noite eu percebi. Percebi mas não registrei. Afinal de contas, o que um cara como ele poderia querer com uma menina como eu? Nem em um milhão de anos, eu iria imaginar que terminaria indo na festa de formatura com Adam Blum...

Tudo bem, é claro que ele só me chamou para vir com ele por pura pena, porque minha mãe é uma vampira e tudo o mais. Mas mesmo assim.

— Hum? — eu digo, sorrindo para ele.

— É que... — Adam parece estar se sentindo desconfortável, por algum motivo. — É que eu estava pensando se... sei lá, quando tudo isso acabar e você tiver aniquilado o Drake, e Lila e Ted tiverem voltado a namorar... será que você gostaria de...

Ai, meu Deus. O que está acontecendo? Ele está... ele vai me *pedir para sair com ele*? Tipo em um encontro normal? Um que não envolva objetos afiados e pontiagudos?

Não. Isso não pode estar acontecendo. Isso é um sonho, ou algo do tipo. Em um minuto, eu vou acordar, e tudo isso vai sumir. Como uma coisa dessas pode ser possível? Eu não posso nem respirar. Tenho certeza que se eu respirar vou quebrar esse feitiço que está sobre nós...

— De quê, Adam? — eu pergunto.

— Bem... — Ele não consegue mais olhar nos meus olhos. — Queria saber se você gostaria de... sabe... sair, ou sei lá...

— Com licença — A voz profunda que interrompe Adam é muito familiar. — Posso dançar com ela?

Eu fecho os olhos de tão frustrada. Eu não acredito nisso. Eu nunca mais vou conseguir que um cara de quem eu realmente gosto se aproxime nesse nível. Nunca. Nunca. *Nunca*. Agora serei novamente uma aberração — produto de outras aberrações — para o resto da minha vida. Por que um cara como Adam Blum gostaria de sair comigo, em primeiro lugar? A filha de um cientista maluco com uma vampira? Vamos encarar a realidade. Não vai rolar.

E isso aqui para mim já deu. Já deu *tudo* o que tinha que dar, na verdade.

— Escuta aqui — eu digo, virando o rosto até me deparar com Sebastian Drake, cujos olhos azuis se arregalam um pouco em face da minha ira —, como você ousa vir até aqui assim no meio do nada...

Mas então minha voz some. Porque, de repente, tudo o que eu vejo na minha frente são aqueles olhos...

...Aqueles olhos azuis hipnotizantes, que repentinamente me fazem sentir como se eu pudesse mergulhar neles, deixando que seu calor me envolva como ondas suaves e macias...

Ele não é nenhum Adam Blum. No entanto, ele está olhando para mim como se já soubesse disso e como se estivesse pedindo desculpas, prometendo compensar a diferença da melhor forma... *mais* do que compensar, ele pode até...

Quando eu dou por mim, Sebastian Drake está me levando em seus braços — tão, tão gentilmente — através da pista de dança até as portas que guardam um jardim escuro, banhado de luzes e da cor do luar... exatamente o tipo de lugar para o qual você imaginaria que o descendente loiro de um conde da Transilvânia lhe levaria.

— Estou tão feliz por finalmente ter tido a chance de conhecer você — diz Sebastian com uma voz que parece me acariciar como se fosse uma pluma. Tudo e todos que nós deixamos para trás — os outros casais, Adam, Lila surpresa e cheia de ciúmes, Ted com ciúmes *dela*, até as flores e as fitas — parecem ter dissolvido, como se tudo o que existisse no mundo fossem eu, o jardim no qual estou, e Sebastian Drake.

Ele está mexendo em algumas mexas de cabelo soltas que caíram sobre o meu rosto.

Em algum canto obscuro da minha mente, reside a lembrança de que era para eu estar com medo dele... era para eu odiá-lo. Só que eu não sei o por quê. Como eu posso odiar uma pessoa tão gentil e doce e bonita quanto ele? Ele quer que eu me sinta melhor. Ele quer me ajudar.

— Viu? — diz Sebastian Drake, pegando minhas mãos e levando-as aos seus lábios, em um toque suave.

— Eu não sou tão terrível, sou? Eu sou igual a você, na verdade. Sou apenas o filho de uma pessoa formidável — verdade seja dita —, e estou tentando achar meu lugar no planeta. Nós carregamos um fardo, não é mesmo, nós dois, Mary? Falando nisso, sua mãe mandou um oi.

— M-minha mãe? — Meu cérebro parece estar tão cheio de neblina quanto o jardim no qual estamos. Ao mesmo tempo que eu consigo ver o rosto de minha mãe, eu não consigo entender como Sebastian Drake a conhece.

— Sim — diz Sebastian, levando os seus lábios das minhas mãos até o meu cotovelo. Sua boca parece um líquido quente contra a minha pele. — Ela sente sua falta, sabia? Ela não entende por que você não se junta a ela. Ela está tão feliz agora... que não sente mais a dor das doenças... ou a indignidade da velhice... ou o bater vazio de um coração solitário. — Seus lábios agora estão tocando o meu ombro. Está difícil de respirar. No bom sentido. — Sua mãe está cercada de beleza e amor... assim como você poderia estar, Mary. — Ele está beijando a minha garganta. A respiração de Drake, tão quente, parece ter desmantelado a minha coluna. Tudo bem, porque um dos braços fortes dele está ao redor da minha cintura. Ele está me mantendo em pé, mesmo que o meu corpo, como se tivesse vontade própria, esteja arqueado para trás, deixando o meu pescoço completamente vulnerável.

— Mary — sussurra ele contra o meu pescoço.

Eu me sinto tão em paz, tão serena, que as minhas pálpebras se fecham — é uma sensação que eu não tenho há anos, desde que mamãe se foi... Quando eu me dou conta, uma coisa gelada e molhada me atinge no pescoço.

— Ai — digo, abrindo os olhos e tocando o local atingido... eu olho para a minha mão e percebo que meus dedos estão molhados com alguma substância clara.

— Desculpa — diz Adam, em pé a alguns metros de distância com os braços esticados à frente e o cano da pistola de água Beretta 9 milímetros apontado exatamente em minha direção. — Errei.

Um segundo depois, eu estou sentindo falta de ar por causa da fumaça densa e fedida que envolve o meu rosto. Tossindo, eu me distancio do homem que, segundos antes, estava me envolvendo com tanta ternura, mas que agora está com as mãos sobre o peito em chamas.

— O quê... — Sebastian Drake engasga, batendo nas chamas que saem de seu peito. — O que é *isso*?

— É só um pouco de água benta, amigão — diz Adam, ainda jorrando água no peito dele. — Não vai fazer mal algum. A não ser, claro, que você seja um morto-vivo. Opa, infelizmente, parece que você é.

Um segundo depois, já de volta ao meu estado normal, pego a estaca sob o meu vestido.

— Sebastian Drake — eu digo, enquanto ele se ajoelha na minha frente, urrando de dor. E de raiva. — *Isso é pela minha mãe.*

Eu cravo a estaca trabalhada a mão profundamente no peito dele, no local onde seu coração deveria estar.

Se é que ele já teve um coração algum dia.

— Ted — Lila chama pelo seu namorado com uma voz arrastada. Ele está deitado no banco de plástico com a cabeça apoiada no colo dela.

— O que foi? — pergunta Ted, olhando para ela com adoração.

— Nada — diz Lila. — É que eu vou tatuar isso na próxima vez que for a Cancun. Vai ser aqui na parte de baixo das minhas costas. Vou escrever *Ted*. Para que, de agora em diante, todos saibam que eu pertenço a você.

— Ah, *linda* — diz Ted. Ele puxa a cabeça dela para baixo para poder colocar finalmente a língua dentro da boca de Lila.

— Ai, meu Deus — reclamo, olhando para o outro lado.

— Pois é. — Adam acabou de voltar. Ele tinha ido arremessar mais uma bola na pista de boliche iluminada. — Acho que eu gostava mais dela quando ela estava sob o efeito do encantamento de Drake. Mas acho que é melhor assim. O *Ted* é bem mais inofensivo que o *Sebastian*. Eu fiz um strike, a propósito. Caso você não tenha visto. — Ele chega mais perto de mim no banco e olha para uma cartela com pontos, aproveitando a luz da lâmpada que está acima da minha cabeça. — Que tal? Estou ganhando.

— Deixe de ser metido — respondo. Na verdade, tenho que admitir que ele tem muitos motivos para se achar. E não apenas por estar ganhando no boliche. — Eu quero perguntar uma coisa — eu digo, enquanto ele finalmente tira a gravata borboleta do pescoço. Mesmo com as luzes esquisitas do Bowlmor Lanes, o bar com boliche que nós escolhemos para terminar a noite da formatura, após uma curta viagem de táxi que custou 9 dólares do Waldorf até aqui, Adam está obscenamente lindo. — Como você arrumou água benta?

— Você deu um pouco para o Ted — diz Adam, olhando para mim com surpresa —, não lembra?

— Mas como você teve a ideia de colocá-la na pistola de água? — pergunto. Eu ainda estou no calor dos eventos que ocorreram. Jogar boliche à noite é até legal. Porém, nada se compara com matar um vampiro de 200 anos na noite de formatura.

Que pena que ele virou cinzas no jardim, onde apenas eu e Adam pudemos ver. Nós teríamos sido eleitos o rei e a rainha da formatura, em vez de Ted e Lila, que ainda estão com suas coroas... se bem que elas já estão meio caídas, devido a tanta pegação.

— Não sei, Mare — diz Adam, preenchendo a tabela dos jogos. — Apenas me pareceu ser uma boa ideia.

Mare. Ninguém nunca me chamou de Mare antes.

— Mas como você sabia? — eu pergunto. — Digo, como você sabia que Drake... fez aquilo? Como você sabia que eu não estava fingindo? Eu podia estar enganando ele, só para deixá-lo com uma falsa sensação de segurança?

— Você está falando isso sem levar em conta aquela parte que ele estava quase mordendo o seu pescoço, né?! — Adam ergue uma das sobrancelhas. — E também aquela parte que você não estava fazendo nada para impedi-lo? É... pude ver direitinho o que estava acontecendo ali.

— Eu teria saído daquele transe — respondo com uma segurança que eu certamente não tenho — assim que sentisse os dentes dele.

— Não — diz Adam. Agora ele está dando um sorrisinho, seu rosto iluminado pela única luz da mesa. O resto da pista de boliche está escura, exceto pelas bolas e as garrafas, que brilham com uma fluorescência encantada. — Não teria. Admita, Mary. Você precisou de mim.

O rosto dele está tão perto do meu — mais perto do que o rosto de Sebastian Drake jamais chegou.

Só que em vez de sentir que eu poderia mergulhar no olhar dele, sinto que vou derreter. Meu batimento cardíaco acelera.

— É — eu digo, incapaz de impedir que meu olhar foque os lábios dele —, acho que eu meio que precisei, sim.

— Nós funcionamos muito bem juntos — diz Adam. O olhar dele, pelo que posso notar, também não está tão longe assim dos meus lábios. — Você não acha? Especialmente diante de um possível evento apocalíptico. Quando é que o pai do Drake vai saber sobre o que fizemos esta noite?

Eu não consigo conter um certo engasgo.

— Tinha esquecido disso! — eu me desespero. — Ai, Adam! Ele não vai vir atrás de mim, apenas. Ele também vai vir atrás de você!

— Quer saber — diz Adam. Agora, o olhar dele deslizou dos meus lábios até o resto do meu corpo. — Eu realmente gosto deste vestido. Ele combina com os sapatos de boliche.

— Adam — eu respondo —, isso é sério! O Drácula pode estar se preparando para descer até Manhattan a qualquer momento, e nós estamos perdendo tempo *jogando boliche*! Nós temos que começar a nos arrumar! Temos que preparar um contra-ataque. Temos que...

— Mary — diz Adam —, o Drácula pode esperar.

— Mas...

— Mary — diz Adam —, para de falar um pouquinho.

E eu paro mesmo. Afinal estou muito ocupada retribuindo o beijo dele.

Além do mais, ele está certo. O Drácula pode esperar.

O buquê

LAUREN MYRACLE

Atenção, leitores! A história que se segue foi inspirada em um conto que me assustou à beça quando eu era adolescente. Ele foi publicado em 1902 por W.W. Jacobs e chama-se "A pata do macaco". Muito cuidado com o que você deseja!   — Lauren Myracle

Lá fora, o vento chicoteava a casa de Madame Zanzibar, fazendo com que a calha batesse contra a parede. O céu estava escuro, apesar de ainda serem 16h. Dentro da sala decorada de forma extravagante, três abajures brilhavam densamente, cada um envolto por cachecóis perolados. Um tom de rubi iluminava o rosto redondo de Yun Sun, enquanto a luz sarapintada de roxo e azul conferia a Will um ar de morte recente.

— Está parecendo que você acabou de sair do caixão — disse eu para ele.

— Frankie — me repreendeu Yun Sun. Ela inclinou a cabeça na direção da porta fechada do escritório da Madame Z, indicando que não queria que o meu comentário fosse ouvido. Um macaco vermelho de plástico estava pendurado na maçaneta, o que significava que Madame Z estava com clientes. Nós éramos os próximos.

Will deixou que seu olhar se perdesse no vazio.

— Eu sou um alienígena — disse ele, gemendo. Ele esticou os braços na nossa direção. — Quero seus corações e fígados.

—Ai, não! Um alienígena tomou o corpo do nosso querido Will! — Apertei o braço de Yun Sun. — Rápido, dê o coração e o fígado para que ele deixe Will em paz!

Yun Sun puxou o braço.

— Isso não tem graça nenhuma — disse ela com um tom de voz melodioso e ameaçador. — E se vocês não me obedecerem, eu vou embora.

— Deixe de ser tão certinha — respondi.

— Eu e minhas coxas gigantescas vamos nos retirar. Não duvide.

Yun Sun acha que as suas pernas estão muito gordas, só porque o vestido superjusto que ela escolheu para a formatura precisou ser um pouco afrouxado. Pelo menos ela tinha um vestido de formatura. E uma grande chance de usá-lo.

— Blablablá — eu disse de volta. O mau humor dela estava colocando o nosso plano, o único motivo para estarmos ali, em risco. A noite da formatura estava cada vez mais perto, e eu não ia ficar que nem uma infeliz sentada sozinha em casa enquanto todos estariam cheios de brilho dançando alegremente com seus saltos altos espetaculares. Eu me recusava a passar por isso, ainda mais porque eu sabia lá no fundo do coração que Will ia me chamar. Ele só precisava de um empurrão.

Abaixei o tom da voz para falar com Yun Sun e sorri para Will como se dissesse *lá lá lá, conversa entre meninas, nada importante!*

— Nós duas tivemos esta ideia, Yun Sun? Lembra?

— Não, Frankie, a ideia foi sua — disse ela *sem* abaixar a voz. — Eu já tenho o meu par, mesmo que as minhas coxas o esmaguem. Você é quem está esperando por um milagre.

— Yun Sun! — Olhei para o Will. Ele estava encabulado. Menina má, abrindo o jogo dessa forma. Má, má, e muito malcriada.

— Ai! — gritou ela depois de receber o meu tapa.

— Eu estou muito chateada com você — eu disse.

— Chega de timidez. Você *realmente* quer que ele chame você, não quer?

— *Ai!*

— Hum, meninas — disse Will. Ele estava fazendo aquela coisa fofa que faz quando fica nervoso. O seu pomo de Adão balança para cima e para baixo rapidamente. Na verdade... essa imagem era meio desagradável, pois ela me fazia pensar em Adão no Paraíso com Eva, e isso me lembrava maçãs, abocanhar maçãs...

Enfim, Will tinha mesmo um pomo de Adão, e quando ele movia a garganta para cima e para baixo era muito fofo. Ele ficava vulnerável.

— Ela bateu em mim — delatou Yun Sun.

— Ela mereceu — eu retruquei. Eu não queria, porém, que essa conversa continuasse. Aquela frase já havia revelado o suficiente. Achei melhor fazer carinho na perna nem um pouco gorda de Yun Sun e disse:

— Mas eu perdoo você. Agora cale a boca.

O que Yun Sun não entendia — ou, provavelmente, o que ela entendia mas não compreendia — era que nem todas as coisas precisavam ser ditas em voz alta. Sim, eu queria que Will me chamasse para o baile de formatura, e eu queria que ele fizesse isso *logo*, porque a "A primavera dos apaixonados" ia acontecer em duas semanas.

Tudo bem, o nome do baile era brega, mas a primavera *era* para os apaixonados. Isso era uma verdade inquestionável. Assim como era inquestionável que Will era o meu amor eterno e que seria bom se ele conseguisse superar a timidez e tomar uma droga de atitude. Chega de tapinhas no ombro, risadinhas e guerras de cosquinhas! Chega de ficar se agarrando e tremendo, colocando a culpa nos filmes de terror que assistimos, como *Vampiros de almas* e *O iluminado*. Será que Will não via que éramos feitos um para o outro?

Ele quase fez a pergunta na semana passada, eu tive 95,5% de certeza. Nós estávamos assistindo *Uma linda mulher* — um filme um tanto superestimado, porém divertido. Yun Sun tinha ido à cozinha para pegar biscoitos, deixando nós dois sozinhos.

— Hum, Frankie? — disse Will. Os pés dele estavam batendo no chão, seus dedos escondidos pela calça jeans. — Posso perguntar uma coisa para você?

Qualquer idiota entenderia o que estava por vir. Se ele quisesse que eu aumentasse o volume, ele apenas diria "Ei, Franks, aumente o volume." Casual. Direto. Sem necessidade de perguntas preliminares. Contudo, já que *houve* uma pergunta preliminar... bem, que mais ele poderia querer me perguntar além de "Você vai à formatura?" A alegria eterna estava ali, a poucos segundos de mim.

E aí eu estraguei tudo. Seu nervosismo palpável me fez perder o controle, e em vez de deixar que o momento chegasse naturalmente, mudei de assunto de forma brusca. PORQUE EU SOU UMA IDIOTA.

— Ta vendo? É assim que se faz! — falei, apontando para a televisão. Richard Gere estava galopando em seu cavalo branco, que na verdade era uma limusine, até o castelo de Julia Roberts, que na verdade era um apartamento velho no terceiro andar. Na cena que assistíamos, Richard Gere aparecia no teto solar do carro e subia pelas escadas de emergência a fim de conquistar sua amada.

— Nada de papinho furado, de "eu acho que você é bonitinha" — continuei. Estava falando besteira, e eu sabia disso. — O negócio é agir, querido. O negócio é dar demonstrações de amor.

Will engoliu a saliva e murmurou um "Ah." Ele olhou para Richard Gere com uma carinha de urso de pelúcia, pensando, certamente, que nunca conseguiria ser como ele, nunca mesmo.

Olhei para a televisão, ciente de que eu havia sabotado a minha noite de formatura com a minha própria estupidez. Eu não estava nem aí para "demonstrações de amor"; eu apenas ligava para o Will. Porém eu, brilhante que sou, o assustei. Porque no fundo, no fundo, eu estava sentindo mais medo do que ele.

No entanto, não seria mais assim — e era por isso que nós estávamos ali na Madame Zanzibar. Ela leria o nosso futuro, e, a não ser que ela fosse uma farsa, ela diria o que era óbvio para uma observadora imparcial: que eu e Will fomos feitos um para o outro. Ouvir isso de uma forma bem sóbria daria coragem a Will para tentar de novo. Ele me chamaria à formatura, e, dessa vez, eu daria espaço, mesmo que isso me deixasse nervosa.

O macaco de plástico se mexeu na maçaneta do consultório.

— Olhe, está se movendo — sussurrei.

— Ih... — disse Will.

Um homem negro com cabelo cor de neve saiu do consultório arrastando os pés. Ele não tinha dentes, o que fazia com que a metade inferior de seu rosto ficasse muito enrugada, como uma ameixa seca.

— Crianças — disse ele, tocando em seu chapéu.

Will se levantou e abriu a porta da frente, porque ele era uma pessoa muito gentil. Uma rajada de vento quase derrubou o senhor, e Will o segurou.

— Nossa — disse Will.

— Obrigado, filho — respondeu o senhor. As palavras saíam um pouco abafadas, por causa da falta de dentes. — Melhor eu me apressar antes que a tempestade comece.

— Parece que já começou — disse Will. Do outro lado da rua, galhos se moviam violentamente, fazendo muito barulho.

— Este ventinho de nada? — disse o senhor. — Ah, convenhamos, isso é só um bebezinho querendo mamar. Vai ficar muito pior quando anoitecer, pode escrever. — Ele olhou para nós. — Inclusive, crianças, não era para vocês estarem em casa, na segurança do lar?

Era difícil ficar ofendida quando um senhor sem dentes lhe chamava de "criança" — mas por favor, era a segunda vez em vinte segundos.

— Nós estamos no primeiro ano do ensino médio — respondi, — nós sabemos nos cuidar.

A risada dele me fez pensar em folhas mortas.

— Tudo bem, então — disse ele. — Vocês que sabem. — Ele deu passinhos pequenos até a varanda. Will acenou e fechou a porta.

— Pessoa maluca — disse uma voz atrás de nós. Ao nos virarmos, vimos Madame Zanzibar na porta do consultório. Ela usava calças de moletom rosa-shocking da Juicy Couture com um top da mesma cor, que caía sobre seus ombros. Seus seios eram redondos, firmes e incrivelmente enxutos, considerando que ela não estava vestindo sutiã. Ela usava um batom laranja-claro que combinava com as suas unhas e com a guimba do cigarro que já estava terminando entre os seus dedos.

— Então, nós vamos entrar ou vamos ficar aqui fora? — perguntou ela para nós três. — Vamos desvendar os mistérios da vida ou deixá-los quietos onde estão?

Eu me ergui da cadeira e puxei Yun Sun comigo. Will fez o mesmo. Madame Z nos mandou entrar logo, e nós três sentamos juntos em uma poltrona estofada. Will percebeu que não cabíamos ali e foi sentar-se no chão. Me mexi para que Yun Sun me desse mais espaço.

— Viu? Elas são duas salsichas — disse ela, referindo-se as suas pernas.

— Chega para lá — comandei.

— Então — disse Madame Z, passando por nós e sentando-se atrás da mesa —, o que vocês querem?

Mordi o lábio. Como eu poderia explicar?

— Bem, você é médium, não é?

Madame Z soltou uma nuvem de fumaça.

— Nossa, Sherlock, o anúncio nas páginas amarelas lhe deu essa informação?

Fiquei encabulada, ainda que estivesse sentindo raiva. Minha pergunta havia sido uma forma de começar uma conversa. Ela tinha algum problema com inícios de conversas? Enfim, se ela realmente era médium, devia saber por que eu estava ali, certo?

— Bem... Sim, claro, sei lá. Então eu acho que eu queria saber se...

— É mesmo? Fale logo.

Eu uni forças.

— Bem... eu queria saber se uma certa pessoa vai me fazer uma certa pergunta. — Não olhei para o Will, de propósito, mas ouvi a inspiração surpreendida dele. Ele não havia previsto aquilo.

Madame Z pressionou a testa com dois dedos e deixou seu olhar se perder no nada.

— Amém — disse ela. — Hum, hum. Estou recebendo respostas confusas. Há uma paixão, sim — Yun Sun deu uma risadinha, e Will engoliu a saliva —, mas também há... como posso dizer? Fatores que complicam?

"Poxa, muito obrigada, Madame Z", eu pensei. "Dá para ir mais a fundo nisso? Alguma dica de como resolver esse impasse?"

— Mas ele... quero dizer, a pessoa vai *agir* em relação a essa paixão? — Eu estava firme, apesar do nó no estômago.

— Agir ou não agir... eis a questão? — disse Madame Z.

— Sim, eis a questão.

— Ahhh. Esta sempre é a questão. E o que as pessoas devem se perguntar é... — Ela interrompeu a fala. O olhar dela voltou-se para Will, e ela ficou pálida.

— O quê? — perguntei.

— Nada — disse ela.

— Tem *alguma* coisa — retruquei. A performance do recebimento de mensagens do além não estava me convencendo. Ela queria que acreditássemos que ficou possuída de repente? Que ela teve uma visão definitiva e poderosa? Até parece! Apenas responda a droga da pergunta! Olhando para mim com olhos vazios, ela disse:

— Se uma árvore cai em uma floresta e ninguém está por perto para escutá-la, mesmo assim ela faz barulho?

— O quê? — eu respondi.

— É tudo o que tenho para lhe dizer. É pegar ou largar. — Ela parecia estar agitada, então resolvi aceitar. Mesmo assim, dei um olhar desconfiado para Yun Sun quando Madame Z não estava olhando.

Will disse que não tinha uma pergunta específica, mas a Madame Z estava insistindo de forma estranha em dar uma mensagem para ele de qualquer maneira. Ela passou as mãos pela aura dele e pediu que tivesse cuidado com as alturas, o que era curiosamente apropriado, pois Will adorava escalar montanhas. A reação dele foi muito curiosa. Primeiro, suas sobrancelhas se elevaram, e depois uma nova emoção tomou o seu rosto, como se ele estivesse sentindo um prazer antecipado. Ele olhou para mim e ficou corado.

— O que está acontecendo? — perguntei. — Você está com aquele olhar de quem guarda segredo.

— Como é que é? — disse ele.

— O que você está escondendo, Will Goodman?

— Nada, eu juro!

— Não seja bobo, menino! — respondeu Madame Z. — Escute o que estou lhe dizendo.

— Ah, não precisa se preocupar com ele — eu falei —, ele sempre é impecável com a segurança. — Eu me virei para o Will. — Não é? Você vai escalar em algum lugar inusitado? Ou comprou algum equipamento novo?

— É a vez de Yun Sun — disse Will. — Vamos lá, Yun Sun.

— Você faz leitura de mão? — Yun Sun perguntou à vidente.

Madame Z respirou fundo, e parecia não estar muito empolgada quando passou os dedos sobre a pele fofa do polegar de Yun Sun.

— Você vai ser tão bonita quanto se permitir — disse ela. E só. Aquelas foram as pérolas de sabedoria dela.

Yun Sun parecia estar tão decepcionada quanto eu, e eu senti vontade de protestar a nosso favor. Fala sério! Uma árvore na floresta? Cuidado com as alturas? Você vai ser tão bonita quanto se permitir? Mesmo com os toques um tanto convincentes no ambiente assustador, nós três estávamos sendo enganados. Eu, em especial.

No entanto, antes que eu pudesse dizer qualquer coisa, um telefone celular tocou na mesa. Madame Z pegou o aparelho e utilizou uma unha bem longa para apertar o botão e aceitar a ligação.

— Madame Zanzibar, a seu serviço — disse ela. Sua expressão mudou enquanto escutava a pessoa que falava do outro lado da linha. Ela ficou mais ativa e irritada.

— Não, Silas. Chama-se... sim, você pode falar sim, uma candidíase. *Candidíase.*

Yun Sun e eu trocamos um olhar aterrorizado, mesmo que — não tinha como evitar — as duas estivessem contentes. Não porque Madame Z tinha uma candidíase. Eca. Era porque ela estava falando sobre isso com o Silas, seja ele quem ele fosse, enquanto nós estávamos ali escutando. *Agora* o nosso dinheiro estava valendo a pena.

— Diga ao médico que é a segunda vez neste mês — resmungou Madame Z —, preciso de algo mais forte. O quê? Para a coceira, seu idiota! A não ser que ele queira coçar para mim! — Ela se virou na cadeira giratória, colocando uma perna vestida de Juicy Couture em cima da outra.

Will olhou para mim, seus olhos castanhos estavam bem abertos.

— Eu não vou coçar para ela — sussurrou ele —, me recuso!

Gargalhei, achando ótimo que ele estivesse fazendo gracinha. A experiência com a Madame Z não havia terminado como eu imaginara, mas quem sabe? Talvez aquilo tudo acabasse tendo o efeito esperado, afinal.

Madame Z apontou para mim com a guimba do cigarro, ainda aceso, e eu abaixei o queixo em sinal de respeito. A fim de me distrair, me concentrei na coleção variada de coisas estranhas nas prateleiras. Um livro intitulado *A magia do ordinário* e outro chamado *O que fazer quando os mortos falam — Mas você não quer ouvir.* Cutuquei Will com o joelho e apontei. Ele fingiu que estava apertando o pescoço de alguém, e eu tive que engolir uma gargalhada.

Logo acima dos livros, estava o seguinte: uma garrafa de veneno de rato, um monóculo antigo, um jarro cheio de unhas cortadas, um copo da Starbucks todo manchado, e um pé de coelho com garras. E na prateleira de cima havia uma... ah, que fofa.

— Aquilo é uma caveira? — perguntei ao Will.

Ele sussurrou.

— Que maravilha.

— OK, pessoal — disse Yun Sun, desviando os olhos —, se aquilo realmente é uma caveira, não me importa. Podemos ir embora agora?

Segurei a cabeça de Yun Sun com as minhas mãos e a virei para o lugar certo.

— Olha lá. Ainda tem até cabelo.

Madame Z fechou o celular.

— Idiotas, todos eles — disse ela. A palidez havia desaparecido; aparentemente, a conversa com Silas a deixou um pouco sem jeito. — Ah, vocês acharam o Fernando!

— A caveira é dele? — perguntei. — É do Fernando?

— Ai, meu Deus — resmungou Yun Sun.

— Voltou à superfície depois de uma enchente, no cemitério Chapel Hill — contou Madame Z. — Foi isso o que aconteceu com o caixão. Um trambolho de madeira horrível, provavelmente do início do século XX. Ninguém quis cuidar dele, então fiquei com pena e o trouxe para cá.

— Você abriu o caixão? — perguntei.

— Sim. — Ela parecia estar orgulhosa. Fiquei imaginando Madame Z com as calças da Juicy Couture roubando caixões.

— Esse treco ainda tem cabelo, é meio nojento — eu disse.

— *Ele* ainda tem cabelo — disse ela. — Respeito, por favor.

— Eu não sabia que cadáveres tinham cabelo, só isso.

— Pele, não — disse Madame Z. — A pele apodrece logo no começo e, acredite, você não ia querer sentir o cheiro disso. Mas o cabelo? Às vezes, ele ainda continua a crescer mesmo depois que a pessoa faz sua passagem.

— Nooossa. — Eu estiquei a mão e desarrumei os cachos castanhos de Will. — Ouviu isso, Will? Às vezes, o cabelo continua crescendo.

— Incrível — disse ele.

— E aquilo? — perguntou Yun Sun, apontando para uma cumbuca plástica que continha uma coisa avermelhada, parecia um órgão, flutuando em um líquido claro. — Por favor, não me diga que aquilo também veio do Fernando. *Por favor.*

Madame Z deu um tapinha no ar como se quisesse dizer *Que ridículo.*

— Aquilo é o meu útero. Pedi de volta para o médico depois da minha histerectomia.

— Seu útero? — Yun Sun parecia estar com nojo.

— Eu ia deixar eles jogarem no lixo? — disse Madame Z. — Claro que não!

— E aquilo? — Apontei para umas folhas secas que estavam na prateleira mais alta. Essa brincadeira de adivinha com os objetos estava muito mais divertida do que a própria consulta.

Madame Z seguiu a direção do meu olhar. Ela abriu a boca e depois a fechou.

— Aquilo não é nada — disse ela, com firmeza, mantendo o olhar fixo no objeto. — E aí, a sessão terminou?

— Por favor — eu juntei as mãos como se estivesse rezando —, diga o que é.

— Você não quer saber — disse ela.

— Quero — respondi.

— *Eu* não quero — disse Yun Sun.

— Quer sim — retruquei. — E Will também quer, não é mesmo, Will?

— Não deve ser pior do que o útero — disse ele.

Madame Z cerrou os lábios.

— Por favor? — eu implorei.

Ela resmungou algo sobre adolescentes idiotas e que ela se recusava a ser culpada do que fosse acontecer. Então, ela se levantou e apalpou a última prateleira. Seus seios não se mexeram, ficaram firmes e rígidos embaixo do top. Ela pegou as folhas e as colocou na nossa frente.

— Ah — murmurei, — um buquê. — Frágeis botões de rosas, cujas extremidades estavam marrons e finas como uma seda. Ramos de pequenas flores acinzentadas, tão secas que quase se desmantelaram pela mesa. Um laço vermelho flácido unia as flores.

— Uma camponesa francesa colocou um feitiço nele — disse Madame Z com um tom difícil de decifrar. Era como se ela estivesse sendo obrigada a falar aquilo, mesmo que não quisesse. Melhor. Era como se ela *quisesse* falar aquilo mas estivesse relutando contra isso.

— Ela queria mostrar que o amor verdadeiro era guiado pelo destino, e que qualquer um que tente interferir corre um grande perigo.

Ela fez que ia guardar o buquê.

— Espere! — gritei. — Como funciona? O que ele faz?

— Não vou contar — disse ela, decidida.

— "Não vou contar?" — eu repeti. — Quantos anos de idade você tem, quatro?

— Frankie! — disse Yun Sun.

— Você é igual a todas, não é? — disse Madame Z para mim. — Capaz de fazer o que for por um namorado, não é mesmo? Desesperada por um romance de tirar o fôlego, custe o que custar.

Senti o meu rosto ficando quente. A verdade, no entanto, estava ali, exposta na mesa. Namorados. Romances. A esperança acesa em meu peito.

— Conte logo — disse Yun Sun —, senão nós não vamos conseguir ir embora daqui nunca.

— Não — insistiu Madame Z.

— Ela não pode, porque ela inventou isso — eu disse.

Os olhos de Madame Z se acenderam. Eu a havia provocado, o que não era muito bom, mas algo me dizia que, qualquer que fosse a história, ela *não* a havia inventado. E eu queria muito saber o que era.

Ela colocou o buquê no centro da mesa, onde ele ficou deitado, imóvel.

— Três pessoas, três desejos, um para cada — declarou Madame Z —, essa é a mágica.

Yun Sun, Will e eu nos entreolhamos e começamos a rir. Era ridículo e, ao mesmo tempo, perfeito: a tempestade, a louca, e agora o pronunciamento agourento.

No entanto, a maneira como Madame Z ficou olhando para nós fez com que nossas risadas fossem se apagando. A maneira como ela olhava para Will, em especial.

Ele tentou ressuscitar o tom hilário.

— Mas então, por que você não o usa? — perguntou ele com um jeito de adolescente que quer ajudar.

— Eu usei — disse ela. O batom laranja era como uma mancha.

— E... seus três desejos se realizaram? — eu perguntei.

— Todos eles — disse ela com um tom monótono.

Nenhum de nós sabia o que dizer.

— Mais alguém já usou isso? — perguntou Yun Sun.

— Uma outra senhora. Não sei quais foram os seus dois primeiros desejos, mas o último foi a morte. Foi assim que o buquê veio para mim.

Nós ficamos sentados e tivemos que engolir nossa bobeira. A situação parecia irreal, e no entanto, ali estávamos.

— Cara, isso é assustador — disse Will.

— Mas... por que você ainda tem isso — eu perguntei — se já usou os seus três desejos?

— Excelente pergunta — disse Madame Z após olhar para o buquê por alguns intermináveis instantes.

Ela pegou um isqueiro azul-turquesa do bolso e o acendeu. Em seguida, ela tomou o buquê com determinação, como se estivesse fazendo algo que já devia ter feito há tempos.

— Não! — gritei, pegando o buquê. — Deixe que eu fique com ele, se você não o quer mais!

— Nunca. Ele deve ser queimado.

Meus dedos se fecharam em cima das pétalas de rosas. Elas tinham a textura da bochecha enrugada de meu avô, a pele que eu sempre acariciava quando o visitava no asilo.

— Você está cometendo um erro — avisou Madame Z. Ela estendeu a mão para pegar o arranjo, e a puxou para trás rapidamente. Senti a mesma energia dentro de mim que havia sentido quando eu pedi que ela falasse sobre o buquê. Era como se ele tivesse algum poder sobre nós. O que era ridículo, é claro.

— Ainda há tempo de mudar o seu destino — argumentou ela.

— E qual seria o meu destino? — questionei. Minha voz travou. — Seria uma árvore caindo em uma floresta que eu, coitadinha de mim, não conseguiria escutar por causa dos meus fones de ouvido?

Madame Z me encarou com os seus cílios grossos. A pele em volta deles era tão fina quanto papel crepe, e eu percebi que ela era mais velha do que eu havia imaginado.

— Você é uma menina grossa e sem educação. Você merece levar uma surra. — Ela se recostou na cadeira giratória, e eu soube — assim, no meio do nada — que ela havia se libertado do poder do buquê. Ou talvez o buquê tivesse deixado que ela fosse? — Fique com ele, é a sua decisão. Eu não me responsabilizo por nada.

— Como se usa? — eu perguntei.

Ela suspirou.

— Por favor — eu pedi. Não queria ser chata. Porém, aquilo era muito importante. — Se você não me explicar, vou fazer tudo errado. Eu provavelmente vou... sei lá. Destruir o mundo.

— Frankie... deixe isso para lá — disse Will.

Balancei a cabeça. Não havia como.

Madame Z olhou para mim com um ar de desaprovação. Tudo bem.

— Você o segura com a mão direita e fala o seu desejo em voz alta — disse ela. — Mas eu estou avisando, isso não vai acabar bem.

— Você não precisa ser tão negativa — eu disse. — Não sou tão idiota quanto você pensa.

— Não, você é bem mais idiota — concordou ela.

Will interferiu, pois esse era o seu papel. Ele detestava clima tenso.

— Então... você não o usaria novamente, caso pudesse?

Madame Z ergueu as sobrancelhas.

— Você acha que eu preciso de mais desejos?

Yun Sun deu um suspiro forte.

— Bem, *eu* com certeza preciso de um desejo. Peça que eu tenha as coxas da Lindsay Lohan, por favor?

Eu amava os meus amigos. Eles eram tão maravilhosos. Eu ergui o buquê, e Madame Z se engasgou e segurou o meu pulso.

— Pelo amor de Deus, garota — exclamou ela —, se você vai fazer um desejo, pelo menos faça um que seja válido!

— É, Frankie — disse Will —, pense na coitada da Lindsay. Você quer que ela fique sem as coxas?

— Ela ainda teria as canelas — eu argumentei.

— Mas elas ficariam soltas? Que produtor de filmes vai contratar uma mulher que só tem o tronco?

Dei uma risada, e Will pareceu estar satisfeito com ele mesmo.

— Ai, *eca* — disse Yun Sun.

A respiração da Madame Zanzibar estava acelerada. Ela pode ter desistido de insistir comigo, mas o medo dela ao me ver levantando o buquê não pôde ser controlado.

Eu coloquei o buquê na minha bolsa-carteiro com cuidado para não amassá-lo. Depois, eu peguei minha carteira, paguei o dobro do que a Madame Zanzibar havia cobrado. Sem nenhuma explicação, apenas entreguei as notas. Ela as contou, e depois me examinou com um ar de cansaço.

"Tudo bem", era o que ela parecia dizer. "Só... fique atenta." Nós fomos para a minha casa pedir uma pizza, pois esse era o nosso ritual de sexta à noite. Sábados e domingos também, com bastante frequência. Meus pais estavam em licença sabática em Botsuana por um semestre, o que significava que o lar da Frankie era a central das festas. Só que nós não fazíamos festas de verdade. Apesar de todas as condições favoráveis: minha casa era localizada a muitos quilômetros da cidade em uma estrada velha, sem vizinhos próximos para reclamar. No entanto, nós preferíamos a nossa companhia, com aparições ocasionais de Jeremy, o namorado de Yun Sun. Jeremy achava que Will e eu éramos estranhos. Ele não gostava de abacaxi na pizza dele, e não compartilhava o nosso gosto para filmes.

A chuva batia com força no teto da picape de Will enquanto íamos pelas curvas fechadas do Restoration Boulevard, passando pelo Krispy Kreme e o Piggly Wiggly, e pela torre de abastecimento de água da cidade, que se erguia até o céu em sua glória solitária. A cabine da caminhonete estava apertada com nós três lá dentro, mas não me importava. Eu estava no meio. A mão de Will tocava a minha perna quando ele ia trocar de marcha.

— Olhem, o cemitério — disse ele, inclinando a cabeça em direção ao portão feito de ferro a sua esquerda. — Será que devemos fazer um minuto de silêncio para o Fernando?

— Acho que sim — eu disse.

Um raio iluminou as fileiras de lápides, e eu pensei comigo mesma que os cemitérios eram lugares realmente muito sinistros e assustadores. Ossos. Peles apodrecidas. Caixões que às vezes eram desenterrados.

Eu estava feliz por estar indo para casa. Fui de quarto em quarto acendendo todas as luzes enquanto Will pedia a pizza e Yun Sun vasculhava a lista de lançamentos em DVD da nossa locadora.

— Escolha alguma coisa divertida, hein? — eu falei, andando pelo hall.

— Não pode ser *Jogos mortais*? — disse Yun Sun.

Me juntei a ela na sala e analisei a lista.

— Que tal *High School Musical*? Não tem nada de assustador em *High School Musical*.

— Você só pode estar brincando — disse Will, desligando o telefone. — A Sharpay e o irmão dela fazendo aquela dança sexy com as maracás não é assustador?

Eu gargalhei.

— Meninas, decidam vocês, e divirtam-se — disse ele. — Tenho coisas para fazer.

— Você vai embora? — disse Yun Sun.

— E a pizza? — eu perguntei.

Ele abriu a carteira, tirou uma nota de vinte dólares do bolso e colocou-a na mesinha de café.

— Vai chegar em 30 minutos. Fica por minha conta.

Yun Sun balançou a cabeça.

— Repetindo: você vai *embora*? Você nem vai ficar para comer?

— Preciso fazer um negócio — disse ele.

Meu coração ficou apertado. Eu faria qualquer coisa para ele continuar ali, mesmo que fosse só por mais um pouco. Corri para a cozinha e tirei o buquê da Madame Z — não, o *meu* buquê — de dentro da minha bolsa.

— Pelo menos espere até eu fazer o meu pedido — eu disse.

Ele ficou surpreso.

— Tudo bem, faça o pedido.

Eu hesitei. A sala estava quentinha e aconchegante, a pizza ia chegar logo, e eu estava com os meus dois melhores amigos. O que mais eu poderia querer de verdade?

"Dã", disse a parte mais ambiciosa do meu cérebro. A formatura, é claro. Eu queria que Will me convidasse para ir com ele à formatura. Talvez fosse egoísmo ter tantas coisas e ainda assim querer mais, porém afastei este pensamento da minha cabeça.

"É só olhar para ele", pensei. Aqueles bondosos olhos marrons, aquele sorriso meio torto. Aqueles cachos ridiculamente angelicais. Toda a doçura e a bondade que Will representava.

Ele bateu na perna para imitar o som de tambores rufando. Eu levantei o buquê.

— Quero que o menino que eu amo me convide para a festa de formatura — eu disse.

— É isso aí, pessoal! — exclamou Will. Ele estava eufórico demais. — E qual menino *não* gostaria de levar nossa fabulosa Frankie à formatura? Agora nós temos que esperar e ver se o desejo dela vai...

Yun Sun o interrompeu.

— Frankie? Tudo bem?

— Ele se mexeu — eu disse, me afastando do buquê que eu havia jogado no chão. Eu estava suando frio.

— Juro por Deus, ele se mexeu quando eu fiz o pedido. E esse cheiro! Vocês estão sentindo?

— Não — disse ela. — Que cheiro?

— Você está sentindo, Will. Não está?

Ele sorriu, ainda com o jeito frenético que ele estava mostrando desde que... bem, desde que a Madame Z falou para ele evitar as alturas. Um trovão soou, e ele empurrou o meu ombro.

— Daqui a pouco você vai dizer que as fadinhas do mal provocaram a tempestade, não vai? — ironizou Will. — Melhor! Você irá para a cama hoje, e amanhã dirá que tinha uma criatura corcunda e cadavérica na sua cama, com um sorriso malvado na cara!

— Cheiro de flores podres — eu disse. — Vocês não estão mesmo sentindo? Não estão brincando comigo?

Will tirou as chaves do fundo do bolso.

— Câmbio, desligo. E, Frankie?

— O quê?

— Não desista — disse ele —, coisas boas acontecem para os que esperam.

Fiquei olhando pela janela enquanto ele ia embora na caminhonete. A chuva caía pesada. Me virei para Yun Sun, sentindo alguma coisa muito estranha dentro de mim.

— Você ouviu o que ele disse? — Agarrei as mãos dela. — Ai, meu Deus. Você acha que isso significa o que eu acho que isso significa?

— O que *mais* isso poderia significar? — disse Yun Sun. — Ele vai chamar você para a festa de formatura! Ele só... sei lá. Está querendo fazer uma superprodução!

— O que você acha que ele vai fazer?

— Não faço *ideia*. Contratar um carro de som? Mandar um telegrama cantado?

Eu dei um grito. Ela deu outro. Nós duas pulamos de alegria.

— Tenho que admitir que o lance do desejo foi brilhante — disse ela. E em seguida deu um peteleco no ar para ilustrar o empurrão que Will precisava. — E a parte das flores podres? Muuuito dramático.

— Mas eu realmente senti o cheiro — disse.

— Rá-rá.

— Senti.

Ela olhou para mim e balançou a cabeça, surpresa. Depois, ela olhou para mim novamente.

— Bem, deve ter sido fruto da sua imaginação — disse ela.

— Deve ter sido — respondi.

Peguei o buquê do chão, segurando-o cautelosamente. Eu o levei para a estante e o coloquei atrás de uma pilha de livros, feliz por tirá-lo da minha vista.

Na manhã seguinte, desci pelas escadas na esperança ingênua de encontrar... sei lá. Centenas de M&Ms formando o meu nome? Corações rosinhas desenhados com espuma nas janelas?

Em vez disso, encontrei um pássaro morto. Um corpo pequenino estava deitado no tapete da entrada, como se ele tivesse sido carregado pela água da chuva até a porta e batido com a cabeça ali.

Eu o envolvi em um papel toalha e tentei não sentir seu peso delicado enquanto eu o colocava no lixo do lado de fora.

— Desculpa, passarinho, tão bonito e fofo — eu disse. — Voe para o paraíso. — Eu deixei o cadáver cair, e a tampa da lata se fechou com uma batida.

Voltei para a casa ao som do telefone tocando. Provavelmente Yun Sun, querendo notícias. Ela foi embora com Jeremy às onze na noite anterior, depois de me fazer jurar que eu ia contar para ela assim que Will tomasse a atitude ousada.

— Oi, querida — eu disse, depois de olhar para o identificador de chamadas e ver que, sim, eu estava certa. — Nenhuma novidade ainda, foi mal.

— Frankie... — disse Yun Sun.

— Tenho pensado na Madame Z, sabe. Aquela conversa toda de não mexer com o destino.

— Frankie...

— De que maneira o convite do Will pode me levar a alguma coisa ruim? — Fui até a geladeira e peguei uma caixa de panquecas congeladas. — Por acaso a saliva dele é ácida? Ou ele vai me trazer flores e uma abelha vai me picar?

— Frankie, pare. Você não assistiu o jornal da manhã?

— Em um sábado? Claro que não.

Yun Sun engoliu a saliva.

— Yun Sun, você está *chorando*?

— Ontem à noite... Will subiu na torre de abastecimento de água — disse ela.

— O quê?! — A torre de abastecimento devia ter uns 90 metros de altura, com uma placa aos seus pés proibindo qualquer pessoa de subir. Will sempre falou em subir ali, mas ele era tão atento às regras que nunca o fez.

— E as grades deviam estar molhadas... ou talvez tenha sido um raio, eles ainda não sabem...

— Yun Sun. O que houve?

— Ele estava pichando alguma coisa na torre, aquele idiota, e...

— Pichando? *Will*?

— Frankie, quer calar a boca? Ele caiu! Ele caiu da torre!

Eu segurei o telefone com força.

— Jesus. Ele está bem?

Yun Sun não conseguia falar de tanto que chorava. O que era compreensível, claro. Will também era amigo dela. Porém, eu precisava que ela falasse.

— Ele está no hospital? Eu posso ir visitá-lo? Yun Sun!

Eu ouvi um choro, e depois um som abafado. A Sra. Yomiko pegou o telefone.

— Will morreu, Frankie — disse ela. — A queda, a maneira como ele caiu... ele não sobreviveu.

— Como é que é?

— Chen está indo buscar você. Você vai ficar com a gente, está bem? Quanto tempo quiser.

— Não — respondi —, quer dizer... eu não... — A caixa de panquecas caiu da minha mão. — O Will não *morreu*. Ele não pode ter *morrido*.

— Frankie — disse ela, sua voz infinitamente triste.

— Por favor, não diga isso — implorei. — Por favor, não faça uma voz tão... — Eu não sabia como fazer para que o meu cérebro pensasse.

— Sei que você o amava. Todos nós o amávamos.

— *Espere* um pouco — eu disse. — Pichando? O Will não picha. Isso é uma coisa que um imbecil faz, não Will.

— Nós vamos trazer você para cá. Aí nós conversamos.

— Mas o que ele estava pichando? — eu supliquei.

— Por favor! Chame a Yun Sun!

Houve mais um som abafado. Yun Sun veio falar.

— Eu vou dizer — respondeu ela —, mas você não vai gostar de saber.

Uma sensação gelada se espalhou por mim e, de repente, eu *não* quis mais saber.

— Ele estava pichando uma mensagem. Era isso que ele estava fazendo lá em cima. — ela hesitou. — Dizia, "Frankie, você quer ir comigo na festa de formatura?"

Caí no chão da cozinha, ao lado da caixa de panquecas. Por que eu estava segurando uma caixa de panquecas?

— Frankie? — disse Yun Sun. Um som baixo e distante. — Frankie, você está aí?

Eu não estava gostando daquele som. Desliguei o telefone para fazê-lo desaparecer.

Will foi enterrado no cemitério Chapel Hill. Eu fiquei sentada, estática, durante todo o funeral. O caixão estava fechado porque o corpo de Will havia ficado muito desfigurado. Eu queria me despedir, mas como dizer adeus a uma caixa? Ao lado da cova, eu vi a mãe de Will jogar um punhado de terra sobre o caixão dentro do buraco onde ele ia ficar. Foi horrível, mas o horror parecia distante e irreal. Yun Sun apertava a minha mão. Eu não apertava a dela.

Choveu naquela noite, uma chuva mansa de primavera. Imaginei o solo, úmido e frio em volta do caixão de Will. Pensei em Fernando, cuja caveira havia sido libertada por Madame Zanzibar depois que seu caixão fora retirado da cova. Lembrei que a parte leste do cemitério, onde Will havia sido enterrado, era mais nova e parecia ser mais agradável. E, claro, havia meios mais modernos de desenterrar caixões hoje em dia, mais eficientes do que homens com pás.

O caixão de Will não iria ser desenterrado. Era impossível.

Fiquei com Yun Sun por volta de duas semanas. Ligaram para os meus pais, e eles pensaram em voltar de Botsuana, mas eu disse que não. Que diferença faria? A presença deles não traria Will de volta.

Na escola, durante alguns dias, os alunos cochichavam e olhavam para mim quando eu passava. Alguns achavam que Will havia sido romântico. Outros achavam que ele havia sido um idiota.

— Uma tragédia — era o que diziam em tom de pesar.

Quanto a mim, eu perambulava pelos corredores como uma morta-viva. Eu teria faltado, mas eu acabaria sendo chamada pela coordenação e forçada a falar sobre os meus sentimentos. Isso não ia dar certo. O meu sofrimento era só meu, um esqueleto que ia me assombrar por dentro para sempre.

Uma semana depois da morte de Will, exatamente uma semana antes da festa de formatura, os alunos começaram a falar menos sobre o acidente e mais sobre vestidos e reservas para jantar e limusines. Uma menina pálida da sala de química do Will se irritou e disse que a festa de formatura devia ser cancelada, mas os outros disseram que não, que a festa deveria acontecer. Will ia preferir que fosse assim.

Yun Sun e eu fomos consultadas, uma vez que éramos as melhores amigas dele. (E eu, afinal, mesmo que eles não tenham dito, era a menina por quem ele havia morrido). Os olhos de Yun Sun ficaram cheios de lágrimas, mas, depois de um momento de hesitação, ela disse que seria errado arruinar os planos de todo mundo, que ficar em casa lamentando não faria bem a ninguém.

— A vida continua — disse ela. Jeremy, seu namorado, concordou. Ele pôs o braço em volta dos ombros dela e a abraçou.

Lucy, a presidente do comitê de formatura, pôs a mão sobre o coração.

— É verdade — disse ela. Ela se virou para mim com uma expressão de dor. — E você, Frankie? Acha que estaria tudo bem?

Eu dei de ombros.

— Tanto faz.

Ela me abraçou, e eu me senti tonta.

— Bom, pessoal, vai rolar! — disse ela, dando pulinhos. — Trixie, de volta ao trabalho com as flores. Jocelyn, diga à mulher que entrega papéis que precisamos de cem fitas azuis, e não volte até fechar um bom negócio!

Na noite da festa, duas horas antes da hora marcada para Jeremy pegar Yun Sun, eu coloquei minhas coisas na minha bolsa e disse que estava indo para casa.

— O quê? — exclamou Yun Sun. — Não! — Ela desligou o secador de cabelo. A maquiagem dela estava em sua frente, na penteadeira. O glitter de corpo da Babycakes, o gloss sabor framboesa. O vestido estava pendurado na maçaneta da porta do banheiro. Era lilás, com um decote em V. Era lindo.

— Já deu — eu respondi. — Obrigada por me deixar ficar por tanto tempo... mas já deu.

Seus lábios ficaram caídos. Ela queria argumentar, mas sabia que era verdade. Eu não estava feliz ali. Isso nem era o problema de fato — eu não ia ficar feliz em lugar algum —, mas ficar andando para lá e para cá na casa dos Komiko estava me fazendo sentir presa, e Yun Sun estava se sentindo inútil e culpada.

— Mas esta é a noite da formatura — disse Yun Sun.

— Não vai ser estranho ficar sozinha em casa na noite da formatura? — Ela se aproximou de mim. — Fique até amanhã. Não vou fazer barulho quando entrar, eu juro. Prometo que não vou ficar falando e falando sobre... você sabe. As fofocas e quem ficou com quem e quem desmaiou no banheiro das meninas.

— Você *deve* falar sobre essas coisas, na verdade — eu respondi. — Você deve ficar até tarde e entrar fazendo barulho e se sentindo meio tonta e muito feliz e tudo o mais. — Meus olhos se encheram de lágrimas, inesperadamente. — Você *deve* fazer isso, Yun Sun.

Ela tocou o meu braço. Eu me afastei, tentando ao máximo disfarçar o movimento.

— Você também devia fazer isso, Frankie — disse ela.

— É... pois é. — Eu coloquei a bolsa no ombro.

— Ligue se precisar — disse ela. — Vou ficar com o celular ligado, até na hora da valsa.

— Pode deixar.

— E se você mudar de ideia, se decidir ficar aqui...

— Obrigada.

— E mesmo se você decidir ir na festa! Todos nós queremos você lá... sabe disso, não sabe? Não faz diferença se você não tem um par.

Eu pisquei. Ela não teve uma intenção ruim, mas o fato era que fazia toda a diferença que eu não tivesse um par, porque o par seria Will. E ele não estava comigo não porque ele gostasse de outra menina ou porque ele tivesse muito gripado, mas porque ele estava morto. *Por minha causa.*

— Ai, meu Deus... — disse Yun Sun. — Frankie...

Eu a afastei de mim. Não queria mais ser tocada.

— Tudo bem.

Nós ficamos ali em pé dentro de uma bolha.

— Eu também sinto falta dele, sabe — disse ela.

Eu fiz que sim com a cabeça e fui embora.

Voltei para minha casa vazia e descobri que a eletricidade não estava funcionando. Perfeito. Isso acontecia com mais frequência do que deveria acontecer: as tempestades noturnas derrubavam galhos, que caíam em cima de algum transformador, e toda a vizinhança ficava sem energia por várias horas. Ou a eletricidade morria sem razão alguma. Talvez muitas pessoas ligassem os seus aparelhos de ar-condicionado ao mesmo tempo e os circuitos acabavam ficando sobrecarregados, essa era a minha teoria. A teoria de Will era que tinham fantasmas, ha ha ha.

— Eles vieram para te assombrar — dizia ele com uma voz assustadora.

Will.

Minha garganta ficou apertada.

Tentei não pensar nele, mas era impossível, então deixei que ele existisse dentro da minha mente. Preparei um sanduíche de pasta de amendoim que eu não comi. Fui para o andar de cima e fiquei na cama, deitada sobre os lençóis. As sombras ficaram mais profundas. Uma coruja piou. Olhei para o teto até que não conseguisse mais ver as teias de aranha.

No escuro, meus pensamentos vagaram por lugares indevidos. Fernando. Madame Zanzibar. "Você é igual a todas, não é? Desesperada por um romance de tirar o fôlego, custe o que custar."

Foi aquela sensação de desespero que fez nascer o meu plano idiota de ir na Madame Zanzibar e o meu desejo ainda mais idiota. Foi isso que impulsionou o Will. Se ao menos eu não tivesse ficado com o maldito buquê!

Eu levantei. Meu Deus — o maldito buquê! Peguei o celular e apertei o três, o número de discagem automática da Yun Sun. O um era para mamãe e papai; o dois para Will. Eu ainda não havia deletado o nome dele, e agora não precisaria mais fazer isso.

— Yun Sun! — eu berrei quando ela atendeu.

— Frankie? — disse ela. Estava tocando "S.O.S.", da Rihanna, ao fundo. — Você está bem?

— Estou — eu respondi, — melhor do que bem! Quer dizer, estou sem luz, está um breu completo, e eu estou sozinha, mas tudo bem. Não vou ficar assim por muito tempo. — Eu ri e fui até o corredor.

— O quê? — disse Yun Sun. Mais barulho. Pessoas rindo. — Frank, eu mal consigo ouvir você.

— O buquê. Eu tenho mais dois desejos! — Fui correndo até lá embaixo, pulando de alegria.

— Frankie, o que você...

— Eu posso trazê-lo de volta, você não está entendendo? Vai ficar tudo bem de novo. Nós podemos até ir à festa!

A voz de Yun Sun ficou séria.

— Frankie, não!

— Eu sou tão *imbecil*... por que eu não pensei nisso antes?

— Espere. Não faça isso, não faça o... — Ela parou de falar. Eu ouvi um "Opa", seguido por um pedido de desculpas e alguém dizendo "Ai, eu *amo* o seu vestido!" Parecia que todos estavam felizes. Eu estaria me divertindo junto com eles em breve. Fui até a sala e parei na frente da estante de livros onde eu havia deixado o buquê. Passei a mão pelos livros e abri um espaço entre eles. Meus dedos encontraram algo macio, como pétalas.

— Pronto — disse Yun Sun. Os sons ao fundo haviam diminuído, como se ela tivesse saído do salão. — Frankie, eu sei que você está triste. Eu *sei* disso. Mas o que aconteceu com o Will foi apenas uma coincidência. Uma coincidência muito, muito terrível.

— Chame do que você quiser — respondi —, eu vou fazer o meu segundo desejo. — Tirei o buquê de trás dos livros.

Yun Sun ficou mais nervosa.

— Frankie, não, você não pode!

— Por que não?

— Ele caiu de uma altura enorme! O corpo dele ficou... Eles disseram que ficou... Foi por isso que ele ficou em um caixão fechado, lembra?

— E?

— Ele já está apodrecendo dentro do caixão há treze dias! — berrou ela.

— Yun Sun, isso é um comentário de muito mau gosto. Honestamente, se fosse Jeremy a voltar à vida, será que estaríamos tendo esta conversa? — Aproximei as pétalas do meu rosto, tocando-as delicadamente com os meus lábios. — Olha, preciso ir. Deixem um pouco de ponche para mim! E para Will! Ah, peça logo para fazerem mais ponche para ele, eu aposto que ele está absolutamente maluco de sede!

Fechei o telefone e levantei o buquê com as mãos.

— Desejo que Will fique vivo de novo! — eu berrei com convicção.

O cheiro de decadência tomou o ar. O buquê se encolheu, como se as pétalas estivessem sendo sugadas para dentro de si. Eu o joguei para longe automaticamente, como se estivesse espantando um zumbido perto do ouvido. Mas tudo bem. O buquê não era o importante. O mais importante era o Will. *Onde* ele estava?

Olhei em volta ridiculamente, esperando que ele estivesse sentado no sofá me observando com um ar de *Você jogou um bando de flores secas no chão? Que boba!*

O sofá estava vazio, uma forma fantasmagórica, reluzente ao lado da parede.

Fui até a janela e olhei para fora. Nada. Apenas o vento, movendo as folhas das árvores.

— Will? — eu chamei.

Nada, novamente. Um abismo enorme de frustração se abriu em mim, e eu me joguei na cadeira de couro do meu pai.

"Frankie, sua idiota. Idiota, boba, patética."

O tempo passou. Cigarras cantaram.

"Cigarras idiotas."

E então, bem baixinho, um barulho. E depois outro. Eu fiquei ereta.

O som de pedrinhas na rua... ou talvez na entrada? Os barulhos ficaram mais próximos. Era um barulho cuidadoso e tinham um certo peso, como se algo estivesse sendo carregado.

Fiquei atenta para ouvir melhor.

Sim — um barulho a poucos metros da porta. Um barulho que era claramente de algo não humano.

Minha garganta se fechou quando as palavras de Yun Sun voltaram à minha memória. *Deformado. Apodrecendo.* Ela havia dito isso. Eu não havia prestado atenção antes. Agora era tarde demais. O que eu havia feito?

Dei um pulo da cadeira e voei para o hall de entrada, me protegendo do possível olhar de alguém — ou de alguma coisa — que quisesse tentar me ver pela janela. O que exatamente eu havia trazido de volta à vida?

Uma batida ecoou pela casa. Eu gemi, e rapidamente coloquei a mão sobre a boca.

— Frankie? — chamou uma voz. — Eu, bem... ai. Estou meio desarrumado. — Ele gargalhou a mesma risada de sempre. — Mas estou aqui. Isso é o que importa. Estou aqui para levar você à festa de formatura!

— Nós não precisamos ir à festa de formatura! — respondi. Aquela voz trêmula era *minha* mesmo? — Quem precisa da formatura? Que bobagem!

— Ah, sim! Isso vindo da garota que mataria um por um encontro amoroso perfeito. — A maçaneta se mexeu. — Você não vai me deixar entrar?

Minha respiração ficou acelerada.

Havia vários barulhos de objetos caindo, como se fossem morangos podres sendo jogados na lata de lixo, seguidos do comentário:

— Ih, cara. Que droga.

— Will? — sussurrei.

— Isso é meio bizarro... mas você tem removedor de manchas?

"Meu Deus. Ai, meu Deus."

— Você não está chateada, está? — perguntou Will. Ele parecia estar preocupado. — Vim o mais rápido que pude. Mas foi tão *estranho*, Frankie. Afinal, tipo...

Minha mente imaginou um buraco sem ar, lá fundo no chão. "Por favor, não", eu pensei.

— Deixe para lá. Foi estranho e ponto final. — Ele tentou animar o ambiente. — Você vai me deixar entrar, ou não? Estou caindo aos pedaços aqui!

Pressionei meu corpo contra a parede. Meus joelhos tremiam, eu não estava conseguindo controlar os músculos, mas lembrei que estava segura atrás da porta, que era bem sólida. Mesmo tendo mudado, Will ainda era feito de carne e osso. Pelo menos parcialmente. Ele não era um fantasma que podia atravessar as paredes.

— Will, você tem que ir embora — eu disse. — Cometi um erro.

— Um erro? Como assim? — O ar confuso dele partiu o meu coração.

— É que... ai, meu Deus. — Comecei a chorar. — Nós não somos mais perfeitos um para o outro. Você entende, não entende?

— Não, eu não entendo. Você queria que eu pedisse que você fosse comigo à festa de formatura, e eu pedi isso. E agora sem razão alguma... *ahhh*! Entendi!

— Entendeu?

— Não quer que eu veja você agora! É isso, não é? Está nervosa por causa da roupa!

Será que era melhor eu concordar? Dizer que sim para que ele fosse embora?

— Frankie. Cara. Você não precisa se preocupar.

— Ele gargalhou. — Primeiro, você é linda; e depois, comparada comigo, você vai estar simplesmente... sei lá, um anjo do céu.

Ele parecia estar aliviado com aquela explicação, como se tivesse encontrado uma lógica em uma coisa estranha, mesmo sem conseguir entendê-la profundamente. No entanto, agora ele sabia: era apenas Frankie tendo problemas com autoestima. Bobinha!

Ouvi um barulho, e depois uma batida na madeira. Meu corpo ficou tenso, porque eu reconheci aquele som.

"O depósito de leite — droga. Ele lembrou da chave no depósito de leite."

— Vou entrar — disse ele, batendo na porta da frente. — Tá, Franks? Porque, cara... assim... eu estou morrendo de vontade de ver você!

Ele gargalhou, em júbilo.

— Quer dizer, não é isso, essa frase caiu meio mal...
mas, enfim, acho até que uma piadinha desse tipo hoje
cai bem. *Tudo* está caindo hoje — e quando eu digo
tudo, é tudo mesmo!

Corri para a sala, onde fiquei com os joelhos e as
mãos apoiados no chão. Se ao menos não estivesse tão
escuro!

A fechadura fez um barulho, e Will virou a chave. A
respiração dele fazia um chiado.

— Estou indo, Frankie! — disse ele. — *Ô, de casa!*
Estou indo o mais rápido que posso!

O meu medo atingiu tal ponto que me senti em um
outro estado da realidade. Eu estava ofegante e berrando. Conseguia escutar a minha voz dentro de mim, e as
minhas mãos tateavam o chão enquanto eu me arrasta-
va.

A fechadura se abriu.

— *Pois não?* — brincou Will.

A porta deslizou por cima do carpete no mesmo instante em que os meus dedos encontraram o buquê.

— Frankie? Por que está tão escuro? E porque você
não está..

Eu apertei os meus olhos com força e fiz o meu último desejo.

Todos os sons se calaram, exceto pelo barulho do
vento nas folhas. A porta, ainda terminando o trajeto
lentamente, bateu contra a parede. Fiquei onde estava,
no chão. Chorei porque meu coração estava se partin-
do. Não, meu coração estava completamente partido.

Depois de vários instantes, as cigarras mais uma vez emitiram o seu coro apaixonado. Fiquei de pé, cambaleei pela sala, e parei, tremendo, de frente para a porta aberta. Lá fora, a luz da lua iluminava a rua deserta.

Madison Avery e a Morte

KIM HARRISON

1

"Um general britânico, uma donzela de vestido e um pirata entrando no salão", pensei. Eu olhava para os corpos que se moviam naquele caos hipnotizante de adolescentes inexperientes e cheios de desejo. A especialidade do colégio Covington era transformar a formatura em piada. Para piorar, era o dia do meu aniversário de 17 anos. Que diabos eu estava fazendo ali? Uma formatura tinha que ter vestidos de verdade e uma banda ao vivo, e não aquelas roupas horríveis, música gravada e serpentinas. E o meu aniversário devia ser... tudo menos isso.

— Tem certeza que não quer dançar? — Josh gritou no meu ouvido, com o seu hálito adocicado. Tentei não mexer meu rosto. O meu olhar estava fixo no relógio ao lado do placar do ginásio. Me perguntei se ficar ali por uma hora era tempo suficiente. Eu não queria levar uma bronca do meu pai. A música estava chata — era sempre a mesma batida se repetindo. Nada de interessante nos últimos quarenta minutos. E o volume do grave estava alto demais.

— Tenho — falei, me esquivando no ritmo da música quando uma das mãos dele tentou pegar a minha cintura. — Ainda não deu vontade de dançar.

— Quer beber alguma coisa? — ele tentou novamente. Eu levantei o quadril, cruzando os braços a fim de esconder o decote. Ainda estava esperando que um milagre da natureza fizesse com que as curvas do meu corpo aparecessem, mas o corpete do vestido apertava tudo para cima, então parecia que eu tinha mais do que realmente tinha, o que estava me deixando um tanto alterada.

— Não, obrigada — eu disse com um suspiro. Ele não deve ter me escutado, mas entendeu a mensagem, a julgar pela maneira como ficou olhando para os corpos que se moviam. Longos vestidos de gala e fantasias bem curtinhas de garçonetes misturadas com piratas e marinheiros fanfarrões. Esse era o tema da festa. Piratas. Meu Deus! Eu havia trabalhado por dois meses para preparar a formatura na minha escola antiga. Ia ser muito maneiro, com uma barca toda iluminada e uma banda de verdade, mas nããão. A mamãe disse que o papai precisava passar um tempo comigo. Que ele estava enfrentando uma crise de meia-idade e que precisava se conectar novamente com algo do passado que não o aborrecesse. Acho que ela ficou preocupada porque eu havia dado uma escapadinha para tomar café, e achou melhor me mandar de volta ao papai em Dullsville, sabendo que eu o escutava um pouco mais. Tudo bem, a escapadinha foi depois da meia-noite. E eu até posso ter saído em busca de um pouco mais do que cafeína. E sim, já havia ficado de castigo por ter saído muito tarde no fim de semana anterior, mas foi exatamente graças a esse episódio que eu precisei sair de fininho.

Passando os dedos no laço apertado do meu vestido de época, fiquei me perguntando se aquelas pessoas tinham alguma noção do que era uma festa de verdade. Talvez eles não estivessem nem aí.

Josh estava em pé na minha frente, movendo a cabeça ao ritmo da música, um sinal evidente de sua vontade de dançar. Próximo à mesa de comida, havia um cara que tinha aparecido no meio do nada. Ele estava olhando na minha direção, e eu olhei de volta, tentando distinguir se o seu foco era eu ou Josh. Ao perceber o meu olhar, ele virou o rosto.

Então me voltei para Josh, que já estava quase dançando ali, entre as pessoas e eu. Enquanto ele movia a cabeça ao som da batida, percebi que a fantasia que ele usava fazia com que o seu pouco peso e a sua altura excessiva lhe caíssem bem — era uma farda vermelha e branca tradicionalmente usada por generais britânicos, com uma espada de mentira e ombreiras. Ideia do pai, provavelmente, visto que ele era o mais VIP dos VIPs da base militar local. Ele havia ajudado muitas pessoas a conseguir um emprego na área de pesquisa quando a base veio para o estado do Arizona. As ombreiras de Josh combinavam com o laço e o corpete exagerados do meu vestido.

— Vamos logo. Todo mundo está dançando — ele insistiu quando viu que eu estava olhando para ele. Balancei a cabeça, quase com pena. Ele me lembrava dos caras no clube de fotografia. Eles sempre fingiam que a porta da câmara escura havia emperrado para conseguir alguma coisa com as meninas. Era tão injusto. Eu havia passado três anos aprendendo como me integrar às meninas legais, e lá estava eu, de volta aos caras bonzinhos — porém menos populares — devorando docinhos no ginásio. E era o meu aniversário ainda por cima.

— Não — respondi, secamente. Traduzindo: *Desculpa, mas não quero. Pode desistir.*

Até Josh, o esquisitão de cabeça grande e óculos quebrados, entendeu o recado. Ele parou a sua quase dança e fixou os olhos azuis em mim.

— Meu Deus, você é uma babaca, sabia disso? Só pedi para você vir comigo porque o meu pai me forçou. Se quiser dançar, eu estarei ali.

Minha respiração travou, e eu fiquei olhando para ele, boquiaberta, como se ele tivesse me dado um soco na barriga. Ele ergueu as sobrancelhas e saiu andando com as mãos nos bolsos e o nariz em pé. Duas meninas deram passagem para ele, e depois se inclinaram e começaram a fofocar, olhando para mim.

"Meu Deus, eu sou uma péssima companhia." Piscando rapidamente, prendi a respiração, tentando impedir que minha vista ficasse turva. Droga, eu não só era nova na escola como também era uma péssima companhia! Tudo isso por que o meu pai havia se dado bem com o novo chefe, que fez com que o filho me convidasse para a formatura.

108

— Que droga — sussurrei, me perguntando se estavam todos olhando para mim ou se era apenas a minha imaginação. Ajeitei o meu cabelo loiro e curto atrás das orelhas e encostei na parede. Ali, com os braços cruzados, tentei fingir que Josh tinha ido pegar um pouco de bebida. Por dentro, eu estava morrendo. Havia sido descartada. Pior, havia sido descartada por um nerd.

— Muito bem, Madison — falei com mau humor, imaginando as fofocas na segunda-feira. Vi Josh ao lado da mesa de comidas tentando me ignorar de uma maneira que não fosse muito óbvia. O cara vestindo fantasia de marinheiro que estava olhando para nós minutos antes começou a falar com ele. Eu ainda não tinha certeza de que ele era um dos amigos de Josh, mesmo que ele estivesse puxando o braço dele e apontando para as meninas que dançavam. Elas usavam vestidos curtos demais para os passos de dança que estavam fazendo. No entanto, não me surpreendia que eu não o reconhecesse, pois eu evitava todo mundo na escola pelo simples fato de não me sentir feliz ali, e não me importava se todos percebessem isso.

Eu não era nem uma CDF nem uma nerd, mesmo que tenha feito parte do clube de fotografia na outra escola. Apesar dos meus esforços, eu aparentemente não me encaixava no clube das Barbies. E eu não era nem uma gótica, nem um gênio, nem uma drogada, e nem uma das alunas que fingiam ser cientistas — aquelas que, como os pais, passavam os dias nos laboratórios de pesquisa. Não me encaixava em lugar nenhum.

"Corrigindo", pensei enquanto Josh e o marinheiro riam. "Eu me encaixo no grupo das babacas."

O cara atraiu a atenção de Josh para outro grupo de meninas, que agora riam de algo que Josh havia dito.

O cabelo castanho do tal cara era crespo debaixo do boné de marinheiro, e a sua fantasia branca o fazia ficar igual a todos os outros que usavam a mesma fantasia. Ele era alto, e havia uma precisão em seus movimentos que indicava que ele havia parado de crescer. Parecia ser mais velho do que eu, mas não podia ser tão mais velho assim. Afinal, estávamos em uma *formatura* de colégio.

"E eu nem tenho que estar aqui", pensei de repente, me afastando da parede, tomando impulso com o cotovelo. Josh ficou encarregado de me dar carona de volta, mas o meu pai podia me buscar, caso eu ligasse.

Aos poucos fui diminuindo o ritmo da caminhada, que me levaria até a porta de saída, passando entre o pessoal, para pensar melhor. Ele me perguntaria por que Josh não havia me levado em casa. Ele descobriria tudo. Eu até aguentaria o discurso sobre ser legal e tentar me ajustar, mas a vergonha...

Josh estava olhando para mim quando levantei o rosto. O cara ao lado dele estava tentando chamar a sua atenção, mas os olhos dele estavam focados nos meus. Caçoando de mim.

Foi a gota d'água. Eu não ia ligar para o meu pai coisa nenhuma. E eu também não ia entrar em um carro com Josh. Eu ia andando. Os oito quilômetros. Em cima dos meus saltos altos e usando vestido longo. Em uma noite fria de abril. Com os meus seios apertados no corpete. Qual seria a pior coisa que podia acontecer? Uma vaca ia me atropelar? Droga, eu sentia muita falta do meu carro.

— É isso aí, garota — murmurei, certa de minha resolução. Segurei o meu vestido, cabeça baixa enquanto os meus ombros batiam nos casais que dançavam. Eu precisava sair dali, com certeza. As pessoas estavam fofocando, mas eu não ligava. Não precisava de amigos. As pessoas superestimavam demais a amizade.

A música ficou mais rápida e eu me concentrei, pois as pessoas pareciam ter mudado de ritmo de uma forma estranha. Forcei uma parada quando percebi que estava a um passo de esbarrar em alguém.

— Desculpa! — berrei mais alto do que a música. Ao olhar para a pessoa, fiquei congelada. "Caramba, é o Sr. Capitão Pirata, o Sexy. Onde ele esteve nas últimas três semanas? Será que de onde ele veio tem outros?"

Eu nunca o havia visto, em nenhum outro dia desde que fui parar naquela cidade. Não teria me esquecido. Talvez teria até me esforçado mais. Encabulada, larguei a barra do vestido a fim de tapar o meu decote. Deus, eu estava me sentindo como uma inglesinha vagabunda com aquele corpete tão apertado. O cara estava vestindo uma fantasia preta bem cafona de pirata, com uma pedra presa em seu colar, em cima do peito. Dava para ver o pingente perto da abertura da blusa. Uma máscara parecida com a do Zorro escondia a parte superior de seu rosto. As fitas negras que amarravam a máscara se confundiam com o seu cabelo ondulado. Ele era alguns centímetros mais alto do que eu, e quando conferi o seu corpo quis perguntar onde ele esteve todo esse tempo.

"Certamente, não na aula sobre o governo americano da Sra. Fairel", pensei, vendo as luzes coloridas iluminando o seu rosto.

— Perdão — ele disse, pegando a minha mão. Fiquei sem ar. Não porque ele estava me tocando, mas porque o sotaque dele não era dali. Um tipo de respiração lenta e suave aliada a uma precisão rígida traziam-lhe um ar de bom gosto e sofisticação. Dava para ouvir um titilar de cristais e uma risada branda em sua voz, os sons reconfortantes que repetidamente me embalavam no sono enquanto as ondas desabavam na praia.

— Você não é daqui — falei rapidamente, inclinando-me para ouvi-lo melhor.

Um sorriso apareceu em meio a pele escura e o cabelo cheiroso. Ele era tão familiar ao lado daqueles rostos pálidos e cabelos claros naquela prisão em que eu me encontrava.

— Estou aqui temporariamente — ele disse. — Estou fazendo um intercâmbio, digamos. Assim como você.

— Ele olhou com desdém para as pessoas que dançavam ao nosso redor, sem ritmo e sem originalidade alguma. — Esse lugar tem muita vaca, não tem?

Gargalhei, tentando não parecer muito idiota.

— Tem! — quase berrei, puxando ele para baixo para falar ao seu ouvido, por causa do barulho. — Mas eu não sou uma aluna de intercâmbio. Eu me mudei, vim da Flórida. Minha mãe mora lá, mas estou aqui presa com o meu pai. Eu concordo. Você tem razão, isso aqui é um lixo. Pelo menos você vai voltar para casa logo. "E onde fica a sua casa, Sr. Pirata, o Sexy?" Uma onda calma com águas brandas me tomou, vindo dele como uma memória que ressurge. E mesmo que alguns considerem desagradável, as lágrimas vieram aos meus olhos. Senti falta da minha escola antiga. Senti falta do meu carro. Falta dos meus amigos. Por que a mamãe teve que ser tão careta?

— Para casa, sim — ele disse, e um sorriso hipnotizante deixou um pouco de sua língua à mostra quando lambeu os lábios, antes de ficar sério novamente. — Nós devíamos sair da pista. Estamos atrapalhando a... dança.

Meu coração bateu mais forte. Não queria me mover. Ele podia ir embora ou, pior, alguém podia se intrometer, querendo falar com ele.

— Quer dançar? — falei, nervosa. — Não que eu esteja acostumada, mas a batida é boa.

O sorriso dele cresceu, e uma onda de alívio acelerou o meu pulso. "Ai, eu acho que ele gosta de mim." Largando a minha mão, ele fez que sim com a cabeça, deu um passo para trás, e começou a se mexer.

Por um instante, esqueci de acompanhá-lo e fiquei olhando. Ele não era metido. Não, ele era o oposto — os seus movimentos lentos impressionavam muito mais do que se ele tivesse aberto um clarão na pista rodando comigo.

Ao perceber que eu estava olhando, ele sorriu, protegido pela máscara misteriosa e por um par de olhos azuis. Ele segurou a minha mão, convidando-me para dançar. Respirei fundo, meus dedos estavam entrelaçados aos dele, que eram quentes, e permiti que eu fosse guiada. A música era um mero acompanhamento aos nossos movimentos, e eu fiquei perdida tentando achar a maneira certa de dançar. Como numa valsa, nós nos movemos ao som das batidas. Relaxei o corpo, achando que seria mais fácil se eu simplesmente não pensasse muito. Senti profundamente cada movimento dos meus quadris e dos meus ombros — uma emoção muito grande começou a crescer dentro de mim. Enquanto todos ao nosso redor dançavam rapidamente, nós nos mexíamos com calma. O espaço entre nós estava cada vez menor. O olhar de um estava preso no olhar do outro e eu fui ganhando confiança. Deixei que ele me guiasse de acordo com o ritmo da música, e meu coração batia no mesmo compasso.

— A maioria das pessoas aqui me chama de Seth — ele disse. Ele quase arruinou o momento, se não fosse por uma de suas mãos tomando a minha cintura. Eu encostei nele. "Agora sim. Assim está bem melhor."

— Madison — eu disse, muito satisfeita por estar ali, dançando bem mais lentamente que o resto das pessoas. No entanto, a música era rápida, fazendo com que o meu sangue corresse depressa. Os dois extremos deixavam a coisa toda muito mais ousada. — Nunca vi você por aqui. Você já se formou?

Os dedos de Seth apertaram o meu vestido — ou talvez ele estivesse apenas chegando mais perto de mim.

— Ano passado — ele disse, inclinando-se para que não tivesse que gritar muito.

As luzes coloridas brincavam no rosto dele, e eu me senti meio zonza. Não estava nem aí para o Josh. Aquilo sim era o que eu havia imaginado para a minha formatura.

— Ah, isso explica tudo — falei, afastando a minha cabeça a fim de fitar seus olhos. — Estou me formando agora.

Ele sorriu com os lábios unidos, e eu me senti pequena e protegida. Eu também sorri. Dava para sentir as pessoas olhando para nós, elas até dançavam mais devagar para ver melhor. Torci para que Josh estivesse vendo aquilo. "Pode me chamar de babaca."

Ergui o queixo e, em um movimento ousado, abracei Seth e o puxei mais para perto. Nossos corpos se uniam e depois se afastavam. Meu coração batia forte por causa do que eu estava fazendo, mas eu realmente queria magoar Josh. Queria que as fofocas do dia seguinte girassem em torno do quão idiota ele havia sido em me deixar na pista. Eu queria... alguma coisa.

As mãos de Seth acariciavam a minha cintura delicadamente, sem prender meu corpo nem exigir nada dele, deixando espaço para que eu dançasse como quisesse. Me deixei ir em movimentos mais ousados do que aqueles idiotas já haviam visto em qualquer lugar, a não ser na televisão. Meu lábios tremeram quando vi Josh e o seu amigo marinheiro, aquele com quem ele esteve conversando o tempo todo. O rosto de Josh expressava raiva. Dei um sorriso.

— Quer que ele entenda que você não está mais com ele? — Seth falou com um ar de provocação. Eu o encarei. — Ele magoou você — Seth disse, e a sua mão escura tocou o meu queixo, deixando ali um rastro de energia. — Deveria mostrar o que ele está perdendo.

Aquele momento foi único, e por mais que eu soubesse que ele estava sendo malicioso, acabei fazendo que sim com a cabeça.

Seth diminuiu o passo e me puxou para perto dele em um movimento suave e equilibrado. Ele ia me beijar. Tinha certeza. Estava escrito em cada gesto dele. Meu pulso bateu muito forte, e eu inclinei o rosto a fim de encaixar meus lábios nos dele. Senti que os meus joelhos travaram. Ao nosso redor, as pessoas também diminuíram o passo para nos ver, algumas rindo, outras sentindo inveja. Meu olhos se fecharam e eu desloquei meu peso de modo que a dança continuasse durante o beijo.

Era tudo o que eu queria. Uma onda de calor tomou as partes do meu corpo que ele tocava, espalhando-se em camadas incandescentes, cada vez mais quentes a cada toque dele. Nunca havia sido beijada daquela forma. Eu não conseguia respirar, com medo de estragar tudo. Minhas mãos estavam na cintura de Seth e o apertaram ainda mais quando uma de suas mãos segurou cuidadosamente a minha bochecha, como se eu fosse de porcelana. Ele tinha o gosto de fumaça de madeira queimada. Eu queria mais — e olha que aquilo ali já estava muito bom.

Ele deu um gemido baixinho, mais calmo do que um trovão distante. Suas mãos me apertaram ainda mais e muita adrenalina correu no meu corpo. O beijo havia tomado outro rumo.

Alarmada e sem fôlego, joguei o meu corpo para trás. Mas eu estava muito viva e feliz. Os olhos melancólicos de Seth se fixaram em mim com um espanto que tentei evitar.

— É só um jogo — ele disse. — Ele está mais esperto agora. E você também. Ele não vale a pena.

Pisquei os olhos. As luzes rodavam loucamente pelo salão. A música continuava a tocar em um volume exagerado. Parei de olhar para Seth, minha mão ainda estava em sua cintura, buscando apoio. Havia pontos de luz colorida no rosto de Josh, e ele estava zangado.

Ergui as sobrancelhas em sua direção.

— Vamos embora — eu disse, dando o braço para Seth. Não achei que alguém fosse tentar interceder o nosso curso. Não depois daquele beijo.

Confiante, fui andando com Seth ao meu lado. Um caminho se abriu na nossa frente, e eu me senti como uma rainha. Apesar do ritmo acelerado da música, todos estavam parados olhando enquanto nós passávamos pela porta, que estava decorada com papel marrom para que parecesse com a entrada de um castelo.

"Plebeus", pensei quando Seth me deu passagem e o ar fresco do corredor tocou o meu rosto. Fui diminuindo o passo até parar. Havia uma mesa coberta com um pano colorido contra a parede onde uma mulher estava checando os convites. Três alunos estavam conversando perto da porta. A lembrança do beijo voltou à minha mente, o que me deixou um pouco nervosa. "Este cara é lindo. O que ele está fazendo aqui comigo?"

— Obrigada — murmurei, olhando para cima e depois para o outro lado. Fiquei encabulada ao pensar que ele podia achar que eu estava me referindo ao beijo.

— Quer dizer, por me tirar dali com o meu orgulho recuperado — adicionei, ainda mais encabulada.

— Vi o que ele fez. — Seth foi me levando até o final do corredor, em direção ao estacionamento. — Ou eu fazia aquilo ou jogava o ponche na cara dele. E você... — Ele hesitou até que eu olhasse para ele. — Você tem sempre que optar pela vingança mais sutil.

Um sorriso malvado nasceu em meu rosto, não tinha como evitar.

— Você acha?

Ele inclinou o rosto, de uma maneira que apenas pessoas bem mais velhas faziam.

— Você tem carona para voltar para casa?

Parei mais uma vez. Ele continuou a andar até finalmente se virar com os olhos azuis arregalados. Senti um calafrio, mas me convenci de que a causa disso era a baixa temperatura que fazia ali fora.

— Me... desculpa — ele disse, piscando os olhos e se mantendo em pé, parado. — Eu não quis... vou ficar com você até que alguém venha te buscar. Você nem me conhece direito.

— Não, não é isso — respondi em seguida, com vergonha por causa da falta de confiança que demonstrei. Olhei para a mulher que estava perto da porta. Ela nos observava distraidamente. — Eu devia chamar o meu pai. Avisar sobre o que aconteceu.

Seth sorriu, mostrando todos os dentes.

— Claro.

Procurei o celular na bolsa que veio junto com o vestido. Seth se moveu para um pouco mais longe e eu retirei o telefone de dentro da bolsa. Disquei alguns números, tentando lembrar o telefone de casa. Ninguém respondeu. Nós dois nos viramos ao ouvir o som da porta do ginásio se abrindo. Josh saiu. Pressionei meu maxilar.

A secretária eletrônica atendeu e eu deixei um recado, com pressa.

— Oi, pai. É a Madison. — Dã. — Vou pegar uma carona com o Seth... — Olhei para ele como se perguntasse pelo sobrenome.

— Adamson — ele disse gentilmente. Os olhos azuis por trás da máscara estavam fixos em Josh. Meu Deus, os olhos dele eram lindos. E os cílios eram longos e charmosos.

— Seth Adamson — falei. — O Josh é um idiota. Estarei em casa daqui a pouco, tá? — Mas como na verdade não havia ninguém para dar resposta alguma, não tinha como esperar pelo que meu pai diria naquele momento. Esperei, como se estivesse ouvindo ele falar algo de volta, e adicionei:

— Está tudo óóótimo. Ele é um pouco idiota, só isso. Daqui a pouco estarei aí.

Satisfeita, fechei o telefone e o coloquei de volta na bolsa, dando o braço ao Seth. Caminhamos em direção à porta dos fundos. Josh veio atrás com os sapatos fazendo barulho no chão.

— Madison... — Ele estava chateado, e a minha satisfação aumentou.

— Oi, Josh! — eu disse, sorridente. A tensão aumentou em mim quando ele se colocou ao meu lado. Não olhei para ele, sentindo que o meu rosto estava ficando quente. — Já arrumei uma carona para casa. Obrigada.

— "Por não ter feito nada", adicionei nos meus pensamentos, ainda zangada com ele. Ou com o meu pai, talvez, por ele ter arrumado aquele encontro.

— Madison, espere.

Ele segurou o meu cotovelo, e eu virei o corpo. Josh ficou paralisado. Ele afastou a mão e me largou.

— Você é um idiota — falei, olhando para a fantasia dele. Ele estava parecendo um demente. — E eu não quero que você fique comigo por pena. Você pode ir a... embora — adicionei, com medo que o Seth achasse que eu falava palavrão como os marinheiros falavam.

Josh pegou o meu punho e me afastou de Seth.

— Escute — ele disse, e o medo nos seus olhos calaram os meus protestos. — Nunca vi esse cara antes. Não seja burra. Deixa que eu levo você em casa. Pode falar o que quiser para os seus amigos. Vou concordar com tudo.

Tentei respirar fundo em protesto, mas o corpete não deixava, então levantei o meu queixo. Ele sabia que eu não tinha amigos.

— Liguei para o meu pai. Estou bem — eu disse, olhando para além dos ombros dele, na direção do menino vestido de marinheiro que havia seguido Josh. Mesmo assim, Josh não me largou. Agitada, girei o meu braço. Quando tentei segurar seus pulsos, em um movimento de autodefesa, ele me largou, como se soubesse o que eu estava tentando fazer. Com os olhos bem abertos, ele deu um passo atrás.

— Vou seguir vocês de carro, então — disse ele, olhando para Seth.

— Tanto faz — eu disse, movendo o cabelo para trás. Na verdade, me senti secretamente aliviada e pensei que Josh não era tão ruim assim. — Seth, o seu carro está lá atrás?

Seth se aproximou. Ele era uma figura suave movendo-se com elegância e refinamento, se comparado com Josh e sua trivialidade.

— Por aqui, Madison. — Senti um certo ar de vitória quando o braço dele tomou o meu. Pudera. Era óbvio que ele tinha vindo à formatura sozinho, só que quem ia voltar para casa sem companhia era Josh.

Fiz questão de bater os meus saltos com firmeza no chão, mostrando uma confiança feminina enquanto saíamos do corredor. O vestido me fez sentir elegante, e Seth estava fantástico. Josh e o seu amigo silencioso vieram atrás como se fossem figurantes de um filme de Hollywood. Seth abriu a porta do ginásio para mim deixando que ela batesse nos dois que vinham atrás de nós. O ar estava gelado. Me arrependi por não ter pedido mais 50 dólares ao meu pai para comprar o xale que fazia par com o vestido. Me perguntei se Seth me daria o casaco dele caso eu pedisse.

A lua parecia uma mancha indefinida atrás das nuvens. Enquanto Seth me levava pelas escadas abaixo, eu podia ouvir Josh atrás de mim, falando em um tom baixo e apático com o amigo. Meu queixo tremeu, e eu segui Seth para dentro de um carro negro brilhante estacionado ilegalmente em cima do meio-fio. Era um conversível, com o topo aberto e exposto ao céu nublado. Não consegui conter um sorriso largo. Talvez nós pudéssemos dar uma volta de carro antes de me levar em casa. Mesmo fazendo frio, eu queria ser vista naquele carro, sentada ao lado de Seth, com o vento no meu cabelo e a música tocando. Ele provavelmente tinha um ótimo gosto musical.

— Madison... — Seth disse me convidando a entrar, abrindo a porta gentilmente.

Sentindo-me estranha e especial ao mesmo tempo, me sentei no banco da frente, escorregando o meu vestido no couro macio. Seth esperou que eu colocasse todo o vestido para dentro antes de fechar a porta, com cuidado. Coloquei o cinto enquanto ele dava a volta por trás do carro. A tinta preta brilhava embaixo das luzes do estacionamento. Corri meus dedos pelo assento macio enquanto via Josh entrando no carro dele.

Seth me surpreendeu ao entrar no carro, pois eu nem escutei a porta bater. Ele ligou o motor, e eu gostei do som que ele fez. Uma música meio agressiva começou a tocar automaticamente. O vocalista não estava cantando em inglês, mas isso acabou sendo um toque a mais. O farol do carro de Josh acendeu, e nós nos movemos para a frente. Seth dirigia com apenas uma das mãos.

Meus batimentos dispararam no momento em que olhei para Josh através do feixe de luz. O ar frio penetrou em minha pele, e conforme o carro foi ganhando mais velocidade, o vento começou a brincar com o meu cabelo.

— Moro no lado Sul — eu disse quando chegamos à estrada principal, e ele tomou o caminho correto. O farol de Josh iluminava o nosso carro por trás. Me ajeitei no assento, pensando em como teria sido bom se Seth tivesse me oferecido o seu casaco. No entanto, ele não disse uma palavra e nem olhou para mim desde que entramos no carro. Antes, ele estava muito confiante. Mas agora ele estava... tenso? Mesmo sem entender o por quê, um sentimento de alarme começou a crescer em mim.

Como se ele tivesse sentido o mesmo que eu, Seth se virou, dirigindo sem olhar para a estrada.

— Tarde demais — ele disse calmamente, e eu senti o meu rosto perdendo a cor. — Calma. Eu falei para eles que seria fácil enquanto você fosse jovem e boba. Fácil demais. Nem tem graça.

Minha boca ficou seca.

— Como é que é?

Seth olhou para a estrada e depois para mim. O carro começou a ir mais rápido, e eu me segurei na maçaneta da porta, me afastando dele.

— Não é nada pessoal, Madison. Você é um nome na lista. Ou, melhor, uma alma a ser colhida. Um nome importante, porém nada mais do que um nome. Eles disseram que era impossível, mas agora você será a minha passagem para um lugar melhor, você e a sua vidinha que de agora em diante não vai mais acontecer.

"Como assim?"

— Josh — eu disse, voltando-me para a luz que ficava mais distante cada vez que Seth acelerava. — Ele está nos seguindo. Meu pai sabe onde eu estou.

Seth sorriu. A luz da lua refletida em seus dentes me fez tremer. Todo o resto estava perdido nas sombras e no soar do vento.

— Como se isso fosse fazer alguma diferença.

"Ai, meu Deus. Estou perdida."

Senti muito medo.

— Pare o carro — eu disse com força, uma das mãos na porta do carro, e outra tirando o cabelo dos meus olhos. — Pare o carro e me deixe sair. Você não pode fazer isso. As pessoas sabem onde eu estou! Pare o carro!

— Parar o carro? — disse ele, rindo. — Eu vou parar o carro.

Seth pisou fundo no freio e virou o volante. Eu gritei, agarrando em qualquer coisa que estivesse na minha frente. O mundo girou. Minha respiração se transformou em um som de horror misturado ao barulho excessivo do carro. Nós havíamos saído da estrada. A gravidade estava me puxando para o sentido contrário do normal. Entrei em pânico quando percebi que o carro estava de cabeça para baixo.

"Droga. Eu estou em um conversível."

Movi a cabeça, levando as mãos atrás do meu pescoço, e rezei. Uma dor enorme veio e tudo ficou escuro. Minha respiração falhou por causa da força da batida. Achei que estivesse de cabeça para baixo. Então, algo me puxou com força para o outro lado. A cor do céu era um cinza reluzente, e eu suguei o ar para dentro de mim quando o carro virou novamente, rolando pela barragem.

Novamente, o céu ficou negro e o topo do carro atingiu o solo.

— Não! — eu berrei, inutilmente, e depois gemi quando o carro parou, de cabeça para cima. Fui jogada contra o cinto de segurança. Uma grande agonia atravessava minhas costas quando eu fui novamente impulsionada para a frente.

Tudo estava quieto. Respirar doía. Deus, eu sentia dores pelo corpo todo. Olhei para o vidro da frente, todo quebrado, enquanto eu respirava rapidamente. O vidro despedaçado reluzia a luz seca do luar. Percorri o desenho do carro com os olhos até chegar ao lugar de

Seth, que estava vazio. Doía muito. Não vi sangue, mas senti que algo dentro de mim estava quebrado. "Estou viva?"

— Madison! — veio a voz distante atrás de mim.

— Madison!

Era Josh. Forcei os meus olhos para cima, na direção dos dois pontos de luz no alto da barragem. Uma figura embaçada estava descendo pela encosta. "Josh."

Respirei fundo para tentar chamá-lo, mas acabei soltando um gemido quando alguém pegou a minha cabeça e virou-a para o outro lado.

— Seth? — sussurrei. Ele parecia estar bem, em pé do lado de fora do carro arruinado, vestindo sua fantasia preta de pirata. A lua iluminou o olhar e o pingente dele, envolvendo-os com um brilho cinza.

— Ainda viva — ele disse com calma. Lágrimas vieram aos meus olhos. Eu não conseguia me mover, mas como sentia uma dor horrível pelo corpo todo, acreditei que eu não estava paralisada. Droga, que aniversário horrível. Meu pai ia me matar.

— Estou com dor — eu disse com uma voz baixinha. "Que coisa mais idiota para se dizer agora", pensei.

— Não tenho tempo para isso — Seth disse, visivelmente aborrecido.

Meus olhos se arregalaram, mas não me mexi quando ele puxou uma faca de dentro de sua fantasia. Tentei gritar, mas minhas forças me abandonaram quando ele levou o braço para trás, como se fosse me golpear. A luz noturna brilhou na lâmina, tingida de vermelho com o sangue de outra pessoa. "Sensacional. Ele é um psicopata. Saí da festa de formatura com um assassino psicopata. Que tal?"

— Não! — eu berrei, levantando os meus braços. A lâmina desceu como um suspiro de gelo por mim, sem nem me machucar. Olhei para o meio do meu peito, sem acreditar que eu não estava ferida. Meu vestido não estava rasgado e não tinha sangue saindo de mim, mas eu sabia que a faca havia atravessado o meu corpo. Ela havia me perfurado e perfurado o assento do carro também.

Sem entender nada, olhei para Seth, que estava em pé com a faca para baixo, olhando para mim.

— O quê... — tentei falar, mas parei assim que percebi que eu não sentia mais dor nenhuma. Minha voz, por sua vez, estava completamente muda. Ele arqueou as sobrancelhas, com um ar de escárnio. Minha expressão facial se suavizou quando eu senti a primeira lufada de um nada absoluto, uma sensação tanto nova quanto familiar, como uma memória há muito tempo perdida.

A ausência terrível de tudo me dominou, contaminando todos os meus pensamentos. Suave e confuso, um lençol feito de vácuo começou a tomar as pontas do meu mundo, cobrindo tudo até o centro, tocando primeiro a lua, depois a noite, depois o meu corpo, e finalmente o carro. Os gritos de Josh foram engolidos por um silêncio absoluto, e somente os olhos prateados de Seth permaneceram ali.

Depois, Seth se virou e saiu andando.

— Madison! — eu escutei, lá longe, e depois senti um toque leve no meu rosto. Mas isso também logo se dissolveu e não restou mais nada.

2

O sentimento de ausência foi saindo de mim vagarosamente em uma série de pequenas pontadas de dor ao som de duas pessoas discutindo. Me senti mal, não por causa da dor nas minhas costas que quase me impedia de respirar, mas devido à sensação de impotência e medo que as vozes, baixas e em tons variados, desenterravam do meu passado. Quase dava para sentir o cheiro dos pelos do meu coelho empalhado enquanto eu me curvava em posição fetal e escutava as duas pessoas, que significavam o mundo para mim, me assustando além da minha imaginação. O fato de eles falarem que não foi minha culpa não diminuiu minha dor em nada. Essa dor eu teria que guardar dentro de mim, até que se tornasse uma parte do meu ser. Era uma dor que se aderia aos meus ossos. Chorar no colo da minha mãe significaria dizer que eu a amo mais do que tudo. Chorar no ombro do meu pai significaria dizer que eu o amava mais ainda. Que maneira terrível de amadurecer.

No entanto, estas pessoas... elas não eram os meus pais. Pareciam ser dois jovens. Respirei fundo e descobri que estava mais fácil fazer este movimento. A última escuridão começou a sumir junto com as pontadas de dor, e meus pulmões se moveram, doendo como se alguém estivesse sentado sobre eles. Ao perceber que meus olhos estavam fechados, eu os abri e vi um borrão preto bem próximo do meu nariz. Havia um cheiro pesado, como o cheiro de plástico.

— Ela tinha 16 anos quando entrou naquele carro. A culpa é sua — uma voz jovem porém bem masculina disse com veemência, abafada de uma maneira estranha. Tive a impressão bizarra de que a discussão já estava acontecendo há algum tempo, mas eu só conseguia lembrar de pequenos fragmentos da conversa em meio a pensamentos inquietantes sobre nada.

— Você *não* vai jogar a culpa disso em cima de mim — uma menina disse, sua voz tão irritada e determinada quanto a anterior. — Ela tinha 17 anos quando ele jogou a moeda. Isso foi furada sua, e não minha. Deus me livre, ela estava bem na sua frente! Como você conseguiu errar?

— Errei porque ela ainda não tinha 17 anos! — ele respondeu. — Ela tinha 16 anos quando ele a pegou. Como é que eu ia saber que ele estava atrás dela? Por que você não estava lá? Você também errou feio.

A garota engasgou diante da afronta. Eu estava gelada. Respirando ainda mais fundo, eu me senti mais forte. Menos pontadas, mais dores contínuas. Estava abafado, meu hálito voltava para mim em uma nuvem quente. Não estava escuro; eu estava em alguma coisa.

— Seu demente mental! — a menina respondeu.

— Não venha me dizer que eu falhei. Ela morreu com 17 anos. É por isso que eu não estava lá. Ninguém me notificou.

— Mas eu não lido com as de 16 — ele disse, um toque de perversidade em sua voz. — Achei que ele estivesse atrás do rapaz.

De repente, percebi que o borrão preto que estava fazendo com que minha respiração voltasse para mim era um plástico. Minhas mãos se elevaram e minhas unhas empurraram o plástico em uma apunhalada de medo. Quase em pânico, eu me sentei.

"Eu estou em uma mesa?" Parecia ser algo bem sólido. Tirei o plástico de mim. Dois jovens estavam em pé ao lado de duas portas brancas sujas, e eles se viraram, surpresos. O rosto pálido da menina ficou vermelho, e o garoto se afastou para trás como se estivesse com vergonha de ter sido surpreendido discutindo com a menina.

— Ei! — a menina disse, jogando a trança longa e negra para trás. — Você acordou. Hum, oi. Eu sou a Lucy, e este é o Barnabas.

O menino abaixou o olhar e acenou com vergonha.

— Oi — ele disse —, tudo bem?

— Você estava com o Josh — falei, meus dedos tremendo ao apontar para ele. Ele fez que sim com a cabeça, ainda sem olhar para mim. A fantasia dele parecia algo muito estranho ali ao lado do short e do top dela. Ambos usavam uma pedra negra como pingente no pescoço. Eram peças sem graça e até insignificantes, mas o meu olhar foi atraído por elas por que eram a única coisa que eles tinham em comum. Fora a raiva um pelo outro e a surpresa em relação a mim.

— Onde estou? — eu perguntei, e Barnabas moveu o corpo. Ele era um ser alto e mexia nos tacos do chão com o pé. — Onde está Josh? — Eu hesitei, percebendo que eu estava em um hospital, mas... "Cara, eu estou dentro de uma droga de saco que serve para cobrir corpos?" — Estou no necrotério? — questionei. — O que estou fazendo em um necrotério?

Em um movimento brusco, tirei as minhas pernas do plástico e coloquei os pés no chão. Meus saltos bateram no solo e eu me segurei para buscar equilíbrio. Havia uma identificação em um elástico plástico no meu pulso. Eu a arranquei, tirando um pouco de cabelo junto. Havia um rasgo grande na minha saia, e uma ferida profunda marcava o local. Eu estava coberta de poeira e grama, e eu fedia a terra e antisséptico. A situação estava bem estranha mesmo.

— Alguém cometeu um erro — eu disse, colocando a identificação no meu bolso. Lucy respirou fundo.

— Barnabas — ela disse, e ele ficou zangado.

— Isso não é culpa minha! — ele exclamou, posicionando-se atrás dela. — Ela tinha 16 anos quando entrou no carro! Como é que eu ia saber que era o aniversário dela?

— Ah, é? Cara, ela tinha 17 anos quando morreu, então o problema é seu *sim*!

"Morta? Será que eles estão cegos?"

— Quer saber? — falei, sentindo-me cada vez mais sóbria. — Vocês dois podem continuar discutindo aí sobre o movimento do sol, mas eu tenho que encontrar alguém e avisar que estou bem. — Os saltos fizeram o som de sempre, e eu fui andando em direção às portas brancas sujas.

— Madison, espere — o garoto disse. — Você não pode ir.

— É sério — eu disse. — Meu pai vai ficar muuuito furioso.

Passei por eles e andei uns cinco metros, até que senti como se estivesse me desconectando do mundo. Zonza, coloquei a mão em uma mesa vazia. A sensação estranha veio inesperadamente. Minha mão se contraiu de forma involuntária, e eu a puxei de volta para o corpo, como se o frio do metal tivesse queimado os meus ossos. Me senti como... uma esponja. Fina. O barulho suave da ventilação ficou abafado. Até os meus batimentos cardíacos pareciam estar mais distantes. Me virei com as mãos sobre o peito, como se estivesse tentando me fazer sentir normal novamente.

— O quê...

Do outro lado da sala, Barnabas elevou os ombros finos.

— Você está morta, Madison. Desculpa. Se você se afastar muito dos nossos amuletos, vai começar a perder substância.

Ele apontou para a maca, e eu olhei.

Fiquei completamente sem fôlego. Eu ainda estava lá. Quer dizer, eu ainda estava na maca. Eu estava deitada sobre o colchão dentro de um saco todo amassado, sem muita expressão e pálida. O meu vestido elaborado estava todo amarrotado em volta de mim, um rastro de uma elegância ultrapassada e esquecida.

"Estou morta? Mas sinto o meu coração batendo."

Minhas pernas ficaram fracas, e eu comecei a cair.

— Que beleza. Ela é uma das que desmaia — a menina disse, com a voz seca.

Barnabas se esticou para conseguir me pegar. Seus braços vieram me socorrer e a minha cabeça rodou. Assim que ele me tocou, tudo veio à tona novamente: sons, cheiros, e até o meu pulso. Minhas pálpebras vibraram. Os lábios de Barnabas, ao meu lado, estavam tensos. Ele estava tão pertinho. Pensei ter sentido o cheiro de flores do campo.

— Por que você não cala a boca — ele disse à Lucy ao me colocar no chão com calma. — Será que dá para ter um pouco de compaixão? É o seu trabalho, sabe.

O frio do chão entrou pelo meu corpo e pareceu deixar a minha vista mais nítida. "Como eu posso estar morta? Os mortos desmaiam?"

— Não estou morta — eu disse, cambaleante. Barnabas ajudou a me sentar, apoiando-me contra o pé de uma mesa.

— Está sim. — Ele se agachou ao meu lado, seus olhos castanhos estavam arregalados e mostravam preocupação. Sincera. — Sinto muito mesmo. Achei que ele fosse pegar o Josh. Eles geralmente não deixam rastros, como um carro daqueles. Você deve mesmo incomodar.

Meus pensamentos voltaram para a cena do acidente, e eu coloquei uma das mãos sobre o estômago. Josh havia estado lá. Eu lembrava disso.

— Ele acha que eu estou morta. O Josh, eu digo.

Do outro lado da sala veio a voz de Lucy.

— Você está morta.

Voltei o meu olhar para a maca, e Barnabas se moveu a fim de bloquear a minha visão.

— Quem são vocês? — perguntei, sentindo a tontura diminuir.

Barnabas se levantou

— Nós, bem, somos da Manutenção Organizacional. Recuperação Total de Erros.

Refleti sobre aquilo. Manutenção Organizacional. Recuperação... *M.O.R.T.E.?*

"Que droga!" Um jato de adrenalina subiu e desceu pelo meu corpo. Me levantei depressa com o olhar fixo na maca. Eu estava ali. Eu estava viva! Aquela lá até podia ser eu, mas eu também estava em pé.

— Vocês são a Morte! — exclamei, dando a volta na mesa, deixando-a entre eu e eles. Meus dedos do pé começaram a ficar dormentes, e eu parei, olhando fixamente para o amuleto de Barnabas. — Ai, meu Deus, estou morta — sussurrei. — Não posso estar morta. Não estou pronta para morrer. Ainda não acabei de viver! Tenho apenas 17 anos!

— Nós *não* somos a Morte! — Lucy estava com os braços cruzados como se estivesse defendendo um ponto fraco do corpo. — Nós somos os anjos da morte. Os agentes da morte matam as pessoas antes que a moeda delas seja jogada, e os anjos da morte tentam salvá-las. Os agentes da morte são traidores que falam demais e não ficam acordados para ver o sol nascer, senão viram pó.

Barnabas parecia estar um pouco encabulado quando moveu o seu corpo.

— Os agentes da morte são anjos da morte que foram convencidos a trabalhar para... o outro lado. Eles não matam mais pessoas porque a Morte não deixa, mas se aparece alguma chance eles tentam pegar a pessoa mais cedo, e da maneira mais dramática possível. Eles são uma falcatrua. Sem classe alguma.

A última informação foi dada com uma voz muito zangada, e eu fiquei pensando sobre aquela rivalidade. Continuei andando para trás até começar a me sentir como uma esponja novamente. Olhando para o amuleto deles, me movi para a frente a fim de afastar aquela sensação.

— Vocês matam as pessoas. Foi isso que o Seth disse. Ele disse alguma coisa sobre colher a minha alma! Vocês matam as pessoas, *sim*!

Barnabas passou uma das mãos atrás do pescoço.

— Ah, não matamos, não. Na maioria das vezes. — Ele olhou para Lucy rapidamente. — Seth é um agente da morte. Nós aparecemos apenas quando eles pegam alguém fora de hora. Aconteceu um erro.

— Erro? — Minha cabeça chegou a rodar de tanta esperança. Isso queria dizer que eles podiam me levar de volta?

Lucy deu um passo à frente.

— Não era para você ter morrido, entende? Um agente da morte tirou a sua vida antes que a sua moeda fosse jogada. O nosso dever é impedir que façam isso, mas às vezes nós não conseguimos. Nós estamos aqui para fazer um pedido de desculpas formal e colocar você no caminho certo. — Fazendo uma expressão de desgosto, ela olhou para Barnabas. — E assim que ele admitir que o erro foi dele eu posso dar o fora daqui.

Empenei as costas, recusando-me a olhar para o meu corpo na maca.

— Eu não vou a lugar nenhum. Se vocês erraram, tudo bem. É só me mandar de volta! Eu estou bem ali. — Me aproximei deles, morrendo de medo. — Vocês podem fazer isso, não podem?

Barnabas tremeu.

— É um pouco tarde demais. Todo mudo já sabe que você está morta.

— Não interessa! — gritei, e logo o meu rosto ficou gelado por causa de um certo pensamento. Papai. Ele achava que eu estava...

— Pai... — sussurrei, em pânico. Respirando fundo, eu me voltei para as portas brancas e sujas e comecei a correr.

— Madison, espere! — Barnabas berrou. Bati com força nas portas, passando através delas, mesmo que elas não tivessem sido completamente abertas. Eu estava na sala ao lado. Eu tinha passado pelas portas, por cima delas. Como se eu nem estivesse ali.

Havia um homem gordo em uma das mesas, e ele olhou para mim ao ouvir o ranger discreto das portas. Seus pequenos olhos redondos se arregalaram, e ele deu um suspiro profundo. Com a boca aberta, ele apontou.

— Cometeram um erro — falei com pressa, indo em direção ao corredor pouco iluminado —, eu não estou morta.

No entanto, eu estava me sentindo muito estranha novamente. Nebulosa e fina. Alargada. Nada soava direito, e as bordas da minha visão começaram a ficar acinzentadas, afunilando tudo o que eu enxergava.

Atrás de mim, Barnabas abriu as portas. Imediatamente, o mundo voltou ao normal. Era *mesmo* o amuleto que ele usava que me mantinha sólida. Eu tinha que conseguir um daqueles para mim.

— Ela está morta, sim — ele disse ao gorducho, sem reduzir o passo até chegar ao meu lado. — Você está tendo alucinações. Ela não está aqui. Nem eu.

— De onde vocês vieram? — o homem perguntou, olhando para nós. — Como vocês entraram aqui?

Lucy entrou na sala batendo as portas para que eu e o gorducho tomássemos um susto.

— Madison, deixe de ser chata. Você tem que ir.

Isso foi demais para o empregado, e ele pegou o telefone.

Virei o pulso, mas Barnabas não me deixava ir.

— Preciso falar com o meu pai! — exclamei, e ele me puxou com força.

— Temos que ir neste instante — ele disse com olhos cheios de ameaça.

Apavorada, pisei no pé dele. Barnabas gemeu e a sua estrutura magricela se curvou, soltando o meu braço. Lucy riu, e eu fui para o corredor. "Tentem me impedir", eu pensei, e logo esbarrei em alguma coisa grande, quente, com cheiro de seda. Dei um passo para trás, morrendo de medo ao ver que era o Seth. Ele havia me matado com uma faca que não deixou marcas, visto que jogar o carro monte abaixo comigo dentro não adiantou. Ele era um agente da morte. Ele era a minha morte.

— Por que vocês vieram em dupla? — ele perguntou ao ver Barnabas e Lucy. A cadência de sua voz era familiar, mas o som incomodou os meus ouvidos. E o cheiro de mar agora parecia mais com algo apodrecido.

— É isso mesmo — ele adicionou, voltando o olhar para mim. Estremeci. — Você morreu no aniversário do seu nascimento. Dois anjos. Quem diria. Que dramática, Madison. Que bom que você está de pé. É hora de ir.

Com o corpo curvado de tanto medo, eu me afastei.

— Não me toque.

— Madison! — Barnabas berrou. — Corra!

No entanto, não havia muito espaço para correr. Lucy veio para a minha frente, suas mãos abertas e estendidas como se pudesse parar Seth apenas com a força de sua vontade.

— O que você está fazendo aqui? — ela disse com uma voz amedrontada. — Ela já está morta. Você não pode jogar a moeda dela duas vezes.

Seth limpou a ponta de seu sapato, confiante.

— Como você disse, fui eu quem jogou a moeda para ela. Ela é minha, se eu quiser.

Barnabas ficou pálido.

— Você nunca volta para pegá-los. Você... — Os olhos dele se viraram para a pedra que Seth carregava no peito. — Você não é um agente da morte, é?

Seth deu um sorriso, como se aquilo fosse uma grande piada.

— Não, não sou. Eu sou um pouco mais do que isso. Mais do que você pode encarar. Saia, Barnabas. Vá embora. Não vai se machucar se você simplesmente sair.

Encarei Barnabas, sentindo-me impotente. Seus olhos castanhos me fitaram e viram o medo em mim. Eu o vi juntando toda a coragem que tinha.

— Barnabas! — Lucy gritou, horrorizada. — Não!

Porém, Barnabas se lançou para cima da figura escura vestida de seda. Em um movimento tão casual que chegava a ser assustador, Seth se virou para atingi-lo com as costas de uma das mãos. Com pernas e braços no ar, Barnabas voou para trás, batendo na parede e caindo no chão, apagado.

— Corra! — Lucy berrou, me empurrando para dentro do necrotério. — Fique no sol. Não deixe que as asas negras toquem você. Nós vamos buscar ajuda. Alguém vai encontrar você. Saia daqui!

— Como? — exclamei. — Ele está na frente da única porta de saída.

Seth se moveu novamente, desta vez afastando Lucy com as mãos. Ela se dissolveu no chão e eu fiquei sozinha. O empregado gorducho havia desmaiado ou estava escondido debaixo de uma das mesas. Com o queixo tremendo, fiquei em pé — da melhor maneira que pude — e arrumei o meu vestido. "Estou completamente perdida mesmo."

— Ela quis dizer que você deve atravessar as paredes correndo — Seth falou, sua voz tanto familiar quanto estranha. — Você tem mais chances contra as asas negras estando debaixo do sol do que comigo aqui dentro.

— Mas eu não consigo... — respondi, olhando para as portas. Eu as havia atravessado, e elas mal se moveram. O que eu era, afinal de contas? Um fantasma?

Seth sorriu, o que me arrepiou.

— Que bom ver você, Madison, agora que eu posso realmente... ver você. — Ele tirou a máscara e a deixou cair no chão. Seu rosto era lindo, parecia esculpido em uma pedra.

Lambi os lábios e me senti completamente gelada quando lembrei que ele havia me beijado. Abraçando a minha barriga com um braço, comecei a andar para trás, tentando me afastar da influência de Barnabas e Lucy para que eu conseguisse passar pela parede. Um pequeno gemido saiu de mim. Eu já estava distante o suficiente para começar a ficar nebulosa, mas não estava dando certo. Olhei para o Seth e para a pedra negra em volta do seu pescoço. Era a mesma. "Droga!"

— Você não tem saída — ele disse. — Fui eu quem matei você. Você é minha.

Ele esticou a mão e pegou o meu punho. Senti a adrenalina correndo em mim, e puxei o meu braço.

— Nem no inferno — eu disse, chutando a canela dele. Ele obviamente sentiu dor, gemendo ao se curvar, mas nem por isso me largou. Ele havia colocado o rosto muito perto de mim, no entanto. Agarrando o cabelo dele, eu bati em seu nariz com o joelho. Senti a cartilagem se movendo, e o meu estômago se revirou.

Ele xingou em uma língua que fez a minha cabeça doer, e depois me largou e caiu para trás.

Eu precisava sair dali. Eu tinha que ficar sólida, ou nunca ia conseguir. Com o coração pulando, peguei a pedra que estava no pescoço dele, puxando o cordão por cima de suas orelhas. Ela brilhou em minhas mãos, como se tivesse em chamas, e eu apertei meus dedos em volta dela, disposta a sofrer o que fosse preciso.

Seth caiu no chão, olhando para mim com o rosto coberto de sangue vermelho. Ele estava tão surpreso quanto estaria se tivesse atravessado uma parede de vidro.

— Madison... — Barnabas chamou, deitado no chão. Me virei e o vi olhando para mim com olhos perdidos de tanta dor.

— Corra — ele sussurrou.

Com o amuleto de Seth em minhas mãos, olhei para o corredor... e corri.

3

— **P**ai! — Fiquei parada em pé próxima à porta de entrada com o coração batendo forte, escutando o silêncio que emanava da casa que meu pai manteve organizada e limpa. Atrás de mim, um cortador de grama gemia baixinho sob o sol da manhã. Os raios dourados se espalhavam pelo chão de madeira e pelo corrimão que acompanhava as escadas. Eu havia corrido até ali com saltos altos e aquele vestido exagerado. As pessoas ficaram olhando, e o fato de eu não ter me sentido nem um pouco cansada me deixou preocupada. Meu pulso estava acelerado por causa do medo, e não por causa da corrida.

— Pai?

Eu entrei. Os meus olhos ficaram úmidos de tanta emoção quando o meu pai veio lá de cima, incrédulo, com uma voz trêmula.

— Madison?

Subi de dois em dois degraus, tropeçando no meu vestido, usando as mãos para chegar logo até o topo.

Com a garganta apertada, parei bruscamente na entrada do meu quarto. Meu pai estava sentado no chão, cercado pelas minhas caixas, que estavam abertas, mas intactas. Ele parecia estar mais velho, pois o seu rosto fino estava manchado de dor, e eu não consegui me mover. Não sabia o que fazer. Com os olhos bem abertos, ele olhou para o nada, como se eu não estivesse ali.

— Você nem desfez as malas — ele sussurrou.

Uma lágrima quente correu até o meu queixo, vinda do nada. Encontrá-lo naquele estado me fez perceber que ele realmente precisava de mim para trazer as boas lembranças de volta. Ninguém nunca havia precisado de mim antes.

— Pai... perdão, pai... — foi o que eu consegui dizer, em pé ali, sem ação.

Ele respirou fundo e voltou a si. O seu rosto ficou iluminado de tanta emoção. Em um movimento rápido, ele ficou de pé.

— Você está viva? — ele disse. Quase perdi o ar quando ele deu três passos em minha direção e me abraçou com muita força. — Eles falaram que você havia morrido. Você está viva?

— Eu estou bem — choraminguei contra o peito dele. O alívio era tanto que doía. Ele tinha o cheiro do laboratório onde trabalhava, cheiro de óleo e tinta. Nenhum outro cheio era melhor do que aquele. Eu não conseguia parar de chorar. Eu estava morta — eu achava. O amuleto estava comigo, mas eu não sabia se ia conseguir ficar, e o medo em relação a isso me fez sentir ainda mais insegura.

— Estou bem — eu disse em meio a um soluço —, mas houve um erro.

Meio que rindo, ele me afastou dele e olhou para o meu rosto. Lágrimas surgiram em seus olhos, e ele sorriu como se nunca mais fosse parar de se sentir feliz.

— Eu estava no hospital — ele disse — e vi você.

— A memória da dor que ele havia sentido tomou os seus olhos, e ele tocou o meu cabelo com a mão trêmula, como se quisesse ter certeza de que era eu de verdade. — Mas você está bem. Tentei ligar para a sua mãe. Ela vai achar que eu estou louco. Mais louco do que o normal. Não consegui deixar uma mensagem dizendo que você havia se acidentado. Então, eu desliguei. Mas você está bem mesmo?

Minha garganta estava apertada, e eu funguei o nariz. "Eu não vou largar este amuleto. Nunca."

— Perdão, pai — falei, ainda chorando. — Eu não devia ter saído com aquele cara. Eu nunca devia ter feito isso. Me desculpa. Perdão!

— Psiu. — Ele me puxou de volta em um abraço e me balançou, mas isso apenas me fez chorar ainda mais.

— Tudo bem. Você está bem — ele disse, acariciando o meu cabelo. No entanto, ele não sabia que, na realidade, eu estava morta.

Com a respiração curta, meu pai mexeu o corpo como se tivesse pensado em alguma coisa. Ele me afastou, segurando os meus ombros. O frio que tomou o meu corpo quando ele me olhou fez com que as minhas lágrimas morressem rapidamente.

— Você está bem mesmo — ele disse, preocupado.

— Nem um arranhão.

Eu sorri, nervosa, e uma das mãos dele perdeu a força.

— Pai, eu tenho que contar uma coisa. Eu...

Um barulho suave veio da porta. Meu pai desviou o olhar por cima do meu ombro, e eu virei o rosto. Barnabas estava em pé de forma estranha ao lado de um homem baixo que vestia uma roupa larga, como um uniforme de luta marcial. A roupa era bem larga, e não parecia ser muito prática. Ele tinha boa postura e era magro, com feições fortes e uma pele bem escura. Seus olhos eram de um castanho profundo, com linhas bem pesadas nos cantos. Os seus cabelos também indicavam que ele era idoso, os cachos apertados eram grisalhos perto das têmporas.

— Olá — meu pai disse, me colocando ao seu lado —, vocês trouxeram a minha filha para casa? Obrigado.

Não gostei do sorriso de Barnabas, e tive que me segurar para não me esconder atrás do meu pai. O braço dele ainda estava em volta dos meus ombros. Eu não queria me mover dali. Droga. Barnabas havia trazido o chefe. Eu queria ficar. "Droga, eu não quero estar morta. Não é justo!"

O homem escuro fez uma expressão de tristeza.

— Não — ele disse, e a palavra parecia ter uma rigidez agradável —, ela conseguiu chegar aqui sozinha Só Deus sabe como.

Enxuguei os olhos, com medo.

— Eles não me trouxeram aqui — falei, sentindo-me nervosa. — Eu não os conheço. Eu já vi aquele cara — adicionei —, mas não o mais velho.

Mesmo assim, o meu pai deu um sorriso neutro, tentando organizar as ideias.

— Vocês são do hospital? — ele perguntou. Seu rosto ficou sério. — Quem é o responsável pela notícia de que minha filha estava morta? Alguém vai perder a cabeça aqui.

Barnabas curvou o pescoço, e o chefe endossou o gesto.

— Palavras mais verdadeiras que essas nunca foram ditas, senhor. — Os olhos dele analisaram o meu quarto, passeando pelas paredes rosas, móveis brancos, e caixas abertas que nunca foram desarrumadas. Finalmente, ele olhou para mim, e eu me perguntei que conclusões que ele havia tirado. Com um fim de vida tão abrupto, eu parecia um pouco com o meu quarto — estava tudo ali, mas nada havia sido organizado. Tudo ainda dentro das caixas. E agora eles iam fechá-las novamente e colocá-las em um armário, todas as coisas boas que mal foram vistas ou usadas. "Eu ainda não acabei."

Meu corpo ficou rígido quando o homem entrou em meu quarto. Uma de suas mãos se ergueu como se fosse para me acalmar.

— Precisamos conversar, filha — ele disse, o que me deixou completamente gelada.

Meu Deus. Ele queria que eu fosse com ele.

Apertei o amuleto nas mãos e o meu pai me abraçou mais forte. Ele viu os meus olhos com medo e finalmente entendeu que algo estava errado. Ele se colocou entre as duas pessoas que estavam à porta e eu.

— Madison, chame a polícia — ele disse, e eu peguei o telefone que estava em cima da mesinha. *Isso* eu tinha tirado da caixa.

— Ah, nós precisamos de um minuto — disse o homem idoso.

Minha atenção foi atraída pelo movimento que ele fez com uma das mãos. Parecia que ele era um péssimo ator em um filme de ficção científica. O som da linha telefônica ficou mudo, assim como o do cortador de grama lá fora. Em choque, olhei para o telefone, e depois para o meu pai, em pé entre os dois homens e eu. Ele não se movia.

Senti meus joelhos se enfraquecendo. Colocando o fone de volta à base, olhei para o meu pai. Ele parecia estar bem, a não ser pelo fato de que ele não se movia.

O homem idoso suspirou, o que desviou minha atenção para ele. "Desgraçado", pensei, com frio e medo. Eu não ia entregar os pontos.

— Deixe-o ir — falei com a voz trêmula —, ou eu vou... vou...

Os lábios de Barnabas se ergueram e o homem arqueou as sobrancelhas. Seus olhos eram azul-acinzentados. Eu jurava que eles eram castanhos.

— Vai o quê? — ele disse, dando outro passo firme em cima do carpete com os braços sobre o peito.

Olhei novamente para o meu pai estático.

— Vou berrar, ou sei lá — ameacei.

— Pode berrar. Ninguém vai escutar. Vai ser um nada, muito rápido para ser escutado.

Respirei fundo para tentar gritar, e ele balançou a cabeça. O ar saiu de mim como em uma explosão e eu andei para trás quando ele avançou mais um pouco. No entanto, ele não estava vindo em minha direção. Afastando a minha cadeira branca da penteadeira, ele sentou seu corpo diminuto de lado. Ele colocou um cotovelo nas costas da cadeira e apoiou a testa na mão, como se estivesse cansado. Sua imagem ao lado das minhas coisas de menina e da caixinha de música era estranha.

— Por que as coisas não são fáceis? — ele murmurou, brincando com as minhas zebras de cerâmica. — Isso é uma brincadeira? — ele falou mais alto, olhando para o céu. — Você está rindo? Está dando umas boas risadas por causa disto?

Olhei para a porta, e Barnabas balançava a cabeça como se quisesse me alertar. Tudo bem. Tinha a janela ainda — se bem que com aquele vestido eu provavelmente ia acabar me matando, se caísse. Não. Eu já estava morta.

— Meu pai está bem? — perguntei, tocando o ombro dele.

Barnabas fez que sim com a cabeça, e o homem idoso voltou a me olhar. Sorrindo como se tivesse tomado uma decisão, ele estendeu a mão. Olhei para ele, sem imitar o gesto.

— Prazer em conhecê-la — ele disse com firmeza.

— Madison, certo? Todos me chamam de Ron.

Eu o encarei, e ele acabou abaixando a mão. Seus olhos estavam castanhos novamente.

— Barnabas me contou sobre o que você fez — ele disse. — Posso ver?

Surpresa, eu me movi calmamente, tirando a mão do ombro do meu pai. Cara... que estranho. Era como se o mundo todo tivesse parado. Contudo, considerando que eu era uma morta-viva, a paralisia do meu pai nem era nada demais.

— Ver o quê?

— A pedra — Ron disse, e a ponta de ansiedade em sua voz me atingiu como se fosse uma chama.

Ele a queria. Ele a queria, e ela era a única coisa que me mantinha viva. Ou menos morta.

— Acho que não — eu disse. A expressão de alarme no rosto de Ron reafirmou a minha impressão de que ele queria tocar a pedra.

— Madison — ele disse com calma, levantando-se —, quero apenas olhar para ela.

— Você a quer para você! — exclamei, com meu coração pulando. — Eu só estou sólida por causa dela. Não quero morrer. Vocês mandaram mal. Não era para eu estar morta! A culpa é de vocês!

— Sim, mas você *está* morta — Ron disse. Minha respiração parou quando ele estendeu a mão. — Eu só quero ver.

— Não vou entregá-la! — berrei, e os olhos de Ron ficaram acesos, com medo.

— Madison, não! Não diga isso! — ele berrou, tentando me tocar.

Me movi para trás, afastando-me da proteção questionável do meu pai, e apertei a pedra.

— É minha! — eu gritei. Minhas costas encontraram a parede.

Ron ficou de pé em um segundo. A preocupação era clara em suas feições idosas. Ele deixou os seus braços caírem ao longo do corpo. O mundo pareceu estar diferente.

— Ai, Madison — ele suspirou —, você não devia ter feito isso.

Sem saber por que ele havia parado, eu o encarei, e logo depois me surpreendi ao sentir um arrepio dentro de mim. Uma sensação gélida nasceu na palma da minha mão, de dentro do amuleto, e correu o meu corpo inteiro, fazendo-me tremer. Foi como um choque elétrico. Eu ouvi o eco dos meus batimentos dentro de mim, a batida vindo de dentro da minha pele, preenchendo os espaços, fazendo-me sentir quase... inteira. Um instante depois, uma onda de calor apareceu, como se para amenizar a onda gelada, e depois... pronto.

Fiquei sem ar, em pé contra a parede, paralisada. Com o coração batendo forte, olhei para Ron. Ele tinha uma expressão piedosa, calma e triste. Tive medo de me mexer. No entanto, o amuleto parecia estar diferente dentro da minha mão. Pequenos raios de sensações diferentes ainda saíam dele. Sem ter mais o que fazer, abri os meus dedos para ver a pedra. Meu queixo caiu, e eu fiquei olhando. Ela havia mudado.

— Olhem! — eu disse ingenuamente. — Ela mudou!

Ron curvou as costas e se sentou novamente, murmurando alguma coisa. Chocada, deixei que o pingente caísse e fiquei segurando apenas o cordão. Quando o tirei do agente da morte, a pedra era simples, cinza e sem graça. Agora, ela estava completamente negra, como se fosse um buraco negro pendurado no cordão. O fio preto que a rodeava estava prateado. Ele parecia capturar a luz do ambiente e espalhá-la ao redor do quarto. "Droga, eu devo ter quebrado isso." Contudo, ela estava linda. Como poderia estar quebrada?

— Ela estava diferente quando eu a peguei — eu disse, e fiquei apavorada ao perceber o olhar de pena no rosto de Ron. Atrás dele, Barnabas parecia estar com medo. Seu rosto estava pálido e seus olhos, arregalados.

— Sim, você tem razão — Ron disse, com desgosto. — Nós tínhamos a esperança de acabar com isso da melhor maneira antes que você agisse. Maaas, agora ela é toda sua. — Seus olhos encontraram os meus com uma tristeza amarga. — Parabéns.

Abaixei a mão com calma, e me senti nervosa. Era minha. Ele disse que a pedra era minha.

— Mas ela era a pedra de um agente da morte. — Barnabas disse, e eu me assustei com o tom de medo na voz dele. — Aquele cara não era um agente da morte, mas ele tinha a pedra de um agente. Ela é uma agente da morte!

Eu fiquei pasma.

— Opa, vá com calma.

— Ela é uma agente da morte! — Barnabas berrou. Eu não soube o que fazer quando ele tirou uma foice pequena, parecida com a de Seth, de dentro de sua camisa. Com um pulo, ele se colocou entre Ron e eu.

— Barnabas! — Ron suplicou, empurrando-o com força até que ele esbarrasse na porta. — Ela não é uma agente da morte, seu idiota! Ela não é nem um anjo! Ela não pode ser. Ela é humana, mesmo que esteja morta. Guarde isso antes que eu tome uma providência séria!

— Mas é a pedra de um agente da morte — ele respondeu, encolhendo os ombros finos. — Eu a vi pegando a pedra dele!

— E de quem é a culpa por ela saber o que aquilo era, Barney? — ele caçoou. O jovem relaxou os ombros e abaixou a cabeça em um evidente sinal de vergonha.

Fiquei encostada na parede, muito nervosa, segurando o pingente com tanta força que os meus dedos começaram a doer. Ron olhou para o nada.

— Isso não é a pedra de um agente da morte, porque um agente não tem força suficiente para deixar evidências corpóreas para trás, ou... — ele continuou, levantando uma das mãos para impedir que Barnabas o interrompesse — para voltar por causa da alma de alguém que eles colheram. Ela tem alguma coisa mais poderosa do que uma simples pedra, e eles vão voltar para buscá-la. Podem ter certeza.

"Ótimo. Muito bom."

Barnabas pareceu ter se recuperado do susto, mas ainda tinha uma expressão de medo e preocupação.

— Ele disse que não era um agente, mas eu achei que ele estivesse tentando nos enganar. E se ele não era mesmo um agente?

— Eu ainda não sei. Tenho apenas algumas sugestões.

O fato de Ron ter admitido que não tinha certeza era ainda mais assustador do que tudo. Uma onda de medo passou por mim. Tremi, e Ron percebeu a minha reação.

— Devia ter adivinhado que isso ia acontecer — ele murmurou.

Olhando para o céu, ele acrescentou:

— Um aviso teria caído bem!

A voz dele fez um eco, o que acentuou o vazio do mundo. Ao lembrar que aquelas duas pessoas não eram pessoas de verdade, olhei para o meu pai, tão estático e paralisado quanto um manequim. Eles não iam machucá-lo como uma forma de me punir pelos meus erros, iam?

— Tudo bem — Ron disse com calma —, vamos adaptar as coisas da melhor maneira.

O homem idoso se levantou, dando um suspiro profundo. Ao vê-lo se mover, saí do lado da parede e me coloquei entre ele e meu pai. Ron olhou para a minha mão estendida como se eu fosse uma gatinha inofensiva, daquelas que tentam chamar a atenção de um cachorrinho e não conseguem.

— Não vou embora — eu disse, em pé na frente do meu pai como se realmente pudesse fazer alguma coisa —, e você não vai tocar no meu pai. Eu tenho a pedra. Estou sólida. Estou viva!

Ron olhou bem dentro dos meus olhos.

— Você tem uma pedra, mas você não sabe como usá-la. E você não está viva. Essa vontade de fingir o contrário é muito ruim. No entanto, vendo que você tem a pedra e que *eles* têm o seu corpo...

Olhei com pressa para Barnabas. Seu olhar de desconforto confirmou a informação.

— Seth? Ele tem o meu corpo? — falei, sentindo medo novamente. — Por quê?

Ron estendeu a mão, e eu dei um pulo ao sentir o toque em meu ombro. Sua mão era quente, e consegui perceber que ele estava do meu lado — não que eu achasse que ele pudesse fazer algo por mim.

— Para que você não passe para o outro mundo e não nos dê a pedra? — ele sugeriu, seus olhos negros cheios de compaixão. — Enquanto eles tiverem o seu corpo, você está presa aqui. Essa pedra que você pegou com certeza é muito importante. Ela mudou para que pudesse se adaptar às suas habilidades mortais. Pouquíssimas pedras podem fazer isso. Geralmente, quando um humano diz que a pedra é dele, ela simplesmente explode.

Meu queixo caiu, e Ron concordou com a cabeça.

— Dizer que um elemento divino é seu sem que você seja divino é a forma mais rápida de transformar a sua alma em pó.

Fechei a boca, contendo um calafrio.

— Se nós temos a pedra — Ron continuou —, eles estão em plena desvantagem. Ela está em cima do muro agora, assim como você, uma moeda que ainda não parou de rodar.

Ele abaixou o braço. Me senti ainda menor e mais sozinha, mesmo que fosse mais alta do que ele.

— Enquanto você está no lado corpóreo do universo, eles podem te achar — ele disse, indo até a minha janela para ver um mundo que, de tão lento, parecia estar completamente parado.

— Mas o Seth sabe onde estou — eu disse, confusa.

Ron se virou vagarosamente.

— Fisicamente, sim, mas ele saiu daqui com o seu corpo de forma muito abrupta. Ele cruzou sem a pedra, e assim ele não consegue achar você no tempo. Ele vai ter dificuldade para te encontrar novamente. Especialmente se você não fizer nada que chame a atenção.

"Ficar no anonimato. Claro, eu consigo fazer isso. Com toda certeza." Minha cabeça doeu. Segurei um dos braços e tentei entender o que ele estava falando.

— Ele vai encontrar você, no entanto. E depois vai levar você com ele, junto com a pedra. E o que vai acontecer depois disso? — Balançando a cabeça, ele se virou novamente para a janela. A luz de fora o contornou, como se ele fosse de outro mundo. — Eles fazem coisas terríveis, sem nem pestanejar, a fim de perpetuar a espécie deles.

"Seth tem o meu corpo." Senti que o meu rosto estava pálido. Barnabas percebeu, e tossiu a fim de atrair a atenção de Ron. Os olhos do homem idoso pararam em mim, e ele piscou, como se tivesse percebido o que havia dito.

— Ah, mas eu posso estar errado — ele disse, sem muito sucesso. — Às vezes, eu erro.

Senti o meu pulso acelerar, e uma sensação de pânico nasceu em mim. Antes do acidente, Seth havia dito que eu era a passagem dele para um lugar melhor. Ele não queria apenas que eu morresse. Ele me queria. Não a pedra que eu roubei dele. Eu. Abri a boca para contar para Ron mas, com medo, mudei de ideia. Barnabas viu que no meio do meu pavor eu estava escondendo alguma coisa. Ron estava andando de um lado para o outro, cruzando o meu quarto com passos firmes. Ele pediu que o jovem saísse, e Barnabas foi para o corredor, em silêncio, com a boca fechada e a cabeça baixa em sinal de concentração. Provavelmente, ele estava com medo de que aquilo que eu não estava dizendo pudesse piorar ainda mais a sua situação. Fiquei muito apreensiva. Eles não estavam indo embora, estavam?

— A única coisa que podemos fazer — Ron disse — é mantê-la intacta até descobrirmos como quebrar o encanto que a pedra tem sobre você, sem quebrar a sua alma.

— Mas você acabou de falar que eu não posso morrer — falei. "Onde ele pensa que vai? O Seth vai voltar!"

Ron parou próximo à porta. Barnabas estava em pé atrás dele. O medo estampado em sua face era profundo demais para quem tinha apenas 17 anos.

— Você não pode morrer porque já está morta — o homem idoso disse —, mas há coisas piores do que isso.

"Que bom", eu pensei, sentindo o meu corpo ficando quente ao lembrar da dança com Seth, do beijo, da maneira como fiquei caída por ele, e do olhar cheio de ódio que ele me deu. "Muito bem, Madison." Eu não apenas acabei com a minha reputação na escola nova como também consegui insultar um anjo da morte. E eu ainda era a coisa que ele mais queria.

— Barnabas? — Ron disse com uma voz que me assustou. Barnabas também pareceu ter ficado surpreso.

— O que foi, senhor?

— Parabéns, você foi promovido a anjo da guarda.

Barnabas ficou estático, e depois olhou para mim.

— Isso não é uma promoção. É uma punição!

— Uma parte disso é culpa sua — Ron disse. Sua voz era muito dura se comparada com o sorriso tímido que ele estava me mostrando, sem que Barnabas visse. — A maior parte, provavelmente. — O rosto dele ficou sério. — Dê um jeito. E não desconte nela.

— Mas e a Lucy? Era responsabilidade dela! — ele protestou com um ar de criança.

— Madison tem 17 anos — Ron disse com um tom que não abria espaço para argumentações. — É jurisdição sua. Vai ser fácil. — Ele se virou com as mãos no quadril. — Além do seu trabalho normal de anjo da morte, você vai ser o anjo da guarda de Madison. Acho que vamos conseguir resolver isso em menos de um ano. — O olhar de Barnabas ficou perdido no horizonte. — De um jeito ou de outro.

— Mas senhor! — Barnabas exclamou, batendo as costas contra a parede. Ron o empurrou a fim de passar e chegar às escadas. Segui os dois, sem acreditar naquilo. "Eu tenho um anjo da guarda?"

— Senhor, eu não consigo! — Barnabas disse, fazendo-me sentir como um fardo indesejado. — Não tem como fazer o meu trabalho *e* cuidar dela! Se eu me distanciar muito eles vão capturá-la!

— Então ela vai acompanhar você nos seus trabalhos. — Ron desceu vários degraus. — Ela tem que aprender a usar aquilo. Ensine alguma coisa para ela em seu *enorme* tempo livre. Além do que, você nem tem que mantê-la viva. É só manter a moeda dela no ar. Tente se sair melhor dessa vez. — Ele quase rosnou de raiva.

Barnabas ficou furioso. Ron virou o sorriso para mim novamente, preocupado.

— Madison — ele disse, despedindo-se —, fique com o pingente. Ele vai proteger você. Se tirá-lo do pescoço, as asas negras vão encontrar você, e os agentes da morte nunca estão longe delas.

Asas negras. Mais uma vez falavam sobre isso. Isso me trazia uma imagem muito ruim na mente.

— Asas negras? — perguntei. As duas palavras soavam muito mal na minha boca.

Ron parou no primeiro degrau.

— Vultos do mal, sombras da Criação. Eles sentem o cheiro das mortes por engano antes que elas aconteçam e tentam se aproveitar das almas esquecidas. Não deixe que eles toquem em você. Eles podem sentir o seu cheiro porque você está morta, mas com a pedra eles vão achar que você é uma agente e não vão lhe incomodar. Minha cabeça rodou. Ficar longe das asas negras. Entendido.

— Cronos! — Barnabas suplicou ao ver Ron sair das escadas. — Por favor. Não faça isso comigo!

— Encontre o vento e dê o seu melhor — Ron murmurou ao chegar perto da porta de saída. — É só por um ano.

Ele cruzou a porta de saída e se misturou à luz do Sol. Os raios o atingiram e ele sumiu, não de uma vez só, mas a partir dos pés conforme caminhava no claro. O raio de sol que entrava em casa parecia brilhar mais, e então o cortador de grama voltou a gemer baixinho.

Eu respirei fundo ao perceber que o mundo estava voltando ao normal com os sons dos pássaros, do vento, e do rádio de alguém. Surpresa, fiquei em pé ao lado de Barnabas.

— Como assim por um ano? — sussurrei. — É o tempo que eu tenho?

Barnabas olhou para mim de cima a baixo, visivelmente irritado.

— Como é que eu vou saber?

Lá de cima veio um chamado assustado.

— Madison? É você?

— Pai! — eu disse, correndo em sua direção enquanto ele saía do quarto. Ele me abraçou com alegria e deu um sorriso para Barnabas.

— Você deve ser o rapaz que trouxe a minha filha para casa ontem à noite. Seth, não é?

"O quê?", eu pensei, chocada. O meu pai já havia conhecido o Barnabas. Como é que ele foi da raiva à doçura de forma tão rápida? E o acidente? O hospital? *E quanto a minha morte?*

Barnabas trocava de peso de um pé para o outro como se estivesse com vergonha. Seu olhar me dizia para ficar quieta.

— Não, senhor. Eu sou o Barnabas. Um dos amigos da Madison. Eu também estava com ela ontem à noite depois que o Josh foi embora. Apareci hoje só para ver se ela, hum, quer fazer alguma coisa.

Meu pai parecia estar orgulhoso por eu ter feito um amigo sem a ajuda dele, mas eu estava completamente confusa. Tossindo levemente, como se estivesse tentando achar a melhor forma de lidar com o primeiro namorado que ele conhecia, ele apertou a mão que Barnabas havia estendido. Fiquei em pé vendo os dois apertando as mãos sem entender nada. Barnabas fez um sinal com os ombros para mim, e eu comecei a relaxar. Parecia que tudo havia sido deletado da mente dele, e a memória falsa de uma noite sem grandes eventos foi implantada — era o sonho de qualquer adolescente que se mete em confusão. Agora, tudo o que me restava era descobrir como Ron tinha feito aquilo. Só por curiosidade.

— Será que tem alguma coisa para comer por aí? — Barnabas disse, passando uma das mãos atrás do pescoço. — Parece que eu não como há anos.

Como em um passe de mágica, papai foi incrivelmente simpático e começou a falar sobre comidas enquanto descia os últimos degraus da escada. Barnabas foi atrás dele. Agarrei o seu cotovelo e ele parou de andar, surpreso.

— Então a história oficial é que Seth me trouxe para casa e eu assisti TV até dormir? — perguntei, querendo saber exatamente com o que eu teria que lidar. — O acidente não existiu? — Ao vê-lo concordando com a cabeça, continuei: — Quem vai lembrar sobre ontem? Alguém?

— Nenhuma pessoa viva vai conseguir lembrar — ele disse. — Ron muda a continuidade do tempo. Ele deve gostar muito de você para ter feito isso. — Seu olhar se voltou para a pedra no meu peito. — Ou ele simplesmente gosta muito da sua pedrinha nova.

Sentindo-me nervosa novamente, soltei o braço de Barnabas, e ele seguiu o meu pai — que estava na cozinha berrando, perguntando se Barnabas podia ficar para tomar café da manhã conosco. Arrumei o meu vestido, passei as mãos pelo meu cabelo desarrumado, e dei passos lentos e cuidadosos atrás dele. Me senti muito estranha. Um ano. Eu tinha pelo menos um ano. Podia até não estar viva, mas eu não ia morrer novamente, de jeito nenhum. Eu precisava aprender a usar a pedra que estava comigo para conseguir ficar ali mesmo. Ali era o meu lugar. Ali com o meu pai.

Eu não tinha dúvidas que ia conseguir.

4

Inquieta, me sentei no telhado, no escuro, tacando pedras à noite, tentando reorganizar os meus pensamentos. Eu não estava viva, mas também não estava totalmente morta. Como eu havia suspeitado, um interrogatório cuidadoso com o meu pai confirmou que ele não sabia que eu estava morta no hospital e nem lembrava sobre o acidente. Ele achou que eu havia me livrado de Josh quando descobri que nós não combinávamos, e que depois peguei uma carona com Seth e Barnabas, e assisti TV a noite toda, sem nem ter tirado o vestido. Ele não estava feliz por eu ter arruinado o vestido alugado, no entanto. Não gostei de ter o valor descontado da minha mesada, mas eu não ia reclamar. Eu estava ali, meio viva, e era isso que importava. Meu pai ficou um pouco surpreso ao ver que aceitei a punição sem protestos, e até disse que eu estava mais madura. Ah, se ele soubesse.

Eu observava o meu pai de perto todos os dias enquanto eu arrumava as minhas coisas nas gavetas e prateleiras. Era óbvio que ele sabia que alguma coisa estava errada, mesmo que não conseguisse identificar o que era. Ele quase nunca se afastava de mim. Toda hora ele vinha me trazer algo para comer. Era tanta proteção que me dava vontade de berrar. Mais de uma vez eu o peguei olhando para mim com uma expressão de medo, que ele escondia quando eu olhava de volta. O jantar foi acompanhado por uma longa conversa sobre a comida. Depois de ficar brincando com o meu prato por uns vinte minutos, eu pedi licença, dizendo que estava cansada por causa da festa de formatura.

É. Era para eu estar cansada, mas eu não estava. Ali estava eu sentada no telhado às duas da madrugada, tacando pedras, fingindo estar com sono enquanto o mundo girava, escuro e frio. Talvez eu não precisasse mais dormir.

Com os ombros pesados, peguei mais uma pedrinha no meio das telhas e a taquei dentro da chaminé. Ela atingiu um metal e fez um barulho seco, ricocheteando até cair lá embaixo. Me estiquei para pegar outra pedra, e depois voltei à minha posição, arrumando a calça jeans.

Um leve sentimento de aflição nasceu em mim, começando das pontas das minhas mãos em pequenas pontadas, escorregando para dentro em forma de ondas mais fortes. A sensação de estar sendo vigiada apareceu com força, e me virei, aflita, quando Barnabas caiu de uma árvore atrás de mim.

— Ei! — berrei, sentindo o meu coração pulando ao vê-lo aterrissando em uma telha como se fosse um gato.

— Que tal me avisar quando você estiver por perto?

Barnabas ficou em pé embaixo da luz da lua com as mãos na cintura. Ele estava envolvido por uma luz fraca, que era tão visível quanto a sua irritação.

— Se eu fosse um agente da morte eu já teria matado você.

— Bem, eu já estou morta, não estou? — falei, jogando uma pedra nele. Ele nem se moveu, e a pedra passou por cima de um de seus ombros. — O que você quer? — perguntei, sem delongas.

Em vez de responder, ele encolheu os ombros finos e olhou para o outro lado.

— Quero saber o que foi que você não falou para o Ron.

— Como é?

Ele ficou parado como uma rocha, braços cruzados sobre o peito.

— Seth falou alguma coisa para você no carro. Foi o único momento no qual você ficou fora da minha mira. Quero saber o que foi. Um detalhe pode servir para que você consiga continuar fingindo que está viva, ou pode levar você ao júri negro. — Ele se moveu de forma decisiva, com raiva. — Eu não vou falhar novamente, não por sua causa. Você já era importante para o Seth antes de pegar a pedra dele. Foi por isso que ele foi pegar o seu corpo no necrotério. Quero saber o por quê.

Olhei para o pingente, que brilhava por causa da luz do luar, e depois olhei para o meu pé. O ângulo estranho do telhado estava fazendo com que os meus tornozelos ficassem doloridos.

167

— Ele disse que o meu nome havia complicado inúmeras vezes os assuntos dos homens, e que ele ia coletar a minha alma.

Barnabas se moveu, sentando-se ao meu lado, deixando bastante espaço entre nós.

— Ele já fez isso. Você não é mais uma ameaça agora que está morta. Por que ele voltou para pegar você?

Sentindo-me mais segura diante da postura relaxada dele, eu o encarei. Seus olhos pareciam ser prateados.

— Você não vai contar? — perguntei, querendo acreditar nele. Eu precisava falar com alguém, e não tinha como ligar para os meus amigos antigos e falar sobre a minha morte — mesmo que isso possa soar muito divertido.

Barnabas hesitou.

— Não, mas eu posso levar você para conversar com o Ron pessoalmente.

Respirei fundo.

— Ele disse que acabar com a minha vidinha era uma passagem para um lugar melhor. Ele voltou para provar que ele havia... me coletado.

Eu esperei por uma reação, mas não houve nenhuma. Finalmente, não aguentei o silêncio e levantei o rosto a fim de olhar dentro dos olhos de Barnabas. Ele estava olhando para mim como se estivesse tentando decifrar a mensagem. Claramente, sem ter encontrado uma resposta, ele disse, com calma:

— Acho que você deveria manter isso em segredo por enquanto. Ele provavelmente não quis dizer nada com isso. Esqueça. Gaste o seu tempo tentando se adaptar.

— É — respondi com uma ponta de risada sarcástica —, uma escola nova é sempre divertida.

— Eu quis dizer se adaptar aos vivos.

— Ah.

— Tudo bem. Eu ia ter que aprender a me adaptar, não a uma escola nova, mas aos vivos. Legal. Ao recordar o jantar desastroso que eu tive com o meu pai, eu mordi o lábio.

— Hum, Barnabas... é para eu comer?

— Claro. Se você quiser. Eu não como. Não como muito — ele disse com um tom de desejo. — Se você for como eu, você não vai ter fome nunca.

Ajeitei o meu cabelo curto atrás das orelhas.

— E dormir?

Ele sorriu.

— Você pode tentar. Eu não consigo, a não ser que esteja muito entediado.

Peguei mais pedrinhas do meio das telhas e as taquei contra a chaminé de novo.

— Como é que conseguimos não comer? — perguntei.

Barnabas se virou, ficando de frente para mim.

— Aquela sua pedra solta energia, e você se alimenta disso. Você armazena energia. Cuidado com os médiuns. Eles vão achar que você está possuída.

— Ah — murmurei. Eu havia pensado em tentar obter algumas informações úteis em alguma igreja, mas como eles nunca estão certos quanto à morte, talvez não saibam tantas coisas assim.

169

Sentada no telhado, naquela noite escura, suspirei ao lado de um anjo da morte — o meu anjo da guarda. "Legal, Madison", pensei, imaginando se seria possível que a minha vida — ou melhor, a minha morte — ficasse pior do que aquilo. Toquei a pedra que me mantinha viva com cuidado, pensando sobre o que eu teria que fazer dali em diante. Ir para a escola. Fazer dever de casa. Ficar com o meu pai. Tentar entender quem eu era e o que eu tinha que fazer. Nada havia mudado, na verdade, a não ser a coisa da fome e do sono. Eu tinha o tal agente da morte tentando me encontrar. Eu tinha um anjo da guarda também. E a vida, aparentemente, continua, mesmo que você não esteja mais participando dela.

Barnabas me surpreendeu ao se levantar repentinamente. Eu me curvei para trás para conseguir vê-lo direito embaixo das estrelas.

— Vamos — ele disse, estendendo a mão. — Eu não tenho nada para fazer hoje à noite, e estou entediado. Você não é de berrar muito, é?

Meu primeiro pensamento foi "berrar?", e depois "vamos aonde?" No entanto, falei algo bem idiota em vez disso:

— Não posso. Estou de castigo. Não posso pisar fora de casa até que eu pague por aquele vestido, a não ser para ir à escola. — Mesmo assim, sorri e dei a minha mão para que ele me ajudasse a levantar. Se Ron conseguiu fazer com que o meu pai esquecesse que eu havia morrido, talvez Barnabas conseguisse disfarçar uma fugidinha minha, só por algumas horas.

— Bem, eu não posso mudar o fato de você estar de castigo — ele disse —, mas não precisa sair de casa para irmos aonde estamos indo.

— O quê? — perguntei. Fiquei surpresa ao vê-lo indo para trás de mim. Ele ficou muito mais alto por causa da inclinação do telhado. — Ei! — exclamei quando ele me abraçou. No entanto, o meu protesto sumiu em meio ao choque de ver uma sombra cinza se curvando em volta de nós de repente. Ela era real, e tinha o cheiro do travesseiro de penas da minha mãe. Eu engasguei quando ele me apertou mais forte e meus pés saíram do telhado em uma ascensão contra a gravidade.

— Caramba! — exclamei enquanto o mundo se esticava lá embaixo, prateado e preto sob a luz do luar.

— Você tem asas?

Barnabas gargalhou. O meu estômago se revirou todo, e nós fomos mais para cima.

Talvez... talvez isso tudo não fosse ser tão ruim assim.

Salada mista

MICHELE JAFFE

1

— Desculpe-me se isso não foi mais parecido com o final de um livro — disse o homem com as mãos ao redor do pescoço dela, sorrindo, prendendo o olhar da menina ao seu enquanto a enforcava.

— Se você vai me matar, pode ser depressa? Isto é um pouco desconfortável.

— O que, as minhas mãos? Ou o sentimento de fracasso...

— Eu não fracassei.

— ...novamente.

Ela cuspiu no rosto dele.

— Ainda tem energia. Eu realmente admiro isso em você. Acho que nós teríamos nos dado muito bem. Infelizmente, não temos tempo.

Ela lutou pela última vez, cravando as unhas das mãos nos braços que envolviam o seu pescoço, mas ele nem se moveu. Os punhos da menina caíram ao lado do corpo.

Ele chegou tão perto do rosto dela que dava para sentir a sua respiração.

— Últimas palavras?

— Três: pastilhas contra bafo. Você precisa muito delas.

Ele gargalhou e apertou as mãos até que os dedos se encontrassem.

— Adeus.

Por um segundo, os olhos dele olharam para os dela, acesos. Depois, ela ouviu um estalo forte e sentiu o seu corpo caindo no chão. Tudo ficou preto.

2

OITO HORAS ATRÁS...

— *G*arotas gostosas sabem que o silêncio é de ouro — mas apenas por alguns segundos. Passe um pouco dos limites e você vai estar no Mundo do Desconforto — leu Miranda, e contorceu o rosto, olhando para o livro. — Se você sentir que o tempo está se esgotando, ofereça alguma coisa a ele! Um simples "Quer um amendoim?" dito com um sorriso pode quebrar o silêncio estagnado em um estalar de dedos. Lembre-se, as gostosas sempre dão um jeito.

Miranda estava começando a perder a confiança no *Como achar — e pegar! — o seu homem.*

Naquela noite de junho, encostada na lateral do carro preto estacionado na área de embarque do aeroporto municipal de Santa Bárbara, ela lembrou de como havia ficado feliz ao encontrar aquele livro. Parecia ser o sonho do e-eles-viveram-felizes-para-sempre em forma de papel — quem não gostaria de aprender as "Cinco expressões faciais que vão mudar a sua vida", ou "Os segredos do tantra lingual que só as profissionais conhecem"? No entanto, após ter feito todos os exercícios, ela não havia se convencido dos efeitos do Sorriso Simpático ou de passar meia hora por dia chupando gelo. Não era a primeira vez que um livro de autoajuda a decepcionava — *Chega de preguiça* e *Seja VOCÊ o seu melhor amigo* foram desastrosos. Era deprimente, pois ela havia depositado muitas esperanças neles. E também porque, como já havia apontado Kenzi, sua melhor amiga, qualquer formando que agisse da mesma forma que Miranda agia em relação ao menino que gostava realmente precisava de ajuda.

Ela tentou ler outro trecho.

— *Refaça as perguntas dele e adicione um tom sugestivo, levantando uma de suas sobrancelhas. Ou comece a conversa com uma frase de efeito! Ela*: Oi, qual o seu signo? *Ele*: Por que você quer saber? *Ela*: Para ver se combina com o meu. *Se o clima mais esotérico não combina com você, essa aqui nunca falha* — *Ela*: Você é astronauta? *Ele*: Como assim? *Ela*: É que você é bom demais para...

— Oi, Srta. Kiss.

Miranda olhou para cima e avistou o rosto bronzeado e a covinha do queixo do sargento Caleb Reynolds, delegado da cidade.

Ela devia estar mesmo muito distraída para nem ter escutado as batidas do coração dele ao se aproximar. Era um som único, com um eco no final, como o um-dois-três de uma dança (ela havia aprendido sobre tais batidas de dança no livro *Você pode dançar!*, outra experiência de autoajuda fracassada). Ele provavelmente ia ter problemas com o coração quando ficasse mais velho, mas aos 22 anos de idade isso não o impedia de ir à academia, como indicava o tamanho do seu peitoral, dos ombros, dos braços, dos punhos...

"Pare de olhar."

Ela sempre começava a falar sem parar quando conversava com um cara gato — ainda mais se ele fosse o delegado mais jovem de Santa Bárbara, que era apenas quatro anos mais velho do que ela. Ele surfava todas as manhãs antes do trabalho e era cool o suficiente para ficar bem usando aqueles óculos de sol, mesmo que fossem quase oito da noite.

— Oi, delegado. Vem sempre aqui?

Ele fez uma cara estranha.

— Não.

— Não, claro, e por que viria? Eu também nunca venho aqui. Bem, não sempre. Talvez uma vez por semana. Não o suficiente para saber onde fica o banheiro. Ha ha!

Não era a primeira vez que ela desejava ter um caminho de fuga por perto. Podia ser um pequeno buraco no chão onde ela pudesse entrar e desaparecer sempre que pagasse algum mico. Ou quando aparecessem aqueles surtos de espinhas no rosto todo.

— Esse livro é bom? — perguntou ele, pegando-o e lendo o subtítulo em voz alta: *"Um guia para meninas boas que (às vezes) querem ser más."*

Infelizmente, não havia nenhum caminho de fuga por perto.

— É para um projeto da escola. Dever de casa. Sobre rituais de acasalamento.

— Achei que gostasse mais de crimes. — Ele deu um de seus sorrisos no canto da boca. Ele era muito cool para abrir um sorriso inteiro. — Você está planejando impedir que mais alguma loja seja assaltada?

Isso havia sido um erro. Não pelo fato de ela ter intercedido pelos garotos que renderam Ron na loja 24h, mas por ter ficado tempo suficiente para que a polícia a visse. Por algum motivo, eles não acreditaram que ela estava somente encostada no poste que caiu na frente do carro dos ladrões, impedindo uma fuga. Era muito triste ver como as pessoas suspeitavam de todas as outras, principalmente as pessoas envolvidas com a lei. Ou com a parte administrativa da escola. Ela aprendeu bastante com aquilo tudo.

— Meu limite é uma atuação por mês — disse ela, tentando fazer um tom suave, do tipo ha-ha-estou-brincando-*as-gostosas-sempre-dão-um-jeito*. — Hoje estou fazendo o meu trabalho normal, recepção VIP no aeroporto. — Miranda escutou o tum tum do coração dele bater um pouco mais rápido. Talvez ele achasse que VIPs fossem legais.

— Aquele seu internato... Instituto Chatsworth, não é? Eles deixam você sair quando quiser ou só em dias específicos?

— Quartas e sábados à noite, se você for maior de idade. Não temos aulas nesses dias — disse ela, percebendo que o tum tum tum estava ainda mais rápido.

— Quartas e sábados à noite. O que você faz para se divertir?

Ele estava chamando ela para sair? Não. Mesmo. NÃO MESMO, NÃO MESMO, NÃO MESMO! "Flerte com ele!", ela ordenou a si. "Sorriso Simpático! Diga algo! Qualquer coisa! Seja sensual! Agora!"

— O que *você* faz para se divertir? — repetiu ela, erguendo uma das sobrancelhas com um ar sugestivo.

Ele pareceu ter ficado surpreso por um segundo, e respondeu, com um tom formal:

— Eu trabalho, menina.

"Por favor, vamos receber com palmas Miranda Kiss, nossa mais recente Garota Idiota do Ano", pensou ela.

— Claro. Eu também. Quer dizer, quando não estou dirigindo para os clientes ou no treino com o time. Eu sou uma das Abelhinhas do Tony Bosun, sabe? O time de roller derby feminino. É por isso que eu faço isso. — Ela quis apontar para o carro no qual estava encostada, mas acabou batendo nele com força. — Temos que dirigir para o pessoal da empresa de Tony se quisermos ficar no time. Geralmente, só temos jogos nos fins de semana, mas treinamos às quartas, às vezes em outro dia... — A falastrona calou a boca.

— Eu já vi um jogo das Abelhinhas. É um time profissional, não é? Eles deixam uma aluna de ensino médio jogar?

Miranda engoliu secamente a saliva.

— Sim, claro. Lógico.

Ele olhou para ela por cima dos óculos escuros.

— Tudo bem, eu tive que mentir para entrar no time. Tony acha que eu tenho 20 anos. Você não vai contar nada, vai?

— Ele acreditou que você tinha 20 anos?

— Ele precisava de uma arremessadora nova.

O delegado Reynolds riu baixinho.

— Então você é a arremessadora. Você é boa. Entendo por que ele abriu uma exceção. — Ele olhou um pouco mais para ela. — Eu nunca reconheceria você.

— Bem, é que nós temos que usar aqueles capacetes e a maquiagem dourada para ficarmos todas parecidas. — Isso era uma das coisas que ela gostava no roller derby: o anonimato, o fato de que ninguém sabia quem você era, ou quais as suas habilidades. Isso a fazia sentir protegida, segura. Ninguém excluía você por... nada.

O delegado Reynolds tirou os óculos e olhou para ela.

— Então você usa um daqueles uniformes de cetim vermelho, azul e branco? Aquele com o short curto e aquela capa? Eu ia adorar ver isso de novo um dia.

Ele sorriu, olhando bem dentro de seus olhos, e os joelhos dela ficaram fracos. Sua mente começou a imaginar uma cena: ele vestindo camiseta justa, levando um tubo de mel e uma pilha de...

— Opa, minha garota chegou — disse o delegado. — Até mais. — Ele saiu andando.

...Panquecas. Miranda observou ele ir embora ao encontro de uma mulher com uns 30 anos de idade — cabelo loiro e fino, magra, mas forte. Ele colocou um braço em volta dela e beijou o seu pescoço. Era o tipo de mulher cujo sutiã trazia a seguinte inscrição: tamanho grande, tudo natural, meu bem. Ela o escutou dizendo, com uma voz animada:

— Espere só até chegarmos em casa. Tenho uns brinquedinhos ótimos, especialmente para você. — Sua voz era rouca, o coração batia rápido.

Ao passar por Miranda, ele levantou o queixo olhando para ela e disse:

— Não vá entrar em confusão.

— Tá, você também — respondeu a falastrona. Miranda quis bater a cabeça em cima do carro de tão *idiota* que se sentiu. Ela tentou fazer o Risinho (expressão número quatro do livro), mas acabou engasgando.

Quando eles estavam atravessando o estacionamento, ela ouviu a mulher perguntando quem ela era.

— A motorista do time da cidade — respondeu o delegado Reynolds.

— Ela é a motorista? — disse a mulher. — Parece uma daquelas meninas das linhas aéreas do Havaí que você namorou, só que mais nova. E mais fofa. Sei como você gosta de meninas fofas. Eu não preciso me preocupar, preciso?

Miranda o ouviu soltar uma gargalhada e responder como se aquilo fosse muito engraçado.

— Com ela? Amor, ela é apenas uma aluna de terceiro ano que tem uma queda por mim. Fique tranquila, não precisa se preocupar.

Miranda pensou: Saída. Fuga. Agora. Por favor.

Às vezes, o superpoder de escutar tudo era um supersaco.

3

Miranda adorava o aeroporto de Santa Bárbara. Ele parecia mais com um bar em Acapulco do que com um prédio oficial com suas paredes arredondadas, o chão terracota, ladrilhos azuis e dourados e buganvílias descendo pelas paredes. Por ele ser pequeno, os aviões aterrissavam no mesmo lugar onde decolavam. Uma escada era acoplada a eles, e uma cerca feita de correntes separava as pessoas que saíam das pessoas que esperavam para ver alguém.

Ela tirou o cartaz de dentro do carro, checou o nome ali escrito — CUMANA — e segurou bem lá no alto, na direção dos passageiros que desembarcavam. Enquanto ela esperava, ela escutou uma mulher que dirigia um Lexus SUV dourado atrás dela dizendo ao telefone:

— Se ela sair do avião, eu vou saber. Espero que ele tenha o talão de cheques à mão.

Depois, ela inclinou a cabeça para ouvir melhor o *slurp slurp slurp* que um caracol estava fazendo, arrastando-se no chão quente do asfalto em direção a um arbusto.

Ela ainda lembrava do momento em que percebeu que nem todo mundo escutava as coisas que ela escutava, que ela não era normal. Ela já havia cursado a primeira metade da sétima série na escola Santo Bartolomeu — tinha assistido ao filme *Seu corpo está mudando: a mulher adulta* —, e havia ficado intrigada com tudo que eles não tinham listado, como, por exemplo, os acessos de velocidade e a força excessiva que a fazia quebrar objetos que simplesmente queria pegar, e também bater com a cabeça no teto quando fazia polichinelos, ou começar a ver as partículas de poeira nas roupas das pessoas. No entanto, visto que a Irmã Anna respondia a todas as suas perguntas com um "Pare de brincar, menina", Miranda achou que aquilo tudo era tão óbvio que o filme nem precisava mencionar nada. Ela só percebeu que tinha "habilidades diferentes" quando tentou ganhar o carinho de Johnnie Voight avisando a ele que não colasse de Cynthia Riley. Com base no som do lápis de Cynthia, que estava cinco fileiras atrás de Miranda, ela sabia que a menina estava respondendo tudo errado. Em vez de ficar de joelhos na frente dela e declarar que ela era uma deusa de uniforme, Johnnie a chamou de esquisita, e depois de pentelha intrometida, e ainda tentou bater nela.

Foi assim que ela começou a aprender que ter poderes era muito perigoso, e poderiam transformá-la numa aberração. Porém, ela também aprendeu que era mais forte do que os meninos da sua idade, e que eles não gostavam nem um pouco daquilo. Nem eles, nem os coordenadores da escola.

Desde então ela havia se especializado em fingir que era normal, sendo sempre muito cuidadosa. Ela dominava os seus poderes. Ou pelo menos achava que dominava. Há sete meses, quando...

Miranda afastou os pensamentos e voltou a sua atenção às pessoas no aeroporto. Atenção ao seu trabalho. Ela viu uma menina com tranças loiras sentada nos ombros do pai. Ele estava em pé e a menina acenava para uma mulher que vinha do avião. Ela gritava "mãe, mãe, que saudade!"

Ela observou a família se abraçando e sentiu como se alguém a tivesse atingido no estômago. Uma das vantagens de ir para o internato, pensou Miranda, era que você nunca era convidada às casas das pessoas, nunca precisava assisti-las agindo como pessoas de famílias normais, tomando café juntas. Por alguma razão, ela sempre imaginava que as pessoas de famílias realmente felizes tomavam café juntas.

Além disso, pessoas que tinham famílias normais não iam para o Instituto Chatsworth, "O melhor internato da Califórnia". Ou, como Miranda gostava de dizer, A Prisão Infantil, o lugar no qual os pais (ou, em seu caso, os tutores) deixavam suas crianças até precisarem delas para alguma coisa.

Talvez Kenzi, sua colega de quarto, fosse uma exceção. Ela e Kenzi Chin moravam juntas há quatro anos, desde a oitava série, mais tempo do que Miranda havia morado com qualquer outra pessoa. Kenzi era de uma família perfeita, dessas que a tomam café juntas. Ela tinha uma pele perfeita, notas perfeitas, tudo perfeito, e Miranda teria sido forçada a odiá-la caso ela não fosse tão leal e gentil. E um pouquinho maluca.

Naquela mesma manhã, Miranda entrou em seu quarto e a encontrou de cabeça para baixo, numa posição invertida, vestindo somente roupas íntimas, seu corpo todo lambuzado com uma lama seca cor de menta.

— Vou precisar de muita terapia para tirar essa imagem da minha cabeça — disse Miranda a ela.

— Você vai ter que ficar bastante tempo na terapia para lidar com a sua família maluca de qualquer maneira, então tanto faz. Só estou contribuindo com um ARD para as suas sessões. — Kenzi sabia mais sobre a história familiar de Miranda do que qualquer um no Chatsworth. No entanto, quase tudo sobre a sua família era inventado, menos o fato de ela ser maluca.

Kenzi também gostava de acrônimos e inventava vários o tempo todo. Miranda largou a bolsa e deitou na cama.

— ARD? — perguntou Miranda.

— Assunto de Relevância Duvidosa. — Após uma pausa, Kenzi adicionou: — Não acredito que você não vai à formatura. Sempre imaginei nós duas indo juntas.

— Eu não acho que a Beth ia gostar muito dessa coisa em trio.

Beth era a namorada de Kenzi.

— Nem me fale sobre essa criatura — disse ela, encolhendo os ombros. — O Show da Beth e da Kenzi está oficialmente cancelado.

— Desde quando?

— Que horas são?

— 15h35.

— Há duas horas e seis minutos.

— Ah, então já vai ter voltado até a hora da formatura.

— Claro.

Os "cancelamentos" de Kenzi aconteciam uma vez por semana e duravam em torno de quatro horas. Ela achava que o drama do rompimento e a emoção do retorno mantinham o relacionamento emocionante. E de alguma forma isso parecia funcionar, porque ela e Beth faziam o casal mais feliz que Miranda conhecia. Perfeição total.

— Enfim, pare de tentar mudar de assunto. Acho que você está cometendo um enorme erro em perder a formatura.

— Sim, acho que nunca vou me perdoar.

— Estou falando sério.

— Por quê? Qual é a grande importância disso? É um baile com um tema idiota. Você sabe que eu sou terrível dançando, as pessoas não deviam permitir que eu entrasse em uma pista de dança com gente ao meu lado.

— "Um brinde ao vermelho, branco e azul" não é idiota, é patriótico. E você imita o John Travolta direitinho.

— Acho que ele não concordaria com você.

— Tanto faz. A formatura não é o só o baile, é um rito de passagem, um momento no qual deixamos o que fomos e caminhamos à imensidão do mundo adulto que vamos encarar. É quando nos livramos do peso das nossas inseguranças joviais e...

— ...nos embebedamos e rezamos por ter alguma sorte. Dependendo da sua definição de sorte.

— Vai se arrepender por não ter ido. Você realmente quer crescer sentindo-se infeliz e cheia de arrependimentos?

— Claro! E eu ainda tenho que trabalhar.

— Até parece. Você está usando o trabalho para se proteger novamente. Pode muito bem usar o sábado à noite para sair. Pelo menos seja honesta quando der os seus motivos.

Miranda olhou para Kenzi com o Olhar Inocente, expressão número dois do livro dos beijos.

— Não sei sobre o que você está falando.

— Não olhe para mim como se fosse uma criança carente. Quatro letras para você: W-I-L-L.

— Ene-a-ó-til: NÃO. Ah, e tem mais letras: M-I-O-P...

Kenzi continuou falando, ignorando-a, como sempre fazia de forma tão profissional.

— Tudo bem que o Will precisa ser examinado ou vacinado contra doenças por ter chamado a Ariel, mas não acredito que você vá desistir assim.

Will Javelin preenchia 98% dos sonhos de Miranda. Ela estava tentando esquecê-lo desde que ficou sabendo que ele ia à formatura com Ariel West. Ela dizia coisas do tipo:

— Dei o nome das minhas casas de campo aos meus novos seios. A sua família tem casas de campo, Miranda? Ah, me esqueci, você é *adotada*. — Ariel era herdeira da fortuna da empresa Açúcar West — O melhor! E ela também era um desafio.

— Não tem nada de errado com a Ariel — respondeu Miranda, tentando ser boa.

— Claro, nada que um exorcismo não cure. — Kenzi colocou os pé no chão e pegou a sua toalha. — Pelo menos prometa que vai ao after da festa na casa dos pais de Sean na praia? Você vai, né? Vamos ficar lá de bobeira e ver o sol nascer. Vai ser a sua chance de falar com o Will fora da escola. E quando é que você vai me contar o que aconteceu com vocês naquela noite, hein? Por que você está sendo tão NSDN?

Esse Miranda conhecia.

— Eu não estou sendo Não Sei De Nada — disse ela, pegando uma pilha de folhas na mesinha entre as duas camas. Ela começou a organizar os papéis.

— Está fazendo aquilo de novo. Aquilo que você faz, fingindo ser organizada para fugir de uma discussão.

— Talvez. — Miranda estava olhando para os papéis, que eram cópias de artigos de jornal dos últimos seis meses. *Ladrão é pego por Bom Samaritano e encontrado preso a uma cerca com ioiô,* dizia o primeiro, mais recente. Depois, o jornal de alguns meses antes:

— Saca só: *Assalto à mão armada evitado, ladrão perdeu controle da arma. Testemunha diz que uma caixa de balas caiu "no meio do nada" e derrubou a arma do criminoso.* — Finalmente, o impresso de sete meses antes: *Fuga depois de assalto à loja 24h é atrapalhada por um poste que caiu; duas pessoas foram presas.* Ela começou a sentir um vazio em seu estômago. Pelo menos foram apenas três eventos reportados entre uns 12 incidentes. No entanto, pensar assim não a fazia se sentir melhor. Ninguém podia ligar *nenhum* daqueles eventos. Nunca.

A loja de conveniência foi o primeiro. Estava escuro, uma neblina vinha do oceano, as luzes da rua faziam halos coloridos no céu. Ela estava dirigindo por uma rua pequena em Santa Bárbara a caminho do treino de roller derby quando ouviu os barulhos vindos da loja 24h de Ron, e simplesmente... agiu. Ela não teve controle sobre o que fez, foi como em um sonho. O seu corpo sabia exatamente o que fazer, aonde os assaltantes iam, e como intercedê-los. Foi como a letra de uma música que vem à mente mesmo quando você não a escuta há muito tempo. A única diferença é que ela não sabia de onde suas ações estavam *vindo.*

Ela passou três dias acompanhando o incidente da loja de conveniência deitada na cama, enrolada como uma bola, tremendo. Ela disse à Kenzi que estava com gripe, mas o que ela tinha mesmo era pavor. Ela estava apavorada com os poderes que não conseguiu conter.

Apavorada porque usar aqueles poderes foi muito bom. Muito certo. Como se ela estivesse viva pela primeira vez.

Apavorada porque ela sabia o que podia acontecer se as pessoas descobrissem. O que aconteceria com ela. E com...

Ela mostrou os papéis para Kenzi.

— O que você está fazendo com isso? — ela indagou.

— Nossa, sargento Kiss na área — disse Kenzi, batendo continência. — Com todo o respeito, senhora, mas como dizem no linguajar militar, TTLM. Você não vai conseguir mudar de assunto com essa sua voz de raiva.

TTLM significava Tá Triste? Lamento Muito. Miranda não conseguiu conter uma risada.

— Se eu estivesse tentando mudar de assunto, número um, eu diria que esse treco que você colocou no corpo está manchando o tapete que o decorador da sua mãe catou em três continentes porque ele supostamente pertenceu à Lucy Lawless. Eu realmente quero saber por que você está tão interessada nos crimes de Santa Bárbara.

Kenzi saiu de cima do tapete e foi para o chão de madeira.

— Não é qualquer crime de Santa Bárbara, são os crimes *frustrados*. É para o meu projeto final de jornalismo. Algumas pessoas estão dizendo que tem alguma força mística agindo. Talvez até a própria Santa Bárbara tenha voltado.

— Não pode ser mera coincidência? Os ladrões cometem erros toda hora, não cometem?

— As pessoas não gostam de coincidências. Assim como não é coincidência alguma que você esteja me fazendo falar sobre isso em vez de responder a minha pergunta sobre o que aconteceu entre você e Will. Em um minuto vocês dois parecem estar — finalmente, diga-se de passagem — quase lá, e no minuto seguinte você está de novo no nosso quarto. Inclusive, diga-se de passagem novamente, arruinando completamente a minha noite romântica.

— Eu *já* falei — bradou Miranda —, não foi nada. Não aconteceu nada.

Encostando-se novamente no carro ao toque dos últimos raios de sol, Miranda pensou que *nada* havia sido um exagero. Foi pior do que nada. Aquela expressão no rosto de Will, como se ele estivesse vendo um treco verde preso no dente de Miranda, uma mistura de horror e mais horror. E logo quando ela finalmente teve a coragem de...

Foi quando ela percebeu. Os artigos na mesa de Kenzi foram todos publicados em quintas-feiras, e todos falavam sobre eventos que aconteceram — que ela ocasionou — nas quartas-feiras.

— Quartas e sábados à noite — ela ouviu a voz de Caleb, repetindo as suas palavras.

Isso não era legal. Não mesmo. Ela ia ter que ser mais discreta.

O Lexus SUV dourado saiu da calçada, e Miranda conseguiu ouvir o som do casal lá dentro brigando junto com o som do ar-condicionado. A mulher que dirigia virou o rosto para berrar com o marido — "Não minta para mim! Sei que você estava com ela!" — e continuou em frente, bem na direção da família da menina loira... Depois disso, ninguém soube ao certo o que aconteceu. Em um segundo, o carro estava quase atropelando a família, no outro houve uma confusão e eles estavam longe do carro, assustados, mas a salvo.

Enquanto ela via o SUV dourado ganhando velocidade, cada vez mais distante, Miranda sentiu a onda de adrenalina que sempre sentia depois de salvar alguém, sem hesitar. Era viciante como uma droga.

E perigoso como uma droga, ela adicionou.

Acho que você precisa de um dicionário. Ser discreta não significa fazer isso.

"Cale a boca. Foi apenas uma corrida e um empurrãozinho. Nem foi um movimento tático exagerado."

Você não devia ter feito isso. Foi muito arriscado. Você não é invisível, sabe.

"Mas eu não fui vista. Deu tudo certo."

Desta vez.

Miranda ficou se perguntando se todos tinham uma voz interna sintonizada no canal de Você-é-um-Saco o tempo todo.

O que você está tentando fazer, hein? Acha que pode salvar todo mundo? Você não conseguiu nem...

"*Cale* a boca."

— O quê? — perguntou uma voz de menina. Miranda se assustou ao perceber que havia falado alto, e que tinha alguém ao seu lado.

A menina tinha a altura de Miranda, porém mais jovem, algo em torno de 14 anos. Ela se vestia como se tivesse se inspirado nos vídeos mais antigos da Madonna. Short por cima da calça, luvas sem dedos, cabelo desarrumado, linha preta grossa em cima dos olhos, pulseiras de borracha, saias justas com cintos de aço, botas de cano curto: se essa moda voltasse, ela já estaria pronta.

— Desculpa — disse Miranda —, eu estava falando comigo. — Não era exatamente assim que a Motorista Madura deveria se comportar.

— Ah. — A menina levantou um papel que dizia CUMANA para que Miranda o visse. — Você deve querer ficar com isso. E com isso — disse ela, dando-lhe uma pequena caixa quadrada.

Miranda pegou o papel mas balançou a cabeça ao ver a caixa.

— Isso não é meu.

— Deve ser. E eu também sou. Quer dizer, eu sou a Sibby Cumana — ela apontou para o cartaz de Miranda.

Miranda colocou a caixa no bolso e abriu a porta de trás para a menina, imaginando que tipo de pais deixavam uma filha de 14 anos de idade ser buscada no aeroporto por uma estranha às oito da noite.

— Não posso ir na frente?

— Os clientes geralmente preferem ir atrás — disse Miranda com a sua voz mais profissional.

— O que você quer dizer é que prefere quando eles vão atrás. Mas e se eu quiser ir na frente? Os clientes não podem fazer o que querem?

Os 5S do Transporte de Luxo se referiam a uma série de cinco princípios que o dono da empresa, Tony Bosun, havia criado: Seja pontual, Seja educado, Seja gentil, Seja discreto, Seja profissional. Mesmo que Miranda achasse que ele havia criado aquilo quando estava bêbado um dia qualquer à noite, ela tentava seguir as regras. Aquela situação com certeza se encaixava no Seja gentil. Sendo assim, ela abriu a porta da frente.

A menina balançou a cabeça.

— Tudo bem, eu fico atrás.

Miranda forçou um sorriso. Que dia de cão ela estava tendo! Sua cliente VIP era uma pestinha, o cara dos seus sonhos ia à formatura com outra menina, e o delegado pelo qual ela tinha uma queda sabia disso e ainda fazia piadas com a namorada! Maneiro.

Pelo menos, falou para si mesma, as coisas provavelmente não vão ficar piores.

Ah, agora sim.

"Cale a boca."

4

Sibby Cumana começou a falar assim que elas saíram do aeroporto.

— Há quanto tempo você é motorista? — perguntou ela à Miranda.

— Um ano.

— Você cresceu aqui?

— Não.

— Tem irmãs?

— N-não.

— Gosta de dirigir?

— Sim.

— Você tem que vestir essa roupa preta?

— Sim.

— Quantos anos você tem?

— 20.

— Hum, não.

— Tá. 18.

— Você é virgem?

Miranda tossiu.

— Não acho que essa pergunta seja apropriada. — Ela se sentiu como o Dr. Trope, professor da escola, com aquela voz que ele usava para dizer à ela que não queria escutar outra desculpa pelo atraso, pois as regras foram feitas por algum motivo que ela não devia ignorar. Por falar em atraso, mocinha, por acaso já se concentrou para decidir o que vai fazer no ano que vem, ou vai perder o seu lugar nas várias universidades de prestígio às quais você foi admitida — ou vai sujar o nome da escola e o seu próprio nome? Ele não entendia o que estava acontecendo com ela recentemente. Onde estava a Miranda Kiss que ia se tornar uma médica e salvar o mundo, que era o orgulho da escola e de si, e não essa Miranda que está em vias de ser expulsa — é isso o que você quer, mocinha? Aquela voz era muito familiar, já que ela a escutava pelo menos um vez por semana desde o começo de novembro.

— Você é virgem — anunciou Sibby, como se estivesse confirmando um triste fato do qual suspeitava há muito tempo.

— Isso não é...

— Você pelo menos tem um namorado?

— Não neste momen...

— Uma namorada?

— Não.

— Tem amigos? Você não sabe conversar muito bem.

Miranda estava começando a entender por que os pais da menina não vieram buscá-la no aeroporto.

— Tenho vários amigos.

— Claro, acredito. O que você faz para se divertir?

— Respondo perguntas.

— Por favor, nunca mais tente ser engraçada. — Sibby se inclinou para a frente. — Você já pensou na possibilidade de usar lápis preto no olho? Seria uma grande melhora.

"Seja educada!"

— Obrigada.

— Você pode parar o carro?

— Hum, estamos em um sinal.

— Vá um pouquinho para a frente... perfeito. Observando pelo retrovisor, Miranda viu que Sibby abaixou o vidro da janela, se inclinou para fora, e disse aos rapazes que estavam no jipe ao lado delas:

— Onde vocês estão indo, meninos?

— Surfe noturno. Quer vir, deusa? — responderam os caras.

— Não sou uma deusa. Você acha que eu pareço com uma deusa?

— Não sei. Talvez se você tirasse a sua blusa.

— Talvez se você me desse um beijo.

Miranda apertou o botão que fazia com que o vidro subisse.

— O que está fazendo? — indagou Sibby. — Você podia ter machucado o meu braço.

— Coloque o seu cinto, por favor.

— Coloque o seu cinto, por favor — imitou Sibby, sentando-se novamente. — Meus deuses, eu estava apenas tentando ser sociável.

— Até chegarmos ao seu destino, chega de socializar.

— Você está escutando o que está dizendo? Parece que você tem 8 anos, e não 18. — Ela fez uma expressão feia para Miranda através do espelho. — Achei que você fosse a motorista, e não o carcereiro.

— O meu dever é deixá-la no seu destino com segurança e sem atrasos. Isso está escrito no cartão preso na sua porta, por acaso.

— E beijar aquele cara não é seguro?

— Pode não ser. E se ele tiver um fungo invisível na boca? Ou se for um vampiro?

— Vampiros não existem.

— Tem certeza?

— Você está com inveja porque eu sei me divertir e você não sabe. *Virgem*.

Miranda virou os olhos para cima e ficou quieta, escutando as conversas nos carros atrás delas. Havia uma mulher falando que o jardineiro já estava a caminho, e um homem dizendo, com um tom macabro:

— Eu vejo um estranho misterioso indo em sua direção, não sei dizer se é homem ou mulher.

Outro homem estava falando com alguém sobre como ele queria tirar aquela vagabunda da herança, e não importava se ela era a cadela preferida de sua mãe...

Ela foi interrompida repentinamente por Sibby aos berros.

— O In-n-Out Burger! Nós temos que parar.

"Seja gentil!"

Miranda concordou em deixá-la pedir alguma coisa no drive-thru, mas logo se arrependeu quando escutou a menina perguntando ao caixa se poderia ter um desconto caso o beijasse.

— Olha, falando sério agora, onde você foi criada? Por que você quer beijar todos esses caras que você nem conhece? — perguntou Miranda.

— Não têm tantos meninos onde eu moro. E o que tem a ver se eu os conheço ou não? Beijar é ótimo. Beijei quatro meninos no avião. Quero chegar a 25 até o fim do dia.

Ela adicionou os dois que estavam trabalhando no drive-thru quando foi pegar o sanduíche.

— Todos os hambúrgueres são gostosos assim? — perguntou ela quando voltaram para a pista.

Miranda olhou pelo retrovisor.

— Você nunca comeu hambúrguer? Onde você mora?

— Na montanha — respondeu Sibby rapidamente.

Miranda ouviu os batimentos dela subirem um pouco, o que sugeria que ela estava mentindo e que não tinha muita prática nisso. O que parecia ser meio difícil — a parte do não estar acostumada a mentir — para uma pessoa que tinha surtos de loucura como aquela menina. Os pais dela não deviam deixá-la sair por aí...

Ah, mas você não tem nada a ver com isso, lembrou Miranda. "Seja discreta."

Sibby pediu beijos para mais quatro meninos ao longo do caminho. Elas estavam a pouco mais de um quilômetro do fim do percurso. Miranda pensou que aquilo ia acabar em breve, quando Sibby berrou:

— Meus deuses, uma loja de donuts! Eu sempre quis comer um desses também! Nós podemos parar? Porfavorporvavorporfavor?

Elas já estavam quase uma hora atrasadas, mas Miranda não conseguia negar um donut a ninguém. Mesmo se fosse alguém que dizia "meus deuses". Ao encostar o carro, ela viu um grupo de rapazes sentados em uma mesa lá dentro e decidiu que seria perigoso deixar Sibby chegar perto deles. Se isso acontecesse, elas teriam que ficar ali pelo menos uns 40 minutos.

— Vou entrar e pegar a comida, você fica aqui.

Sibby também havia visto os rapazes.

— De jeito nenhum, eu vou entrar.

— Ou você deixa o traseiro grudado neste assento, ou não vai comer.

— Não acho que é assim que você deveria falar com os seus clientes.

— Fique à vontade para usar o meu telefone e reclamar enquanto eu estiver lá dentro. Estamos combinadas?

— Tudo bem. Mas você pode pelo menos abaixar o vidro da janela? — Miranda hesitou. — Olhe aqui, vovó, prometo que o meu traseiro vai ficar grudado no assento, eu só não quero ficar sufocada. Meus deuses — disse Sibby.

Quando Miranda saiu da loja, Sibby estava pendurada na janela do carro com o corpo e as pernas para o lado de fora e o traseiro para o lado de dentro. Ela estava bastante concentrada no beijo com um loiro.

— Com licença — disse Miranda, batendo no ombro do rapaz.

Ele se virou, meio tonto, e olhou para ela de cima a baixo.

— Oi, gata. Quer um beijo também? Posso fazer uma coisa muito especial com lábios como os seus. Nem precisa me dar um dólar.

— Obrigada, mas não estou interessada. — Ela olhou para Sibby. — Pensei que nós havíamos combinado que...

— ...o meu traseiro ia ficar no carro. Se você reparar, ele está exatamente onde você pediu.

Miranda virou o rosto para que Sibby não visse a sua expressão de desgosto.

Ela deu a comida à menina e entrou no carro. Quando Sibby se sentou novamente, Miranda olhou dentro dos olhos dela através do retrovisor.

— Você pagou para que ele beijasse você?

— E daí? — Sibby ficou olhando. — Nem todo mundo consegue um beijo de graça.

Miranda olhou mais um pouco.

— Você quase nem tem seios. Os meus são maiores do que os seus, e eu não faço essas coisas. Isso não faz sentido.

Sibby ficou quieta, sem nem comer o donut. De tempos em tempos ela dava um suspiro.

Miranda começou a sentir um pouco de pena. Talvez ela tivesse agindo como uma avó. Ela olhou para o *Como achar — e pegar! — o seu homem,* que estava ao seu lado. *Talvez você esteja com inveja porque ela é quatro anos mais nova e beijou mais caras em um dia do que você vai beijar na sua vida inteira, provavelmente. Mesmo que você coloque silicone e viva até um trilhão de anos.*

"Cale a boca, Canal-Você-é-um-Saco."

Ela sentiu que devia ser mais legal, tentar conversar.

— Quantos beijos você já deu até agora?

Sibby manteve os olhos virados para o colo.

— Dez. — Ela olhou para cima e adicionou: — mas só paguei por seis deles. E dei apenas 25 centavos para um deles.

— Muito bem.

Miranda viu que Sibby olhou para cima com um ar de suspeita, como se achasse que ela estivesse caçoando da menina. Depois, ela pareceu decidir que não estava sendo caçoada e começou a comer o donut. Passado um certo tempo, ela disse:

— Posso fazer uma pergunta?

— Você está pedindo permissão agora?

— Falando sério, por favor pare de tentar ser engraçada. É terrível.

— Obrigada pela dica. Você tem uma pergunta ou...

— Por que você não quis beijar aquele cara lá? Aquele que quis beijar você, sabe?

— Acho que ele não é o meu tipo.

— E qual é o seu tipo?

Miranda pensou no delegado Reynolds — olhos azuis, covinha no queixo e cabelo loiro e longo. Ele acordava todos os dias bem cedo para surfar. O tipo do cara que sempre usava óculos escuros, que olhava para você com olhos semiabertos e era muito cool para ficar sorrindo. Então, ela pensou em Will com a sua pele escura, cabelo curto, sorriso enorme de menino, e aquele abdômen definido. Sem camisa falando com os outros jogadores depois do treino de lacrosse, seu corpo brilhando ao sol, sua risada fazendo-a sentir como se estivesse vendo uma bola de sorvete derretendo em cima de um brownie com calda de chocolate quente. Não que ela fosse sempre para o telhado do laboratório de biologia marinha para ver tal cena. (Toda semana.)

— Não sei, é mais o feeling do que o tipo — disse Miranda, finalmente.

— Quantos meninos você já beijou? Cem?

— Hum, não.

— 200?

Miranda sentiu que as suas bochechas estavam vermelhas e torceu para que Sibby não estivesse reparando.

— Continue chutando.

O carro parou em frente ao endereço indicado com um atraso de 1h15. Era a primeira vez que ela atrasava.

Quando Miranda abriu a porta do carro para Sibby, ela perguntou:

— Beijar um cara do seu tipo é tão diferente assim de beijar um cara que não é o seu tipo?

— É complicado. — Miranda se surpreendeu ao perceber que estava aliviada por não precisar mais falar com aquela menina, nem ter que admitir que, na verdade, ela não sabia como responder aquilo.

O lugar parecia mais com uma casa do governo do programa de proteção a testemunhas do que uma casa normal, um lar, pensou Miranda enquanto ia com Sibby até a porta. Era perfeita para a definição da palavra *desinteressante*. A casa estava imprensada entre uma que parecia pertencer à Branca de Neve e os Sete Anões, e outra pintada de rosa e laranja. A única coisa que dava para notar naquela casa era que tinham cortinas bem pesadas presas às janelas da frente, para que ninguém visse nada do lado de dentro, e uma cerca bem alta e branca bloqueando o caminho até a parte de trás, para que ninguém entrasse. A rua tinha muitos barulhos — Miranda ouviu uma churrasqueira, conversas, alguém assistindo a *A bela e a fera* em espanhol. No entanto, aquela casa estava em silêncio, como se fosse à prova de som.

Ela percebeu um murmúrio baixinho vindo lá de dentro, como se fosse um ar-condicionado, mas não era. Olhando para cima rapidamente, ela percebeu que nenhum dos fios de energia da rua se conectavam à casa. Nenhum fio das linhas de telefone também. Um gerador. Quem quer me morasse ali vivia por conta própria. No mais, a casa era meio assustadora e imponente.

E quanto à mulher que abriu a porta? Exatamente o tipo que você esperava que abrisse a porta de uma casa assustadora e imponente, pensou Miranda. Ela tinha cabelo grisalho bem preso em um coque, e vestia uma saia comprida e um tipo de casaco meio desajeitado. Ela podia ter entre 30 e 60 anos de idade. Era impossível definir porque ela estava usando um par de óculos bifocais com lentes quadradas horrorosas que aumentavam os seus olhos e cobriam metade do seu rosto. Ela parecia ser inofensiva, como uma professora que havia dedicado sua vida a um parente idoso, e cujo prazer era uma queda secreta pelo Sr. Rochester de *Jane Eyre*.

Era uma figura desse tipo. Contudo, tinha algo errado ali. Algo que não encaixava, um pequeno detalhe que não estava no lugar certo.

Não. É. Problema. Seu.

Miranda disse adeus, pegou a gorjeta de um dólar — "Você se atrasou bastante, querida" — e saiu.

Ela estava a quase uma quadra de distância quando pisou no freio e dirigiu de volta para a casa.

5

O que você acha que está fazendo?, ela se indagou. A pergunta foi retórica. Miranda já havia chegado na casa da Branca de Neve e os Sete Anões. Ela estava em cima de uma árvore olhando para o jardim da casa na qual havia deixado Sibby.

Mal posso esperar para ouvir você dizer 'Sim, senhor policial, sei que eu estava invadindo uma propriedade, mas aquela mulher era muito suspeita por causa dos cílios falsos que estava usando'.

Ela estava vestindo uma roupa muito estranha também. Nada combinava. Além disso, ela tinha um furo para piercing no nariz. E unhas benfeitas.

Talvez ela apenas tenha poros muito largos no rosto! E goste muito de unhas feitas!

Ela não era aquilo que parecia ser.

Você está mesmo querendo ajudar alguém, ou arrumar uma desculpa para não ir à formatura e ver Will com o rosto na...

"Cale a boca, Canal-Você-é-um-Saco."

Eu ia dizer na nuca de Ariel.

"Você não é tão engraçada."

Você não é tão corajosa.

Havia dois homens sentados no jardim de trás, apoiados sobre uma mesa de piquenique, um de frente para o outro e um livro entre eles. Ambos usavam camiseta, calça cáqui e sandálias de fazer caminhada. Um deles usava um óculos com aro preto, o outro tinha uma barba bem fina. Miranda achou que podiam ser dois amigos nerds de faculdade jogando RPG, e foi isso mesmo que pareceu quando o de óculos disse:

— Não é assim que funciona. O Livro de Regras diz que ela não consegue ver nada para si, só para os outros. É como os gênios dos desejos animados, eles também não podem fazer desejos para si.

Cada um deles tinha um rifle automático gigante ao seu lado, apoiados em cima da mesa. Miranda viu alvos armados em cima da cerca.

E daí? Eles são nerds com armas. Talvez eles sejam os seguranças de Sibby. Vá para casa. Sibby não precisa de você. Ela está bem.

"Se ela está bem, por que não está ali fora tentando beijar os dois caras?"

Miranda tentou escutar alguma coisa de dentro da casa, mas ela definitivamente era à prova de som. Um casal saiu pela porta que dava para o pátio e andou na direção oposta dos nerds. Era uma mulher fumando um cigarro em baforadas curtas ao lado de um homem. Miranda quase caiu da árvore quando reconheceu a mulher: era aquela mesma senhora culta que a havia intrigado, só que sem os óculos, a saia, ou o casaco, e com o cabelo solto.

O que não quer dizer nada.

— Nós ainda precisamos que a menina nos indique o local, Byron — sussurrou a mulher.

— Ela vai falar.

— Mas ainda não falou.

— Já disse, mesmo que eu não consiga fazê-la falar, o Jardineiro consegue. Ele é bom nisso.

A mulher novamente: — Não gosto de ele ter trazido um parceiro. Isso não era parte do plano. Ela vai ter uma...

O homem chamado de Byron a interrompeu.

— Esqueça isso e pare de falar um pouco. Não estamos sozinhos. — Ele apontou para os nerds que estavam chamando o casal para jogar com eles.

A mulher apagou o cigarro embaixo do pé e o chutou para longe.

— ELA está bem? — perguntou o Nerd da Barba, pronunciando *ela* como se fosse uma entidade.

— Sim — assegurou o homem —, ELA está descansando por causa do sofrimento.

Ah, eles não podiam estar falando de Sibby. Sofrimento? Como assim?

— ELA falou alguma coisa? — perguntou o Nerd de Óculos.

— ELA apenas disse que estava muito feliz por estar aqui — disse o homem.

210

Miranda quase falou alguma coisa.

— Vamos poder vê-la? — perguntou o Nerd de Barba.

— Quando a Transição acontecer.

Os nerds saíram dali com expressões de alegria, e Miranda decidiu que aquela foi a cena mais estranha que já havia visto.

No entanto, ela concluiu que Sibby estava bem. Aquelas pessoas a adoravam, era claro. O que significava que era hora de...

— Por que ele é chamado de Jardineiro afinal de contas? — perguntou a Mulher dos Cílios Falsos ao homem.

— Acredito que seja porque ele é bom em arrancar coisas.

— Coisas?

— Dentes, unhas. Dedos. É assim que ele faz com que as pessoas falem.

... de encontrar a Sibby.

Miranda desceu até o jardim da casa e analisou atentamente um dos rifles automáticos.

— Levante — disse o Nerd de Óculos. — Quer dizer, levante os seus braços.

Miranda fez o que ele pediu porque as mãos dele tremiam tanto que ela teve medo de ele atirar sem querer.

— Quem é você? O que está fazendo aqui? — perguntou ele com uma voz tão trêmula quanto as suas mãos.

— Eu só queria dar uma olhadinha NELA — disse Miranda, torcendo para que tenha soado natural.

Ele afinou os olhos.

— Como você sabe que ELA está aqui?

— O Jardineiro me contou, mas eu não sabia onde ela estava exatamente, então eu subi naquela árvore.

— Quem é o seu afiliado?

Eu sabia que isso ia terminar em lágrimas. E agora, espertinha?

Miranda ergueu uma sobrancelha e perguntou:

— Quem é o *seu* afiliado? — Depois de certo tempo, ela adicionou: — Quer dizer, eu lembraria de um cara como você se já o tivesse visto.

Funcionou! Ele engoliu a saliva com desconforto e força, o pomo de Adão dele balançava para cima e para baixo. Miranda nunca mais duvidaria do potencial do *Como achar — e pegar! — o seu homem!*

— Eu lembraria de você também — disse ele.

Ela lançou o Sorriso Simpático e viu o pomo se mover um pouco mais.

— Se eu der a minha mão para cumprimentar você, vai atirar?

Ele gargalhou, aliviado, e abaixou a arma.

— Não — respondeu ele, ainda gargalhando. Ele estendeu uma das mãos. — Meu nome é Craig.

— Oi, Craig, o meu é Miranda — respondeu ela, cumprimentando-o. Depois, ela o virou de costas e o nocauteou em um movimento calmo, frio e silencioso.

Olhou para as suas próprias mãos por um segundo em choque. *Definitivamente*, ela nunca havia feito aquilo. Foi muito maneiro.

Se você vai agir como uma idiota e arriscar tudo, pelo menos você pode fazer o que veio fazer. Em vez de ficar olhando para o cara que você nocauteou.

Ela se inclinou e suspirou ao ouvido dele:

— Desculpa. Tome três aspirinas para a dor de cabeça quando acordar e vai ficar tudo bem. — Ela foi para o lado da casa.

Provavelmente havia uma janela aberta, pois ela conseguia escutar vozes. O homem que estava lá fora dizia a outra pessoa:

— Você está confortável?

— Não, eu não gosto deste sofá. Não acredito que este seja o melhor quarto da casa. Parece o cantinho da vovó — respondeu Sibby.

Ah!

Miranda seguiu a voz de Sibby e se viu de pé em frente a uma janela que dava para a rua. Ela olhou pelo pequeno espaço por entre as cortinas azuis da sala. Havia um sofá estreito e longo, uma cadeira, e uma mesinha. Sibby estava na cadeira, o perfil de lado para Miranda, com um prato de biscoito em sua frente. Ela parecia estar bem.

O homem estava jogado no sofá, olhando para Sibby.

— Então, onde temos que deixar você? — perguntou ele.

Sibby pegou um biscoito e o comeu.

— Vou contar mais tarde.

O homem continuou sorrindo.

— Eu queria saber logo para que possamos planejar a rota. Cuidado nunca é demais.

— Ai, meus deuses, ainda faltam horas antes de irmos. Eu quero assistir TV.

Miranda ouviu o coração do homem acelerar enquanto abria e fechava uma das mãos. Ele manteve o tom leve, no entanto.

— Claro. — Depois, ele adicionou: — Assim que você me contar aonde nós vamos.

Sibby fez uma expressão de estranhamento.

— Você é surdo ou algo do tipo? Eu disse que vou contar mais tarde.

— É melhor para você que fale comigo. Caso contrário, acho que vamos ter que chamar outra pessoa. Uma pessoa um pouco mais... direta ao ponto.

— Tudo bem. Enquanto eu espero, posso assistir TV por favor? Diga que vocês têm TV a cabo. Meus deuses, se vocês não tiverem MTV vou ficar muito irritada.

O homem levantou com uma expressão de raiva, como se ele quisesse quebrar algo. Abruptamente, ele virou o rosto para a porta. Miranda ouviu passos vindos do corredor em direção à sala, bem como um tum tum muito familiar. Dois segundos depois, o delegado Caleb Reynolds apareceu na porta.

Viu? A Sibby está segura. Tem um policial ali. Vá embora.

— Por que está demorando tanto? — perguntou o delegado Reynolds ao homem.

— Ela não quer falar.

— Tenho certeza que ela vai mudar de ideia. — Os batimentos dele se aceleraram.

Sibby olhou para ele.

— Quem é você?

— Eu sou o Jardineiro — respondeu Caleb.

Isso era extremamente ruim, decidiu Miranda.

— Eu não achei o jardim da frente bonito — disse Sibby.

— Não sou esse tipo de jardineiro. É um codinome. Eles me chamam disso porque...

— Na verdade, eu não estou nem um pouco interessada. Não sei o que você tem em mente, Plantinha...

— Jardineiro — corrigiu ele. Suas bochechas ficaram um pouco coradas.

— ... mas se você quer saber onde eu vou encontrar o Onipresente, então você tem que me manter viva, certo? Portanto, nem venha me ameaçar de morte.

— Morte, não. Dor. — Ele se virou para o homem. — Vá pegar as minhas ferramentas, Byron.

O homem saiu da sala.

— Eu não vou falar nada para você — disse Sibby.

O delegado Reynolds deu a volta na sala e se inclinou na frente da cadeira dela, de costas para a janela.

— Escute aqui... — disse ele, e os batimentos de seu coração ficaram mais lentos de repente.

Miranda entrou pelo parapeito da janela e nocauteou o Jardineiro com um chute no pescoço, antes que ele pudesse se virar. Ele ficou inconsciente. Ela se inclinou para pedir desculpas em seu ouvido. Como forma de punição, ela decidiu não contar para ele sobre as aspirinas. Ela pegou Sibby, correu para o carro e pisou fundo no acelerador.

7

— Ele nem sabia que você estava lá — disse Sibby.
— Ele nem viu quem o acertou.

— Essa é a ideia. — Elas estavam estacionadas perto do prédio abandonado de manutenção de trens, em cima dos trilhos que ninguém na rua conseguia ver. Era ali que Miranda costumava ir desde quando aquela energia maluca começou a tomá-la, sete meses antes, a fim de treinar coisas que não podia tentar em nenhum outro lugar — jogar roller derby era ótimo para praticar velocidade, equilíbrio, acrobacias e movimentos específicos, mas não tinha como usar golpes avançados de judô. Nem armas.

Ela viu algumas marcas na parede de quando treinou tiro ao alvo pela última vez, assim como o pedaço do trilho que ela havia amarrado em um nó depois que Will a rejeitou. Ela nunca via ninguém ali e tinha certeza de que ela e Sibby estariam praticamente invisíveis, contanto que ficassem paradas.

— Onde você aprendeu a bater nas pessoas daquele jeito? — perguntou Sibby, jogada no banco de trás do carro. — Pode me ensinar?

— Não.

— Por que não? Só um truque?

— De jeito nenhum.

— Por que você pediu desculpas depois de bater nele?

Miranda se virou e encarou a menina.

— É a minha vez de fazer perguntas. Quem quer matar você e por quê?

— É complicado. Nós podemos ficar por aí até as quatro da manhã, depois eu tenho aonde ir.

— Faltam seis horas.

— Isso vai me dar tempo suficiente para beijar mais meninos.

— Ah, claro. O que mais você faria enquanto alguém está querendo matar você senão sair por aí beijando o maior número de estranhos possível?

— Eles não estavam tentando me matar, eles estavam tentando me raptar. É completamente diferente. Vamos, eu quero fazer alguma coisa legal. Alguma coisa com meninos.

— Ou nós podemos não fazer nada.

— Olhe, só porque você é fundadora do Chega de Festa Ltda. não significa que todo mundo tem que se filiar.

— Eu não sou fundadora do Chega de Festa Ltda. Eu gosto de festas. Só que...

— Sua estraga prazeres.

— ...por algum motivo a ideia de ficar por aí enquanto um bando de pessoas está tentando sequestrar você não parece ser tão divertido. Parece sim ser uma boa forma de entrar para o livro dos recordes na categoria "Os planos mais idiotas do mundo". Além disso, várias pessoas inocentes podem se machucar quando aquele bando de pessoas encontrar você.

— "Se", e não "quando". E eu não ligo para ninguém, só para mim.

Miranda revirou os olhos para cima e virou-se novamente.

— É por isso que as tais pessoas são *inocentes*. Porque elas estariam perto de você inocentemente e acabariam se machucando.

— Então você definitivamente deveria sair de perto de mim. Sério. Mesmo que não tenha nada que eu queira mais do que ficar sentada aqui só com você, eu acho que seria mais seguro para nós duas se eu tentasse seguir por outro caminho. Por exemplo, naquele lugar onde paramos para comprar sorvete. Você viu os lábios do cara atrás do balcão? Eram inacreditáveis. Você me larga lá e eu vou ficar superbem.

— Você não vai a lugar nenhum.

— É mesmo? Está escutando este som? É o som da porta se abrindo. Tchau.

— É mesmo? Está escutando *este* som? É a tranca da porta que eu acabei de travar.

Pelo retrovisor, Miranda viu os olhos de Sibby se acenderem.

— Você é muito má — disse Sibby. — Alguma coisa muito ruim deve ter acontecido para que você ficasse má assim.

— Eu não sou má. Estou apenas tentando manter você a salvo.

— Tem certeza de que você está pensando em mim? Não é nenhum segredinho escondido? Como naquela vez em que você...

Miranda aumentou o volume do rádio.

— Abaixe isso! Eu estava falando e eu sou a cliente.

— Não mais.

— O que houve com a sua irmã? — berrou Sibby, bem alto.

— Não sei sobre o que você está falando — gritou Miranda em resposta.

— Isso é mentira.

Miranda não falou nada.

— Perguntei mais cedo se você tinha uma irmã e você ficou toda emocionada — berrou Sibby no ouvido de Miranda. — Por que você não conta o que houve?

Miranda diminuiu o som.

— Você pode me dar três razões para eu contar alguma coisa?

— Pode lhe fazer sentir melhor. Isso nos daria assunto enquanto estamos aqui sentadas. E se você não contar, vou começar a tentar adivinhar.

Miranda inclinou a cabeça para trás, olhou para o relógio, olhou para a janela.

— Fique à vontade.

— Você pentelhou tanto que ela foi embora? Você é tão entediante que ela foi embora? Ou ela ficou horrorizada com o fato de você guardar uma arma no seu rabo?

— Não precisa ser doce. Pode falar o que você realmente acha que aconteceu.

— Acho que fui um pouco longe. Desculpa — disse Sibby, no assento traseiro.

Miranda não falou nada.

— Você não tem uma arma escondida no rabo. Você não ia conseguir dirigir se tivesse, certo? Ha ha.

Silêncio.

— Mas cara, foi você que começou. Me tratando como criança. Não sou criança. Tenho 14 anos.

Mais silêncio.

— Eu já pedi desculpas. — No banco de trás, Sibby se moveu e suspirou. — Está bem. Que seja.

Silêncio. Até que, por um motivo inexplicável, Miranda disse:

— Eles morreram.

Sibby se sentou com pressa, inclinando-se para frente.

— Quem? A sua irmã?

— Todo mundo. Minha família inteira.

— Foi por causa de alguma coisa que você fez?

— Foi. E por causa de uma coisa que eu não fiz. Eu acho.

— Hum, dona Morte, isso não faz sentido. Como é que *não* ter feito uma coisa... como assim, você *acha*? Não sabe o que aconteceu?

— Não consigo lembrar de nada dessa parte da minha vida.

— Daquele dia, você quer dizer?

— Não. Daquele ano. E do ano seguinte. Nada da época entre meus 10 e 12 anos. E tem mais uns outros momentos obscuros.

— Quer dizer, é tudo muito doloroso para que você lembre?

— Não, tudo simplesmente... se apagou. Tenho apenas impressões. E os sonhos. Sonhos muito, muito ruins.

— Tipo?

— Tipo, eu não estava onde deveria estar e aconteceu alguma coisa e eu decepcionei todo mundo... — Ela parou de falar e balançou a mão no ar.

— Mas você realmente acha que poderia ter evitado de acontecer o que aconteceu, seja lá o que foi? Sozinha? Quando você era quatro anos mais nova do que eu?

Miranda sentiu como se sua garganta estivesse se fechando. Ela nunca havia falado com ninguém sobre tantos detalhes da sua história real, nunca havia conversado sobre aquilo, nem mesmo com Kenzi. Nunca. Ela engoliu a saliva com força.

— Eu podia ter tentado. Eu podia ter estado lá e ter tentado.

— Ai, meus deuses, agora começou a lamentação. Que saco. Acorde-me quando terminar.

Miranda olhou para ela pelo retrovisor.

— Disse que não queria falar sobre isso mas você continuou forçando a barra e agora você vem com essa?
— Engolindo a saliva novamente. — Sua...
— Você nem sabe o que aconteceu! Como pode se sentir mal com isso? Além disso, não vejo como você pode ter culpa. Nem estava lá e tinha apenas 10 anos. Acho que você deveria parar de ser obsessiva com esse mistério dos seus ancestrais e viver now.
— Espere um segundo. Você acabou de dizer "viver now"?
— Sim. Sabe, largue o passado e tente se focar no que está rolando no presente. Por exemplo: sabe esta música que está tocando no rádio? É horrível. E tem um milhão de caras gatos na cidade agora e eu não os estou beijando. — Miranda respirou fundo, mas antes de poder falar qualquer coisa, Sibby continuou. — Eu sei, eu sei que você pede desculpas pelas pessoas que você agride porque você nunca pôde pedir desculpas a sua família, e você precisa me proteger porque não conseguiu protegê-los. Estou entendendo agora.
— Não é *nada* disso que está acontecendo. Eu...
— Blablablá, pode parar. De qualquer maneira, por que estar segura significa ficar sentada em um carro com você a noite toda? Não tem nenhum lugar no qual possamos nos misturar com várias pessoas? Em vez de nos escondermos? Sou boa em me misturar. Sou que nem manteiga.
— Ah sim, você é completamente que nem manteiga. Na verdade, com esse seu figurino Madonna-em-Borderline você está praticamente invisível.

— Boa piada, estraga prazeres. Anda, vamos para algum lugar.

Miranda virou todo o seu corpo para olhar para trás.

— Vou lhe contar um segredo. Alguém. Está. Tentando. Matar. Você.

— Não. Eles. Não. Estão. Você fica falando isso, mas eu já expliquei. Eles não podem me matar. Você devia mesmo trabalhar com essa sua obsessão de morte. Vou ser honesta com você, estou ficando entediada. Que estação horrível é essa que você sintonizou? Não vamos ficar neste carro por seis horas de jeito nenhum.

Miranda tinha que concordar com ela. Se elas ficassem no carro, ela ia matar Sibby com as próprias mãos.

Foi quando Miranda pensou no lugar perfeito para elas irem.

— Você quer se misturar? — perguntou ela.

— Sim. Com rapazes.

— Meninos — disse Miranda.

— O quê?

— As meninas normais neste país, neste século, os chamam de meninos, não de rapazes. Se é isso que você quer.

Por um segundo, Sibby ficou em choque. Depois, ela deu um pequeno sorriso.

— Ah. Correto. Meninos.

— "Certo", não "correto". A não ser que você esteja falando com um adulto.

— Certo.

— E é "Ai, meu Deus", ou "meu Deus", e não "deuses".

— Eu falei...?

— Falou. E ninguém nunca usa a expressão "viver now".

— Como assim?

— Não. Nunca. Ah, e não precisa pagar para os caras beijarem você. Você não precisa disso. Eles deviam se sentir sortudos de estarem te beijando.

Sibby franziu o rosto.

— Por que está sendo tão legal comigo e me ajudando? Você nem gosta de mim.

— Porque eu sei o que é estar longe de casa, sozinha, tentando se ajustar. E nem poder contar para as pessoas quem você realmente é.

Depois de o carro estar andando por algum tempo, Sibby disse:

— Você já matou alguém com as suas próprias mãos?

Miranda olhou para ela pelo retrovisor.

— Ainda não.

— Ha ha.

8

— Você é louca — disse Sibby enquanto elas entravam. Seus olhos estavam grandes como duas panquecas. — Você disse que isso aqui estaria um saco. Não está nada. Está fantástico.

Miranda deu de ombros. Elas haviam entrado no salão nobre da sociedade de história de Santa Bárbara através de uma saída de emergência. Era por ali que os formandos se retiravam discretamente quando queriam fumar alguma coisa. Olhando em volta, Miranda percebeu que ficar doidona ali seria uma boa pedida mesmo: as paredes do salão tinham sido cobertas por um cetim azul com estrelas brancas bordadas; as quatro principais colunas no meio haviam sido envolvidas por laços vermelhos e brancos; as mesas estavam cobertas com bandeiras americanas e levavam aquários ao centro, onde nadavam peixes que tinham sido tingidos de vermelho e azul, sabe-se lá como; nos cantos do salão, eles colocaram lugares famosos do país, como o monte Rushmore, a Casa Branca, a Estátua da Liberdade, o

Sino da Liberdade, e o gêiser de Old Faithful — todos construídos com cubos de açúcar. Foi uma cortesia do pai de Ariel West. Ariel tinha anunciado no dia anterior durante a assembleia que toda a decoração seria doada depois da formatura "às crianças pobres de Santa Bárbara que precisam de açúcar".

Miranda estava se sentindo ligeiramente enjoada. Ela não sabia se era por causa da decoração extravagante, ou por causa dos balões que estavam presos no teto com cordas de borracha. Eles se moviam para cima e para baixo vagarosamente quando alguém passava por baixo deles. Ou então, podia ser por causa do sentimento de que algo ruim ia acontecer.

Sibby estava no paraíso.

— Lembre-se: a maioria dos caras aqui vieram acompanhados, portanto seja discreta com os beijos que vai pedir — disse Miranda.

— Certo.

— E se me escutar chamando por você, venha logo.

— Tenho cara de cachorro? — Miranda deu uma olhada séria para ela. Sibby respondeu: — Tudo bem, certo. Estraga prazeres.

— E se você sentir que qualquer coisa estranha está acontecendo, você...

— ...avise. Entendi. Agora vá para a festa e tente se divertir um pouco. Ah, sim, você provavelmente não sabe como. Bem, em caso de dúvida, pergunte a si mesma "O que Sibby faria?"

— Posso pular essa parte?

Sibby estava muito ocupada analisando o salão para responder.

— Opa, quem é aquela delícia ali no cantinho? — perguntou ela. — Aquele ali com óculos.

Miranda tentou achar a delícia, mas encontrou apenas Phil Emory.

— O nome dele é Phillip.

— Ooooi, Phillip — disse Sibby, traçando um caminho reto até chegar nele.

Miranda guardou a mochila de skate cuidadosamente embaixo de uma mesa. Ela ficou perto da parede entre a Casa Branca e o gêiser. Ela queria manter Sibby à vista, mas também queria evitar que alunos conhecidos a vissem. Ela havia trocado de roupa no banheiro dos funcionários, tirando o seu uniforme para vestir a única outra opção que tinha. Mesmo que a sua roupa fosse vermelha, branca, e azul, ela não achava que o uniforme de roller derby era apropriado para a ocasião. Havia dois uniformes em sua mochila de skate: o que ela usava para jogar na cidade — um top branco de cetim com capa azul e vermelha, uma saia com listras azuis e brancas (caso você considere que uma tira de pano de alguns centímetros possa ser uma saia) — e o de jogar fora do estado, que era igualzinho, só que azul. Ela achou que o branco era mais formal. No entanto, usar aquilo com um sapato social preto não ajudava muito no visual.

Ela já estava ali havia algum tempo, pensando em como todos menos ela eram capazes de dançar sem machucar ninguém, quando ouviu um batimento cardíaco que ela reconhecia. Miranda finalmente viu Kenzi e Beth vindo do meio da pista em sua direção.

— Você veio! — disse Kenzi, abraçando a amiga com força. Uma das coisas que Miranda amava em Kenzi era que ela parecia ter tomado ecstasy mesmo quando não tinha tomado nada. Ela sempre dizia que amava as pessoas e as abraçava. Ela nunca tinha vergonha de fazer isso.

— Estou tão feliz por você estar aqui. Não estava completo sem você. Então, você está pronta para se libertar das inseguranças da juventude? Preparada para o seu futuro?

As roupas de Kenzi e Beth não deixavam nada a desejar, pensou Miranda. Kenzi estava usando um vestido azul bem justo com um decote grande na parte de trás. Ela pintou uma pantera negra com olhos azul-safira nas costas. Beth estava usando um vestido vermelho bem curto, e levava um bracelete dourado em formato de cobra com dois olhos de rubi enroscado na parte de cima de seu braço (ou pelo menos Miranda achou que fossem rubis, já que os pais de Beth eram dois dos maiores atores de Bollywood). Olhando para elas, a impressão que dava era que a vida adulta era uma festa ótima com um DJ excelente. E só os que tinham nome na lista VIP podiam entrar.

Miranda olhou para o seu uniforme sem graça.

— Acho que deveria ter adivinhado que quando o meu futuro chegasse eu estaria vestida dessa forma.

— Nada a ver, você está linda — disse Beth. Miranda teria achado que ela estava sendo sarcástica se não soubesse que Beth era uma daquelas pessoas que nasceram sem o dom do sarcasmo.

— De verdade — confirmou Kenzi —, você está totalmente LD+. Linda Demais. Consigo ver que coisas maravilhosas vão acontecer na sua vida adulta.

— E acho que você tem que ir ao oftalmologista — profetizou Miranda. Lá longe, Miranda viu que Sibby estava levando Phillip Emory para a pista de dança. Miranda olhou para Kenzi novamente.

— Você acha que eu sou uma pessoa divertida? Pareço uma avó? Sou estraga prazeres?

— Avó? Estraga pra*zeres*? — repetiu Kenzi. — Como assim? Você bateu a cabeça novamente durante o treino de derby?

— Não, estou falando sério. Eu sou engraçada?

— Sim — disse Kenzi, solenemente.

— Sim — concordou Beth.

— Exceto quando você está CPC — adicionou Kenzi —, e quando você está de TPM. E perto do seu aniversário. Ah, e teve aquela vez...

— Tudo bem. — Miranda virou o olhar para Sibby, que estava na pista dançando com várias pessoas.

— Estou brincando — disse Kenzi, virando o rosto de Miranda de volta para si. — Sim, acho você muito engraçada. Quem mais se vestiria como o Tom Selleck em *Magnum* para o Halloween?

— Quem mais tentaria animar as crianças do setor de câncer no hospital fazendo cenas românticas de *Dawson's Creek*? — adicionou Beth.

Kenzi balançou a cabeça em sinal de concordância.

— Isso mesmo. Até as crianças que lutam contra o câncer acham que você é engraçada. *E eles não são os únicos.*

Alguma coisa no tom de Kenzi quando ela disse a última frase preocupou Miranda.

— O que você fez?

— Ela foi brilhante — disse Beth.

Miranda ficou ainda mais preocupada.

— Conte.

— Não foi nada, foi só uma pesquisa — disse Kenzi.

— Que tipo de pesquisa? — Pela primeira vez, Miranda percebeu que havia algo escrito no braço de Kenzi.

— Sobre Will e Ariel. Eles não vão sair juntos hoje — disse Kenzi.

— Você *perguntou?*

— Fiz uma entrevista — disse ela.

— Não. Ah, não. Diga que você está brincando. — Isso de ter uma colega de quarto que quer ser jornalista é meio perigoso.

— Relaxe, ele não suspeitou de nada. Fiz com que parecesse que estava apenas puxando assunto — disse Kenzi.

— Ela foi ótima — confirmou Beth.

Miranda começou a querer uma rota de fuga novamente.

— Enfim, perguntei por que ele achava que Ariel o havia chamado para a formatura e ele disse — aqui ela parou de falar e consultou o braço — "para deixar alguém com ciúmes". Então, é claro que eu perguntei quem e ele disse "Qualquer pessoa. É disso que Ariel gosta, do ciúme dos outros". Isso não é uma ótima percepção? Especialmente para um menino?

— Ele é esperto — colocou Beth —, e gente boa.

Mirada concordou com a cabeça enquanto procurava por Sibby na pista de dança. Primeiro, ela não a encontrou, mas depois a viu em um canto escuro com Phillip. Conversando, e não beijando. Por algum motivo, aquilo a fez sorrir.

— Vejam só, nós a deixamos feliz! — disse Kenzi.

Ela soou tão genuinamente satisfeita que Miranda não contou a verdade.

— Obrigada por descobrir tudo isso — disse Miranda —, é...

— Você nem ouviu a melhor parte — disse Kenzi.

— Perguntei por que ele ia na formatura com a Ariel se eles nem estavam saindo juntos e ele disse — ela olhou para o braço novamente — "porque ninguém me fez uma proposta melhor".

— Ele disse isso com um sorriso fofo — lembrou Beth.

— Isso, com um sorriso fofo. E ele olhou diretamente para mim quando disse isso. Ele estava claramente falando de você!

— Claramente. — Miranda amava as suas amigas mesmo quando elas viajavam um pouco.

— Pare de olhar para mim como se tivesse acabado de sair de uma sessão de lobotomia, Miranda — disse

Kenzi. — Eu estou muito certa. Ele gosta de você e está livre. Pare de pensar e vá encontrá-lo. VN!

— VN?

— Viva now! — explicou Beth.

O queixo de Miranda caiu.

— Não é possível.

— O quê? — perguntou Kenzi.

— Nada. — Miranda balançou a cabeça. — Mesmo que ele esteja solteiro, por que você acha que ele quer sair *comigo*?

Kenzi se inclinou para ela.

— Hum, vamos deixar de lado aquele papo todo sobre como você é legal e inteligente. Tenho que perguntar uma coisa porque eu sou sua amiga: você se olhou no espelho hoje?

— Ha ha. Prestem atenção,...

— Tchau! — disse Beth, interrompendo ela e puxando Kenzi para longe. — Até mais tarde!

— Não esqueça! VN! — adicionou Kenzi, olhando para trás. — Aproveite!

— Aonde você... — Miranda não terminou a pergunta porque ouviu uma batida cardíaca muito familiar.

Ela se virou e quase bateu o ombro no peito de Will.

9

— **H**ey — disse ele.
— Ho — respondeu ela. Meu Deus. DEUS.
Será que ela conseguia dizer pelo menos uma coisa normal? Muito obrigada, falastrona.

Ele ergueu uma das sobrancelhas.

— Não sabia que você vinha para a formatura.

— Eu.. mudei de ideia em cima da hora.

— Você está bonita.

— Você também. — A frase não fazia jus a ele. Ele parecia uma pilha de panquecas de maçã com canela, ou um prato de batatas fritas com queijo e bacon por cima. Era a melhor coisa que Miranda já tinha visto.

Ela sentiu que estava encarando demais e desviou o olhar, corada. Houve um momento de silêncio. E mais outro. Não pode passar de quatro segundos, ela se lembrou Já devia ter passado um segundo; sobraram três, agora dois, diga alguma coisa! Diga...

— Você é astronauta? — perguntou Miranda a ele.

— Como assim?

Como é que terminava mesmo? Ah, sim.

— Você é bom demais para ser verdade.

Ele olhou para Miranda como se estivesse tirando as suas medidas para comprar uma camisa de força.

— Eu acho que... — começou ele, e depois parou, como se falar fosse algo difícil. Ele tossiu levemente por três vezes e continuou: — Acho que é "Você é de outro mundo".

— Ah. Isso faz muito mais sentido. Com certeza. É que eu li isso em um livro sobre como pegar o cara que você quer e lá dizia que essa cantada nunca falha, mas fui interrompida no meio da frase, e acabei confundindo com a cantada da página anterior. — Ele continuou encarando Miranda. Ela lembrou de outro conselho do livro: "se ficar em dúvida, ofereça alguma coisa." Ela estendeu a mão, pegou a primeira coisa que havia ali por perto, colocou-a bem na frente do rosto dele e disse:

— Quer amendoim?

Ele quase engasgou. Tossiu algumas vezes, depois pegou o saco de amendoim, colocou-o de volta à mesa, deu um passo à frente até que o seu nariz quase tocasse no dela e disse:

— Você leu um livro sobre isso?

Miranda nem conseguia ouvir os batimentos do coração dele de tão altos que estavam os seus.

— Sim, li. Porque ficou claro que eu estava fazendo algo errado. Quer dizer, se você beija um cara e ele se afasta e olha para o seu rosto como se ele tivesse ficado verde de repente, é lógico que você precisa passar algum tempo na sessão de autoajuda da...

— Você fala mais quando está nervosa — disse ele, ainda bem perto dela.

— Não falo, não. Nada a ver. Estou apenas tentando explicar para você...

— Eu deixo você nervosa?

— Não. Eu não estou nervosa.

— Você está tremendo.

— Estou com frio. Estou quase sem roupa.

O olhar dele viajou até os lábios dela e de volta para os seus olhos.

— Percebi.

Miranda engoliu a saliva.

— Olhe, eu tenho que...

Ele pegou o pulso dela antes que ela pudesse fugir.

— Aquele beijo que você me deu foi o melhor beijo da minha vida. Eu afastei você de mim porque fiquei com medo de não conseguir me controlar. Tive vontade de tirar a sua roupa toda, mas isso não me pareceu ser a melhor maneira de terminar um encontro. Não queria que você achasse que era só isso que me interessava.

Ela o encarou. Houve silêncio novamente, mas dessa vez ela não contou o tempo.

— Por que você não me falou isso antes? — perguntou ela, finalmente.

— Eu tentei, mas toda vez que encontrava com você, você desaparecia. Comecei a achar que você estava me evitando.

— Eu não queria criar um clima estranho.

— Claro, e não foi nada estranho que você se escondesse atrás de uma planta quando eu entrei no refeitório na quarta.

— Eu não estava me escondendo. Eu estava, bem, respirando. Oxigênio, entende? Da planta. Tem bastante oxigênio naquele ar.

Enfiar a cabeça no forno agora.

— Claro. Eu devia ter pensado nisso.

— É supersaudável. Poucas pessoas sabem disso.

E deixe tostar.

— Não. Elas provavelmente...

Miranda interrompeu com pressa.

— Você falou sério? Sobre ter gostado de me beijar?

— Gostei mesmo. Muito.

As mãos dela tremiam. Ela passou o braço pelo pescoço dele e o puxou para si.

Só que isso aconteceu no exato momento em que a música parou, as luzes das saídas de emergência se acenderam e uma voz fina anunciou no autofalante:

— Por favor, procurem a saída de emergência mais próxima e saiam do salão imediatamente.

Miranda e Will foram empurrados para direções opostas pelo pessoal que procurava uma saída, guiados pelos quatro homens vestidos com armaduras. Miranda não escutou nem o aviso no autofalante, nem Ariel West gritando que alguém ia *PAGAR* por ter *ARRUINADO* a noite *DELA*. Também não escutou uma outra pessoa dizendo que cara, irado, aquela era a melhor festa de formatura do mundo, está tudo muito louco. Miranda estava concentrada no tum tum do coração do delegado Reynolds, ligeiramente abafado pela armadura. Isso era para valer.

— Temos que ir, não temos? — perguntou Sibby, correndo até chegar perto de Miranda. — Esses caras de armadura estão aqui por nossa causa, não estão?

— Estão.

— Você estava certa. Eu devia ter ficado escondida. Isso é minha culpa. Não quero que ninguém se machuque. Vou me entregar a esse pessoal, e eles vão ter que deixar...

Miranda a interrompeu.

— Depois disso tudo? Faltando apenas três horas? Você, a menina que sabe se misturar, falando isso? De jeito nenhum. Não terminou. Nós temos como escapar, com certeza.

Ela tentou soar confiante, mas estava aterrorizada. *O que você acha que está fazendo?*, perguntou o Canal-Você-é-um-Saco.

Não faço ideia.

Sibby olhou para ela com olhos brilhando de esperança.

— Você está falando sério? Temos como sair daqui?

Miranda engoliu a saliva, respirou fundo, e disse à Sibby:

— Venha comigo.

Para si, ela falou:

— *Você não pode falhar.*

10

Funcionou perfeitamente.

Quase. Havia seis guardas bloqueando as saídas e outros quatro próximo da porta, checando aluno por aluno. Dez no total. Todos vestindo armaduras e máscaras, explicando pacientemente que houve uma ameaça de bomba e que era importante evacuar o prédio o mais rápido possível. Ninguém perguntou por que eles estavam empurrando os alunos com pistolas automáticas.

Ninguém, exceto o Dr. Trope, que foi até um deles e disse:

— Meu jovem, peço que você mantenha a sua arma longe dos meus alunos. — Isso distraiu o policial por tempo suficiente para que Miranda e Sibby pudessem sair, misturando-se no meio do pessoal.

Elas haviam passado pelas duas primeiras barreiras de guardas, e faltavam apenas duas, quando Ariel berrou:

— Dr. Trope? Dr. Trope? Olhe, ali está ela, Miranda Kiss. Eu disse que ela acabou com a formatura. Ela está bem ali no meio. O senhor tem que...

Quatro homens com pistolas automáticas de repente se moveram e começaram a andar contra os alunos.

— Abaixe-se — sussurrou Miranda à Sibby. As duas foram andando agachadas de volta para o salão nobre. Lá atrás, Miranda ouviu o Dr. Trope dizendo:

— Onde ela está? Aonde ela foi? Eu não vou deixar nenhum pupilo meu lá no salão.

— Por favor, senhor, o senhor precisa ir embora. Nós vamos encontrá-la. Fique tranquilo — disse um dos guardas.

Miranda decidiu que se ela sobrevivesse àquilo, seria bem mais gentil com o Dr. Trope. *Se.*

Ela puxou Sibby para perto da escultura do gêiser.

— Entre ali. Agora.

— Por que eu não posso me esconder na Casa Branca? Por que tem que ser em um vulcão?

— Talvez eu precise de um pedaço da Casa. Por favor, me obedeça. Se você entrar ali, eles não vão conseguir enxergá-la nem com óculos de visão noturna.

— E você? Você está com roupa branca.

— Estou combinando com a decoração.

— Nossa, você é muito boa nisso. Isso de planejar coisas. Como foi que você aprendeu...

Miranda estava se perguntando o mesmo. Estava se perguntando por que uma parte de seu cérebro havia começado a pensar na distância até as saídas, a procurar por armas, a prestar atenção no movimento assim que ouviu o alarme no autofalante. O fato de seus sentidos estarem bem atentos era um alívio; aquilo significava que os seus poderes estavam cooperando. No entanto, será que ela tinha força para lutar contra dez homens armados? O máximo que ela já havia conseguido foram três homens, e eles não estavam armados. Ela teria que ser inteligente em vez de direta ao ponto.

— Dê suas botas para mim — disse ela à Sibby.

— Para quê?

— Para nos livrar de alguns inimigos e tentar sair daqui.

— Mas eu gosto muito delas...

— Me dê as botas. E a pulseira de borracha também.

Miranda arrumou uma armadilha. Ela conteve a respiração quando viu que um guarda se aproximava. Ela o ouviu falando no rádio:

— Pilastra sudoeste. Tem uma aqui. — Ela viu os laços da decoração se movendo quando ele usou a parte traseira da arma para movê-los.

— O que... — Foi só isso que ele conseguiu dizer.

Ela tacou o nariz de açúcar de George Washington nele com a ajuda do estilingue que improvisou com a pulseira de Sibby. Todo o treino que ela havia dedicado à mira valeu a pena, pois ela o acertou em cheio e ele foi caindo para a frente. Bateu com a cabeça primeiro, o que o deixou desorientado e lento. Ela amarrou as mãos e os pés dele, virou-o de barriga para cima e colocou um pedaço do pano de mesa dentro de sua boca. Depois, sorriu.

— Ah, oi, Craig. Não é o seu dia, hein. Espero que a sua cabeça esteja melhor. O quê? Não está? Vai melhorar. Tente passar um pouco de pomada nos seus punhos e tornozelos quando eles desamarrarem você. Tchauzinho.

Assim que ela pegou as botas que estavam perto da base da pilastra como armadilha, ouviu outro guarda se aproximando rapidamente pela esquerda. Tacou a bota como se estivesse jogando frisbee, e ouviu o som do homem caindo, o que a deixou satisfeita.

Menos dois. Faltavam oito.

Ela estava pedindo desculpas para o homem inconsciente que foi nocauteado pelo sapato — que bom que as botas de cano longo serviam para alguma coisa —, quando o rádio que estava na cintura dele começou a funcionar.

— Leon, é o Jardineiro. Onde você está? Posição. Câmbio?

Miranda pegou o rádio do guarda inconsciente e disse:

— Achei que o seu nome fosse Caleb Reynolds, delegado. Por que isso de Jardineiro? Ou, como a minha amiga gosta de chamá-lo, Plantinha.

Barulhos estranhos. Depois, a voz do delegado Reynolds no rádio dizendo:

— Miranda? É você? Onde você está? Miranda?

— Bem aqui — sussurrou ela no ouvido de Caleb. Ela tinha aparecido atrás dele de repente. Quando ele se virou, o braço dela veio por trás de seu pescoço e o salto da bota estava apontado para a sua garganta.

— Que arma você está usando? — perguntou ele.

— Tudo o que você precisa saber é que isso vai te causar muita dor e uma baita infecção se você não começar a me contar quantas pessoas estão aqui e quais são os planos delas.

— Somos dez, cinco estão cuidando das saídas lá fora. Mas eu estou do seu lado.

— É mesmo, Jardineiro? Não foi isso que pareceu na casa

— Você não me deu a chance de falar com a garota.

— Você vai precisar se esforçar um pouco mais. Não sou do tipo que se mistura, você não vai me enganar.

— Você tem alguma ideia de quem ela é?

— Do *que* ela é? Nenhuma.

Os batimentos dele se aceleraram.

— Ela é uma profeta, de carne e osso. A Sibila de Cumes, ou a Sibila Cumana. Ela é uma das dez pessoas que supostamente conhecem e conseguem controlar o futuro do mundo.

— Nossa. Achei que ela era apenas uma garota cnata de 14 anos com os hormônios em chamas.

— As Sibilas operam por meio de corpos diferentes. Ou pelo menos é o que essas pessoas com as quais eu trabalho acham. Eles estão representando. Fingem protegê-la, fingem impedir que as profecias dela sejam exploradas por alguém inescrupuloso, mas acho que na verdade estão explorando a menina. Ouvi um deles dizendo que poderia soltá-la se recebesse uma certa quantia. — O coração dele bateu mais devagar enquanto falava. — O meu trabalho era descobrir onde ela ia ser coletada. Eles iam mandar alguma coisa dela para confirmar que a possuíam, e assim o Onipresente seria obrigado a pagar.

Miranda não gostou nem um pouco da expressão *coisa dela.*

— Mas você não ia ajudar?

— Eles estão usando a religião como disfarce para a ganância deles. É nojento. Eu tinha todos os recursos para conseguir impedi-los, mas aí você apareceu no meio do nada e estragou tudo. — Ele ficou mais agitado, os batimentos se aceleraram.

Miranda sabia que ele estava genuinamente aborrecido.

— Impedi-los como?

— Eu precisava saber o lugar onde ela ia ser coletada, certo? Quando você entrou, eu ia dizer para ela o que ela devia falar, e quando os loucos fossem lá, seriam capturados pela polícia. Enquanto isso, eu levaria a Sibila ao seu local correto de despedida. Só que você entrou e estragou tudo. Foram meses de trabalho de investigação pelo ralo.

— Os batimentos estavam lentos e calmos novamente.

Miranda largou o pescoço dele.

— Mil desculpas — disse ela.

Ele se virou e a encarou com raiva. No entanto, ele logo mostrou um sorriso de canto de boca quando viu o que ela estava vestindo.

— Visual maneiro. — Ele pausou por um segundo e disse: — Sabe, ainda tem uma maneira de fazer com que isso dê certo. Você tem outra roupa dessas?

— Meu uniforme do time de roller derby? Tenho.
Mas não é da mesma cor. É mais azul.

— Não importa, contanto que seja parecido. Se vocês duas se vestirem como se fossem gêmeas, nós pode-
remos enganar os caras. Eles podem achar que você é
a Sibila. Você pode ser uma armadilha enquanto nós a
levamos com segurança.

Falando rapidamente, ele contou o resto do plano.

— Seria melhor se usássemos perucas e máscaras
também — disse Miranda. — O disfarce ficaria completo.

— Com certeza. Perfeito. Vá para perto da saída dos
funcionários, a que você usou para entrar. Tem alguém
vigiando a porta lá de fora, mas a saída da esquerda
está livre. Depois dela tem um escritório. Eu lido com
os caras e depois eu...

Ele parou de falar, levantou a arma e atirou em algum ponto atrás dela. Ao virar-se, Miranda viu que ele
tinha acertado um dos outros guardas.

— Ele nos viu juntos — disse ele —, eu não tinha
como deixar que esse idiota fosse contar para os outros. Vou distraí-los, preciso mantê-los aqui. Procure
a Sibila, troque as roupas, e espere por mim no escritório.

Ela já estava saindo de perto dele quando parou de
andar e disse:

— Como você nos encontrou?

Os batimentos do coração dele diminuíram.

— Coloquei um rastreador no seu carro.

— Eu devia ter pensado nisso — disse Miranda. Enquanto ele avisava pelo rádio que havia encontrado um homem morto, ela se afastou.

Sibby estava frenética quando Miranda voltou.

— O que houve? Você levou um tiro?

— Não. Consegui uma maneira de nos tirar daqui.

— Como?

Enquanto elas trocavam de roupa, Miranda explicou o que havia acontecido. Elas saíram do salão nobre e foram para o escritório do diretor. Enquanto faziam o trajeto, Miranda ouviu o delegado Reynolds dando ordens aos outros guardas, mantendo-os ocupados em outras partes do salão.

— Não, não ligue as luzes, isso vai ser bom para elas! — disse ele. Depois, ela ouviu um som de dor, como se alguém tivesse sido atingido. Ela estava impressionada.

Elas chegaram ao escritório sem encontrar ninguém. Sibby sentou-se à mesa do diretor. Miranda ficou andando de um lado para o outro, sincronizando os seus passos com o tic tac do relógio enorme que estava na prateleira. Ela pegava e depois largava vários objetos — uma bola de cristal, uma caixa com papéis. Ela media os seus tamanhos e pesos com as mãos. Uma foto com um homem, uma mulher, dois meninos pequenos, um cachorro sentado ao lado e o sol atrás deles. O cachorro estava usando o boné de alguém como se fosse um membro da família.

Uma mão apareceu na frente da foto.

— Alô? Miranda? Estou fazendo uma pergunta.

Miranda abaixou a foto.

— Desculpa. O que foi?

— Como você sabe que ele está falando a verdade?

— Simplesmente sei. Confie em mim.

— Mas se você estiver errada...

— Não estou.

O tic tac continuou. Miranda andou para lá e para cá.

— Odeio esse relógio — disse Sibby.

Tic. Passo. Sibby: — Não sei se consigo fazer isso.

Miranda parou e olhou para ela.

— Não sou tão corajosa quanto você.

— Como é que é? A menina que conseguiu... quantos caras foram mesmo? 23?

— 24.

— Beijar 24 caras? Você é corajosa.

Miranda hesitou.

— Sabe quantos caras eu já beijei?

— Quantos?

— Três.

Sibby ficou olhando para ela e depois deu uma gargalhada.

— Meus deuses, não é à toa que você é tão reprimida. É melhor que isso tudo dê certo, ou você vai ter uma vida bem triste.

— Obrigada.

11

Dezoito minutos depois, o sargento Caleb Reynolds, delegado da cidade, estava na porta da sala do diretor, do lado de fora, olhando para dentro através de uma pequena fresta. Ele levou mais tempo do que havia imaginado para deixar tudo no esquema. Contudo, ele se sentia bem e confiante em relação ao andamento do plano. Especialmente quando viu as duas meninas com os uniformes de roller derby das Abelhinhas, as saias curtas e justas, o top, e até as perucas e máscaras. Elas estavam idênticas, exceto por uma estar de branco e outra de azul. Eram como bonecas. Isso, era assim que ele gostava de vê-las. Como as bonequinhas dele.

Bonecas caras.

A boneca azul dizia:

— Tem certeza de que o fato de você querer dar um beijo nele não está influenciando o seu julgamento, Miranda?

A boneca branca respondia:

— Quem disse que eu quero dar um beijo nele? Você é que é a beijoqueira da história.

— Quem disse que eu quero dar um beijo nele? — imitou a boneca azul. — Por favor. Você devia mesmo aprender a se divertir. Viver now.

— Talvez eu consigo assim que eu me livrar de você, Sibby.

A boneca azul mostrou a língua. Ele quase riu. Elas eram fofas juntas, aquelas duas.

— Estou falando sério. Como você sabe que podemos confiar nele? — disse a boneca azul.

— Ele age por conta própria — explicou a boneca branca —, e o plano dele combina com o nosso.

Ele teve que conter uma risada. Ela não tinha noção do quanto estava certa. Sobre a primeira parte da frase.

E muito errada sobre a segunda parte.

O delegado abriu a porta e as viu olhar para ele com uma expressão que parecia dizer "Você é o meu herói".

— Pronta, Srta. Cumana?

A boneca azul fez que sim com a cabeça.

— Tome conta dela. Você sabe o quanto ela é importante — disse a boneca branca.

— Vou tomar. Vou deixá-la em um lugar seguro e voltar para completar o plano. Não abra a porta para ninguém que não seja eu.

— Certo.

Ele voltou em menos de um minuto.

— Tudo bem? A Sibby está segura?

— Foi tudo perfeito. Meus homens estavam exatamente na posição combinada. Não poderia ter sido melhor.

— OK. Então, quanto tempo nós temos que esperar até que eu possa sair?

Ele andou em sua direção colocando-a contra a parede.

— Houve uma mudança de planos — disse ele.

— Por que, você adicionou a parte na qual você me beija? Antes daquela parte na qual eu finjo ser a Sibby e levo os guardas ao encontro da SWAT?

Ele gostou da maneira como ela sorriu quando disse aquilo. Ele acariciou o seu rosto e disse:

— Não exatamente, Miranda. — Ele deslizou a mão do rosto para o pescoço dela.

— O que você est...

Antes que ela pudesse terminar a frase, ela foi pressionada contra a parede e levantada alguns centímetros do chão O seu pescoço estava encaixado em uma das mãos dele. Ele pressionou mais um pouco e disse:

— Agora somos só eu e você. Sei tudo sobre você. Quem você é. O que você pode fazer.

— É mesmo? — Ela se engasgou.

— É, é mesmo. *Princesa.* — Ele viu os olhos dela ficarem maiores e a sentiu engolir a saliva com dificuldade. — Sabia que isso ia chamar a sua atenção.

— Não sei sobre o que você está falando.

— Sei o quanto a sua cabeça vale. Procura-se Miranda Kiss, viva ou morta. O meu plano original era lhe deixar viva por um tempo e trazê-la de volta depois de algumas semanas, mas infelizmente você teve que interferir. Você devia ter cuidado da sua vida em vez da minha, Princesa. Agora não posso correr o risco de você atrapalhar tudo.

— Está falando sobre o plano com a Sibby? Então era você que queria o dinheiro. Traiu aquele pessoal e os fez achar que era parte do plano deles, assim como nos traiu.

— Que menina esperta.

— Você me mata, sequestra ela, e pega a grana. É isso?

— Isso. Igual jogar Banco Imobiliário, Princesa. Cumprir a tarefa no tabuleiro, pegar 200 dólares. Só que neste caso são cinco milhões. Pela menina.

— Nossa. — Ela parecia estar genuinamente impressionada. — E quanto você ganha por mim?

— Morta? 500 mil. Você vale mais viva; aparentemente, tem um pessoal que acha que você é um tipo de Mulher Maravilha adolescente, com superpoderes. Mas eu não vou arriscar.

— Você já disse isso — respondeu ela.

— O que foi, você está entediada, Miranda? — Ele apertou um pouco mais o toque. — Desculpe-me se isso não foi mais parecido com o final de um livro — disse ele, sorrindo para Miranda, prendendo o olhar dela no seu enquanto a enforcava.

Ele podia ver que ela estava tendo dificuldade para respirar.

— Se você vai me matar, pode ser depressa? Isto é um pouco desconfortável.

— O que, as minhas mãos? Ou o sentimento de fracasso...

— Eu não fracassei.

— ...novamente.

Ela cuspiu no rosto dele.

— Ainda tem energia. Eu realmente admiro isso em você. Acho que nós teríamos nos dado muito bem. Infelizmente, não temos tempo.

Ela lutou pela última vez, cravando as unhas nele com toda a força que ainda restava. Era algo inspirador assisti-la lutando tanto. Finalmente, os pequenos punhos da menina caíram ao lado do corpo.

Ele chegou perto do rosto dela.

— Últimas palavras?

— Três: pastilhas contra bafo. Você precisa muito delas.

Ele gargalhou e apertou as mãos até que os dedos se encontrassem.

— Adeus.

Por um segundo, os olhos dele olharam para os dela, acesos. Depois, ela ouviu um estalo forte e alguma coisa pesada veio em direção à cabeça dele por trás. Ele se inclinou para a frente. A menina foi largada quando ele caiu no chão, inconsciente.

Ele nem viu o que o acertou, pensou a boneca azul segurando o relógio. Ou quem.

12

Vestida com o uniforme azul, Miranda empurrou o homem que ela havia acabado de nocautear com o relógio e pegou Sibby. Ela ainda estava com as algemas nos punhos, cada uma com um pedaço da corrente pendurada. Seus braços e suas mãos tremiam.

Ela levantou a menina inconsciente com calma.

— Sibby, Sibby, acorde.

Não era para ter demorado tanto. O plano era simples: ela e Sibby trocariam de identidade trocando os uniformes. Quando o delegado Reynolds as passasse para trás, o que Miranda sabia que ele ia fazer, seria ela a menina entregue aos guardas, e não Sibby. Ela acabaria com eles e voltaria para pegar a outra boneca.

Foi assim que elas planejaram.

— OK, Sib, hora de acordar — disse Miranda, levantando a menina, abraçando-a contra o peito enquanto saía dali o mais rápido possível. Ela conseguia ouvir os batimentos de Sibby, mas eles estavam bem baixos e lentos. E ficando mais lentos. "Isto não está acontecendo."

— Volte das trevas, Sibby — disse ela, sua voz trêmula. — Vamos lá, fênix.

Miranda não estava esperando encontrar cinco homens quando o delegado Reynolds a levou — não era para alguém estar com um carro na porta de saída? Ela também não esperava que a mulher que o delegado havia ido buscar no aeroporto tivesse a mão tão pesada. A pancada que ela levou na cabeça permitiu que eles tivessem tempo para algemá-la a um cano. Ela ficou um pouco mais fraca com o golpe, e, consequentemente, levou mais tempo do que deveria para acabar com eles com uma série de chutes e golpes, e depois quebrar as algemas e se libertar. Isso tudo deu mais tempo ao delegado Reynolds para brincar com o esôfago da Sibby.

Muito mais tempo.

O batimento estava ficando mais calmo, era mais difícil escutá-lo.

— Perdão, Sibby. Eu devia ter chegado mais cedo, mas eu não consegui tirar as algemas e eu estava muito fraca e eu falhei e... — Miranda não estava conseguindo ver muito bem e percebeu que estava chorando. Ela tropeçou, mas continuou correndo para longe dali.

— Sibby, você tem que estar bem. Você não pode morrer. Se você não voltar, eu juro que nunca mais vou me divertir. Nem um pouco. — O batimento agora era um leve sussurro, e a menina nos braços dela estava branca como um fantasma. Miranda engoliu um soluço de choro. — Ai, meu Deus, Sibby, *por favor*...

De repente, os olhos de Sibby se moveram. Suas bochechas voltaram a ter cor e o seu coração bateu mais rápido.

— Funcionou? — murmurou a menina.

Miranda engoliu o que estava preso em sua garganta e reprimiu a vontade de bater na garota.

— Funcionou.

— Você...

— ...bati nele com o relógio, como foi pedido.

Sibby sorriu, tocou o rosto de Miranda, e fechou os olhos novamente. Ela não os abriu até que estivessem no carro. Ela se sentou e olhou em volta.

— Estou no banco da frente.

— Ocasião especial — explicou Miranda. — Não se acostume.

— Certo. — Sibby mexeu o pescoço para frente e para trás. — Esse plano foi muito bom. Trocar os uniformes para que eles achassem que você fosse eu.

— Eles caíram direitinho. — Ela tirou a capa. — Parti as correntes, mas não sei como tirar as algemas. — Por algum motivo, ela lembrou de sua amiga Kenzi dizendo, durante a formatura, "Você está pronta para se libertar das inseguranças da juventude? Preparada para o seu futuro?"

— O que aconteceu com o Plantinha?

— Fiz uma ligação anônima informando onde ele estava, e onde estavam os corpos dos guardas que ele matou. Ele deve estar a caminho da prisão.

— Como você teve tanta certeza de que estava certa? Que ele estava nos enganando?

— Consigo saber quando as pessoas estão mentindo.

— Como?

— De formas diferentes. Pequenos gestos. Na maioria das vezes, eu escuto o batimento cardíaco delas.

— Tipo, quando acelera elas estão mentindo?

— Cada um é diferente. Você tem que saber como elas reagem quando estão contando a verdade para saber quando elas estão mentindo. Os batimentos do coração dele ficam mais lentos e calmos quando ele mente, como se estivesse tentando ser muito cuidadoso.

Sibby olhou para ela com cuidado.

— Você pode ouvir os *batimentos cardíacos* das pessoas?

— Eu escuto muitas coisas.

Sibby apenas assimilou a informação.

— Quando o Plantinha estava me estrangulando porque achou que eu era você, ele me chamou de Princesa. E disse que algumas pessoas achavam que você tivesse superpoderes como se fosse uma Mulher Maravilha adolescente, ou algo do tipo.

Miranda sentiu o peito ficar apertado.

— Ele falou isso?

— E ele disse que tem uma recompensa pela sua cabeça. Viva ou morta. Eu lamento muito, mas a minha cabeça vale dez vezes mais do que a sua.

— Não é legal ficar se gabando.

— É verdade? Que você é uma Mulher Maravilha?

— Talvez a falta de oxigênio tenha afetado o seu cérebro. A Mulher Maravilha é um personagem em quadrinhos. É inventada. Eu sou real. Uma pessoa comum.

Sibby tossiu.

— Você definitivamente não é normal. É mesmo uma princesa com superpoderes?

— Você é mesmo uma profeta que sabe tudo o que vai acontecer?

Elas se encararam. Nenhuma das duas falou nada. Sibby se esticou, deixando o corpo confortável no assento. Miranda aumentou o volume do rádio e continuou dirigindo. As duas sorriam.

Depois de alguns quilômetros, Sibby disse:

— Estou faminta. Podemos parar para comer um hambúrguer?

— Sim, mas estamos em cima da hora, então nada de beijar os meninos.

— Eu sabia que você ia dizer isso.

Miranda ficou sentada no banco do carro vendo o barco desaparecer no horizonte, levando Sibby sabe-se lá para onde. "Você não tem tempo para relaxar", pensou ela. "O delegado Reynolds pode ter sido preso, mas ele também pode ter falado coisas, e visto que ele mentiu sobre como a encontrou, alguém deve saber de alguma coisa. Além disso, você precisa descobrir quem foi que colocou um preço pela sua cabeça e..."

O celular tocou. Ela pegou a jaqueta ao seu lado e tentou colocar uma das mãos no bolso para pegar o aparelho, só que as algemas atrapalhavam. Ela virou o bolso ao avesso e deixou que o telefone caísse em seu colo.

Ela atendeu na última chamada.

— Alô?

— Miranda? É o Will.

Seu coração parou.

— Oi. — Ela se sentiu envergonhada. — É... você, se divertiu na formatura?

— Em alguns momentos, sim. E você?

— Eu também. Em alguns momentos.

— Procurei por você depois da ameaça de bomba, mas não encontrei.

— É, eu fiquei meio perdida.

Houve uma pausa, e ambos voltaram a falar no mesmo momento.

— Você primeiro — disse ele.

— Não, você — disse ela.

Os dois se calaram, e ele interrompeu o silêncio.

— Olha, eu não sei se você estava planejando ir no after da festa na casa do Sean. Todo mundo está aqui. Está divertido e tal. Mas...

— Mas?

— Eu estava pensando se de repente você não prefere tomar um café da manhã em vez de vir aqui. Vamos no Waffle House? Só nós dois?

Miranda até esqueceu de respirar.

— Isso seria completamente fantástico — disse ela.

Depois, ela lembrou que não podia demonstrar tanta empolgação e disse: — Quer dizer, seria legal, sim.

Will gargalhou, aquela gargalhada carinhosa e doce que lembrava um pedaço de manteiga caindo sobre uma torrada bem quentinha.

— Eu também acho que seria totalmente fantástico — disse ele.

Ela desligou e percebeu que as suas mãos tremiam. Ela ia tomar café da manhã com um cara. E não era um cara qualquer. Era o Will. Um garoto cujo signo combinava com o dela. E que achava que ela era gata.

259

"E que deve ser maluco. E, OBS: enfeitar a roupa com algemas não vai ajudar muito."

Ela tentou tirar as algemas com as mãos novamente, mas não funcionou. Aquelas algemas não eram normais. Ou ter batido em dez pessoas — oito, na verdade, pois ela havia batido em duas delas mais de uma vez — foi o limite das suas forças. O fato de sua força ter limite era interessante. Ela tinha muito o que aprender sobre os seus poderes. Mais tarde.

Naquele momento, ela tinha meia hora para descobrir como tirar aquelas algemas. Ela começou a colocar as coisas de volta no bolso da jaqueta para que pudesse dirigir, e parou quando viu uma caixa estranha.

Foi a caixa que Sibby havia dado à ela quando elas se encontraram — será possível que passaram apenas oito horas? O que ela havia dito? Foi algo estranho. Miranda se lembrou de Sibby entregando o papel com o nome dela escrito e depois a caixa.

— Você deve querer ficar com isso.

Na verdade, ela havia usado outra entonação:

— Você *deve* querer ficar com isso.

Miranda abriu a caixa. Lá dentro, envolvida em um veludo preto, estava a chave das algemas.

Preparada para o seu futuro?

Vale a pena tentar.

Inferno na Terra

STEPHENIE MEYER

Gabe olhou para a pista de dança e fechou a cara. Ele não sabia ao certo por que havia convidado Celeste para a festa de formatura, e o fato de ela ter aceitado era outro mistério. E o que era ainda mais misterioso era vê-la agarrada no pescoço de Heath McKenzie com tanta vontade que ele mal conseguia respirar. Seus corpos pareciam um só, movendo-se de acordo com a batida, ignoravam o ritmo da música que tomava o salão. As mãos de Heath passeavam pelo vestido branco de Celeste com bastante intimidade.

— Que falta de sorte, Gabe.

Gabe tirou o olhar do espetáculo que sua acompanhante estava dando no salão e se virou para o amigo que se aproximava.

— E aí, Bry. Está se divertindo?

— Mais do que você, cara, bem mais — respondeu Bryan, sorrindo sem graça. Ele levantou o copo de ponche verde como se estivesse brindando. Gabe tocou sua garrafa de água no copo de Bryan e suspirou.

— Eu não fazia ideia que Celeste tinha uma queda pelo Heath. Ele é o ex dela ou algo do tipo?

Bryan tomou um gole daquela coisa verde, fez uma careta, e balançou a cabeça.

— Não que eu saiba. Nunca nem tinha visto os dois conversando.

Os dois ficaram olhando para Celeste, que aparentemente havia perdido algo bem importante lá dentro da boca de Heath.

— É — disse Gabe.

— Deve ser o ponche — disse Bryan em uma tentativa de animar o amigo. — Eu não sei quantas pessoas jogaram álcool ali dentro, mas *nossa*. É capaz que ela nem saiba que aquele ali não é você.

Bryan tomou outro gole e fez outra careta.

— Por que você está bebendo isso? — Gabe perguntou.

Bryan deu de ombros.

— Sei lá. Talvez a música comece a soar menos patética depois que eu entornar mais copos disso aqui.

Gabe concordou.

— Acho que os meus tímpanos nunca vão me perdoar. Eu devia ter trazido o meu iPod.

Onde será que Clara está? Existe alguma lei feminina que exige que elas passem um determinado tempo juntas no banheiro?

— Existe. A punição é terrível para as que não cumprem o tempo estipulado.

Bryan deu uma risada, que logo morreu. Ele passou os dedos pela gravata durante alguns segundos.

— Falando em Clara...

— Não precisa falar nada — garantiu Gabe. — Ela é uma menina maravilhosa. *E vocês dois são perfeitos um para o outro.* Eu teria que ser cego para não perceber isso.

— Você realmente não se importa?

— Eu falei para você chamá-la para a festa, não foi?

— É, foi. O cavaleiro Galahad forma mais um casal. Sério, cara, você nunca pensa em você?

— Claro, de hora em hora. E falando em Clara... espero que ela tenha uma noite bem divertida, senão eu vou quebrar o seu nariz. — Gabe deu um sorriso largo e forçado. — Nós ainda somos bons amigos... não fique achando que eu não vou ligar amanhã para checar como foi.

Bryan virou os olhos para cima, mas teve certa dificuldade em engolir a saliva. Se Gabe Christensen quisesse quebrar o seu nariz, ele não teria muita dificuldade — Gabe não se importava nem um pouco em ficar com a mão arrebentada ou o registro da escola manchado, se isso fosse necessário para consertar algo que ele achava que estava errado.

— Eu vou cuidar bem da Clara — disse Bryan, torcendo para que as suas palavras não soassem tanto como uma promessa. Tinha alguma coisa em Gabe e em seus olhos azuis penetrantes que fazia com que você se sentisse desse jeito — como se você tivesse que dar o seu melhor quando ele pedia alguma coisa. Isso era até meio irritante de vez em quando. Fazendo outra careta, Bryan jogou o resto da bebida na base de uma pequena figueira artificial.

— Se ela sair do banheiro algum dia.

— Bom menino — disse Gabe como se o aprovasse. O seu sorriso, no entanto, não mostrava muito entusiasmo. Celeste e Heath haviam desaparecido no meio do pessoal.

Gabe não sabia ao certo qual era o protocolo a seguir quando você acaba de levar um pé na bunda em plena festa de formatura. Como é que ele ia garantir que ela chegaria em casa com segurança? Isso agora era responsabilidade do Heath?

Gabe se perguntou novamente por que ele havia convidado Celeste para a festa.

Ela era uma garota muito bonita — parecia uma modelo. Cabelo loiro perfeito — tão sedoso que chegava a emitir luz própria —, largos olhos marrons, e lábios grossos sempre pintados com um tom de rosa. Ela parecia um violão. Ele havia ficado louco quando a viu naquele vestido branco tão fino e justo.

No entanto, não foi apenas a aparência que o fez olhar para ela. Havia outra razão completamente diferente.

Era algo bobo e constrangedor, na verdade. Gabe nunca, jamais contaria isso para ninguém, mas de vez em quando ele tinha a sensação de que alguém precisava de ajuda. De ajuda *dele*. Ele sentiu essa impressão inexplicável com Celeste, como se a loira fatal escondesse uma donzela em perigo por trás daquela maquiagem perfeita.

Pensamento bobo. E obviamente errado. Celeste não parecia precisar da ajuda de Gabe naquele momento.

Ele olhou para o salão novamente mas não conseguiu achar o cabelo loiro dela. E suspirou.

— Oi, Bry, sentiu a minha falta? — Clara, com seus cabelos escuros e encaracolados cheios de glitter, se destacou no meio de um bando de meninas e foi ao encontro deles perto da parede. O resto do grupo se dispersou. — E aí, Gabe, cadê a Celeste?

Bryan colocou o braço em volta dos ombros dela.

— Achei que você tivesse ido embora. Agora acho que eu vou ter que cancelar os planos eróticos que eu fiz com a...

Clara bateu com o cotovelo no meio da barriga de Bryan.

— ...Srta. Finkle — continuou Bryan, dizendo as palavras quase sem ar e apontando para a vice-diretora que observava a festa em um canto do salão, bem longe das caixas de som. — Nós combinamos de ficar lendo os boletins dos repetentes à luz de vela.

— Ah, eu não ia querer que você perdesse isso! Acho que vi o treinador Lauder perto dos biscoitos. Talvez eu consiga convencê-lo de que mereço crédito nas flexões.

— Ou então nós simplesmente podíamos ir dançar — sugeriu Bryan.

— Claro, seria bem melhor.

Rindo, eles foram caminhando para a pista. Bryan abraçava Clara pela cintura.

Gabe agradeceu por Clara não ter ficado esperando por uma resposta para a pergunta que fez. Era meio constrangedor, mas ele não tinha uma resposta.

— E aí, Gabe, cadê a Celeste?

Gabe abriu aquele sorriso falso e se virou ao ouvir a voz de Logan.

Logan também estava sozinho no momento. Talvez a acompanhante dele também tivesse resolvido se comportar loucamente.

— Nem sei dizer — admitiu Gabe —, você a viu?

Logan mordeu os lábios grossos, como se estivesse pensando internamente se deveria ou não dizer alguma coisa. Ele passou uma mão nervosa pelo cabelo espetado.

— Bem, acho que sim. Não tenho certeza, na verdade... Ela está com um vestido branco, não é?

— É... onde ela está?

— Acho que a vi no saguão. Não sei ao certo. Estava meio difícil de ver o rosto dela... o rosto do David Alvarado estava por cima...

— David Alvarado? — repetiu Gabe, surpreso. — Não era o Heath McKenzie?

— Heath? Não. Era o David, com certeza.

Heath era volante do time de futebol americano, loiro e bem branquelo. David não tinha nem um metro e meio de altura; ele tinha a pele mais escura e cabelo preto. Não havia como confundir os dois.

Logan balançou a cabeça com pesar.

— Foi mal, Gabe. Que droga.

— Não se preocupe.

— Pelo menos você não está nessa furada sozinho — disse Logan, meio triste.

— É mesmo? O que houve com a sua acompanhante?

Logan deu de ombros.

— Ela está aqui em algum lugar, dando em cima de todo mundo. Ela não quer dançar, não quer falar, não quer ponche, não quer tirar fotos, nem quer a minha companhia. — Ele enumerava com um dedo cada negativa. — Eu não sei por que ela me chamou para vir com ela. Provavelmente, ela só queria mostrar o vestido — que é realmente lindo, tenho que dar a ela esse crédito. Só que agora parece que ela não quer mostrar mais nada... que pena eu não ter chamado outra pessoa. — O olhar de Logan passeou monotonamente por um grupo de meninas que dançavam em uma roda, sem homens por perto. Gabe sentiu que Logan estava focando em uma menina em particular.

— Por que você não chamou a Libby?

Logan suspirou.

— Sei lá. Realmente... acho que ela teria gostado se eu a tivesse convidado, sabe. Mas, enfim...

— Quem você chamou, afinal?

— Aquela menina nova, a Sheba. Ela é meio exagerada, mas é linda, um tanto exótica. Fiquei tão chocado quando ela me convidou para a festa, que só consegui falar que sim. Achei que ela pudesse... bem... que ela pudesse... ser legal... — completou Logan, desanimado. O que ele havia imaginado quando Sheba decidiu que ia na festa com ele (ela não chegou a *convidá-lo* de verdade) era muito impróprio para ser dito em voz alta, especialmente para Gabe; muitas coisas pareciam impróprias perto de Gabe. Era exatamente o oposto com Sheba. Quando ele a viu naquele vestido de couro vermelho enlouquecedor, ficou com a cabeça cheia de ideias que, de alguma forma, não pareceram ser nem um pouco impróprias quando os olhos negros e profundos de Sheba ficaram encarando os dele.

— Acho que eu não a conheço — disse Gabe, interrompendo a breve fantasia de Logan.

— Você lembraria se tivesse conhecido. — Por outro lado, Sheba esqueceu de Logan rapidinho, foi só eles entrarem no salão. — Cara, você acha que talvez a Libby tenha vindo sozinha? Eu não ouvi ninguém dizendo que ia convidá-la...

— Hum, ela veio com o Dylan.

— Ah — disse Logan, surpreso. Depois, ele deu um sorrisinho de leve. — A noite já está ruim o suficiente, mas ainda temos que ser torturados... não era para ter uma banda tocando? Esse DJ...

— Eu sei. É como se estivessem nos punindo por todos os nossos pecados — disse Gabe com um gargalhada.

— Pecados? Como se você tivesse algum, Galahad, o Puro.

— Está brincando? Eu quase não consigo sair da minha suspensão a tempo de vir para cá. — Obviamente, naquele momento Gabe preferia que o timing não tivesse sido tão favorável à festa. — Tenho sorte de não ter sido expulso.

— O Sr. Reese já estava prevendo tudo. Todo mundo sabe disso.

— É, estava mesmo — disse Gabe com uma sutil mudança no tom de voz. Todo mundo na escola sabia sobre o Sr. Reese, mas ninguém podia fazer muita coisa até que o professor de matemática passasse um pouco dos limites. Todos os outros formandos também sabiam das coisas que ele fazia, mas Gabe não ia ficar olhando enquanto ele perseguia aquele calouro indefeso... Mesmo assim, deixar um professor desmaiado foi um pouco demais. Provavelmente, havia alguma maneira melhor de lidar com a situação. Seus pais o apoiaram, no entanto. Como sempre.

Logan interrompeu os pensamentos dele.

— Talvez nós devêssemos ir embora — disse Logan.

— Eu me sentiria meio mal... Se Celeste precisar de uma carona para casa...

— Aquela garota *não* é o seu tipo, Gabe. — *Ela é totalmente má, e uma vagabunda de primeira*, Logan poderia ter adicionado, mas não era esse o tipo de coisa que se falava sobre meninas na frente de Gabe. — Deixe que ela volte para casa com o cara que está enfiando a língua na garganta dela.

Gabe suspirou e balançou a cabeça.

— Vou esperar para ter certeza de que ela está bem.

Logan soltou um gemido.

— Não acredito que você chamou essa garota. Bem, será que pelo menos podemos ir buscar uns CDs decentes? Aí nós roubamos aquela pilha de CDs horríveis que o DJ está tocando...

— Gostei disso, hein. Será que o motorista da limusine se incomodaria de ir dar uma voltinha...

Logan e Gabe acabaram se divertindo argumentando sobre quais CDs seriam os melhores — até o top cinco foi tudo óbvio, mas depois a lista se tornou um pouco mais subjetiva — e essa foi a maneira que os dois encontraram para tornar aquela noite um pouco mais agradável.

Foi muito engraçado, mas enquanto eles conversavam e faziam piadas, Gabe começou a ter a sensação de que eles eram os *únicos* se divertindo. Todos no salão pareciam estar aborrecidos com alguma coisa. E em um canto, perto dos biscoitos, parecia que tinha uma menina chorando. Não era a Evie Hess? E aquela outra menina, Ursula Tatum, também estava com os olhos vermelhos e maquiagem borrada. Talvez não fossem apenas o ponche e a música que estivessem um saco naquela festa. Clara e Bryan pareciam estar felizes. Fora eles dois, somente Gabe e Logan — ambos recentemente humilhados e rejeitados — pareciam estar se divertindo de verdade.

Menos sensível do que Gabe, Logan não percebeu a atmosfera negativa até que Libby e Dylan começaram a discutir; de forma abrupta, Libby saiu da pista de dança. Aquilo, definitivamente, chamou a sua atenção.

Logan ficou um pouco inquieto, observando atentamente a figura de Libby saindo do salão.

— Então, Gabe, se importa se eu abandonar você?

— Nem um pouco. Vai lá.

Logan quase correu atrás da menina.

Gabe não sabia ao certo o que fazer agora. Será que ele devia ir procurar Celeste e perguntar se ela se importava caso ele fosse embora? Mas, por outro lado, ele não estava muito contente com a ideia de interromper a diversão dela só para perguntar isso.

Ele decidiu ir pegar outra garrafa de água e ficar no canto mais quieto possível para esperar que a noite chegasse ao fim.

E então, enquanto procurava pelo canto mais quieto do salão, Gabe teve aquela sensação estranha novamente, mais forte do que já havia sentido em toda a sua vida; era como se alguém estivesse se afogando em águas negras e gritando seu nome. Ele olhou ao redor, nervoso, tentando descobrir de onde vinha aquele chamado urgente. Ele não conseguia entender a fonte vital daquela sensação. Era pior do que tudo que já havia sentido.

Por um momento, seus olhos pararam nas costas de uma menina que andava para longe dele. O cabelo dela era preto e brilhoso, quase como um espelho. Ela usava um espetacular vestido longo cor de fogo. Gabe ficou olhando. Os brincos dela faiscaram, como se fossem pequenas chamas vermelhas.

Gabe começou a andar atrás dela quase que em um movimento inconsciente, sugado pela aura de necessidade que a envolvia. Ela virou a cabeça um pouco, e ele conseguiu ver parte do perfil estranho, pálido e fino — lábios grossos e vermelhos com sobrancelhas bem pretas — antes de ela entrar pela porta do banheiro feminino.

Gabe começou a respirar mais forte ao fazer força contra o ímpeto de entrar onde nenhum menino podia entrar. A força do desejo dela o sugava, como se fosse uma areia movediça. Ele se inclinou na parede do outro lado do banheiro, cruzou os braços em cima do peito, e tentou se convencer de que o certo era esperar pela menina. Esse instinto lunático que ele tinha já havia passado dos limites. Celeste não era a prova perfeita disso? Era tudo fruto de sua imaginação. Talvez fosse melhor ir embora agora. No entanto, Gabe não conseguia fazer com que os seus pés se movessem.

Apesar de ela não passar de um metro e meio de altura mesmo usando salto alto, tinha algo nela — bem magrinha, postura ereta como uma madeira de cerca — que a fazia parecer alta.

Ela era cheia de contradições, não só em termos de altura: seu cabelo tinha mechas que ora pareciam ser claras, ora escuras; sua pele era tão delicada quanto grossa com feições muito bem desenhadas; e as ondulações de seu corpo eram convidativas, mas a expressão hostil em seu rosto indicava o contrário.

Apenas uma coisa nela não era contraditória: o seu vestido era, sem dúvida alguma, uma obra de arte. Pedaços de couro vermelho delineavam seus ombros pálidos e lambiam suas curvas finas até o chão, como chamas. Enquanto ela cruzava o salão, olhos femininos perseguiam o vestido com inveja, e olhos masculinos o fitavam com luxúria.

Havia outro fenômeno que a seguia: enquanto a menina com vestido em chamas passava pelos grupos que dançava, pequenas manifestações de horror, dor e vergonha emanavam ao seu redor em ondas tão estranhas que só podiam ser coincidência. Um salto alto quebrou, torcendo o tornozelo que o sustentava. Um vestido de cetim rasgou da coxa até a cintura. Um par de lentes de contato caiu e ficou perdido naquele chão imundo. A alça de um sutiã arrebentou. Uma carteira caiu de um bolso. Uma cólica inesperada anunciou a menstruação fora de hora. Um cordão emprestado se desfez em uma chuva de pérolas pelo chão.

E por aí foi — pequenos desastres espalhando pequenos círculos de infelicidade.

A menina pálida e estranha sorria sozinha como se pudesse, de alguma forma, sentir e apreciar a infelicidade que pairava no ar — como se sentisse o gostinho dela, talvez, visto a maneira como ela passava a língua nos lábios em sinal de satisfação.

E então ela fechou a cara, tencionando as sobrancelhas em sinal de profunda concentração. Havia um menino olhando para ela. Ele viu um estranho brilho vermelho em seus lóbulos, como se fossem pequenas chamas. Naquele momento, todos se viraram na direção de Brody Farrow, que estava segurando um dos braços e berrando de dor; os simples movimentos de uma dança lenta havia deslocado o seu ombro.

A menina de vermelho deu uma risadinha.

Batendo os saltos altos com força contra os tacos do chão, ela foi andando pelo salão até o banheiro feminino. Gemidos discretos de dor e aflição a seguiram até lá.

Havia uma multidão de meninas em frente ao espelho, que era do tamanho da parede. Elas tiveram apenas um instante para olhar aquele vestido maravilhoso, e notar o leve tremor da menina magra ao entrar no banheiro, que estava abafado e quente, antes que o caos chegasse e as distraísse. Começou com Emma Roland acertando o próprio olho com o aplicador de rímel. Ela começou a mover os braços em sinal de consternação e acabou esbarrando no copo cheio de ponche segurado por Bethany Crandall, que ficou com a roupa toda manchada e acertou mais três vestidos em lugares bem inconvenientes. O clima ficou ainda mais pesado quando uma menina — que vestia um adereço verde horroroso no peito — acusou Bethany de jogar o ponche nela de propósito.

A menina pálida e estranha deu apenas um sorrisinho diante da possibilidade de briga, e andou para a cabine mais remota, trancando a porta depois de entrar.

Ela não usou a privacidade da cabine da maneira que poderíamos esperar. Em vez disso — sem medo algum daquele ambiente não muito limpo —, a menina apoiou a testa contra a parede metálica e apertou os olhos. Suas mãos, fechadas em dois pequenos punhos, também estavam encostadas no metal, como se buscassem apoio.

Se alguma menina no banheiro estivesse prestando atenção, poderia ter se perguntado o que era aquela fonte de luz vermelha que brilhava embaixo da porta da última cabine. No entanto, ninguém estava prestando atenção.

A menina de vestido vermelho apertou os dentes com força. Uma chama quente e reluzente saiu do meio deles, manchando a fina camada de tinta da parede metálica com formas negras. Ela começou a respirar rapidamente, lutando com uma força invisível, e o fogo queimava cada vez mais. Eram grossas lambidas de fogo contra o metal frio. As chamas atingiram os seus cabelos, mas não chegou a incendiar nenhum de seus lindos cachos. Rastros de fumaça começavam a emergir de seu nariz e de suas orelhas.

Até que uma chuva de brilho saiu de suas orelhas enquanto ela sussurrava uma palavra por entre os dentes...

— *Melissa.*

Lá na pista de dança lotada, Melissa Harris olhou para cima, distraída. Alguém chamou o seu nome? Não tinha ninguém perto dela. Quem teria sussurrado o seu nome naquele volume tão baixo? Foi só a sua imaginação, então. Melissa olhou para o seu acompanhante novamente e tentou se concentrar no que ele estava falando.

Melissa se perguntou por que havia concordado em ir à formatura com Cooper Silverdale. Ele não fazia o tipo dela. Era um menino baixo, consumido pelo seu próprio eu, cheio de vontade de provar tudo a todos. Ele estava estranhamente exagerado naquela noite, se gabando por causa de sua família e seus pertences sem parar, e Melissa já estava cansada daquilo.

Outro sussurro chamou a atenção de Melissa, e ela se virou.

Lá longe, muito longe para que pudesse ser a fonte de tal chamado, Tyson Bell estava olhando para ela por cima da cabeça da menina com quem ele estava dançando Melissa olhou para baixo rapidamente, tremendo, tentando não olhar para a menina que estava com ele, se forçando a não olhar.

Ela se aproximou de Cooper. Talvez ele fosse chato e fútil, mas ele era melhor do que Tyson. Qualquer um era melhor do que ele.

É mesmo? O Cooper é mesmo a melhor opção? A pergunta apareceu na cabeça de Melissa como se viesse de outra pessoa completamente diferente. Involuntariamente, ela olhou para os cílios negros de Tyson. Ele ainda estava olhando.

É claro que Cooper era melhor do que ele, não importava o quão bonito era Tyson. Sua beleza era apenas parte da armadilha.

Cooper continuou tagarelando, falando palavra em cima de palavra tentando despertar interesse em Melissa.

Você não está à altura do Cooper, suspirou o pensamento dela. Melissa sacudiu a cabeça, encabulada por ter pensado daquela forma. Era um pensamento muito mau. Cooper era tão bom quanto ela, e tão bom quanto qualquer outro menino.

Não tão bom quanto o Tyson. É só lembrar de como ele era.

Melissa tentou afastar aquelas imagens: os olhos calorosos de Tyson, cheios de desejo... suas mãos, firmes e suaves contra a pele dela... sua voz tão rica que qualquer palavra soava como poesia... a maneira como até o menor toque dos seus lábios contra os dedos dela já acelerava o batimento...

O coração de Melissa bateu com força e dor.

Melissa se forçou a trazer uma outra memória à tona: os punhos de aço de Tyson batendo em seu rosto sem nenhum aviso, as marcas pretas em seus olhos, as suas mãos sendo arrastadas pelo chão, aquela ânsia de vômito presa na garganta, a dor crua latejando em seu corpo...

Ele pediu desculpas. Várias vezes. Ele prometeu. Nunca mais. Mesmo sem querer, a imagem dos olhos cor de café de Tyson cheios de lágrimas apagaram as lembranças anteriores.

Como que em um impulso, os olhos de Melissa procuraram por Tyson. Ele ainda estava olhando, com a testa franzida e as sobrancelhas quase unidas no centro em sinal de tristeza...

Melissa tremeu novamente.

— Você está com frio? Quer o meu... ? — Cooper nem terminou de tirar o terno. Ele parou e seu rosto mostrou surpresa. — Não tem como você estar com frio. Está muito quente aqui — disse ele, distraidamente, recolocando a jaqueta do terno e arrumando os botões.

— Eu estou bem — respondeu Melissa. Ela se forçou a olhar somente para o rosto fino e jovem de Cooper.

— Este lugar está meio caído — disse ele, e Melissa ficou feliz por finalmente os dois concordarem com alguma coisa. — Nós podíamos ir ao clube do meu pai. Tem um restaurante incrível, se você quiser comer uma sobremesa. Não precisamos nem esperar por uma mesa. Assim que eu falar o meu nome...

Melissa se desconcentrou novamente.

Por que eu estou aqui com esse metido? perguntou o pensamento que era tão estranho aos seus ouvidos, apesar de ter o som da sua própria voz. *Ele é fraco. E daí que ele não seja capaz de machucar nem uma formiga? Não tem mais nada no mundo para se querer do que a segurança, certo? Não sinto mais o mesmo desejo no meu estômago quando eu olho para o Cooper — quer dizer quando eu olho para qualquer um que não seja Tyson... eu não posso mais mentir para mim. Eu ainda o quero. Muito. Esse desejo não é o que chamam de amor?*

Melissa preferia não ter bebido tanto daquele ponche forte. Era impossível pensar com clareza.

Ela observou Tyson deixando para trás a menina com quem dançava e vindo atravessando o salão de forma decidida até parar, exatamente na sua frente — o perfeito clichê do herói de futebol americano. Foi como se Cooper não existisse ali no meio deles.

— Melissa? — perguntou ele com suavidade na voz e dor nas feições do rosto. — Melissa, *por favor?* — Ele esticou a mão para ela, ignorando a interferência silenciosa de Cooper.

Sim sim sim sim sim sua mente dizia.

Milhares de memórias do desejo a sacudiram. Sua mente nebulosa travou de vez.

Hesitante, Melissa balançou a cabeça em sinal afirmativo.

Tyson sorriu, aliviado, alegre, e a tirou do lado de Cooper para abraçá-la. Era tão fácil ir com ele. O sangue de Melissa corria pelas veias como se fosse fogo.

— *Consegui!* — a menina pálida e estranha sussurrou, escondida na cabine, com sua língua bipartida feita de fogo iluminando o seu rosto de vermelho. O fogo estalava alto o suficiente para que alguém notasse caso o banheiro ainda não estivesse tomado por berros e vozes alteradas pela irritação.

As chamas diminuíram, e a menina respirou fundo. Suas pálpebras bateram por um tempo, e depois se fecharam novamente. Ela apertou os punhos até que a pele pálida parecesse que ia rasgar nas juntas dos dedos. Sua figura magra começou a tremer como se ela estivesse tentando levantar uma montanha. A tensão, a determinação e a expectativa eram quase visíveis na aura que a rodeava.

Qualquer que fosse a difícil tarefa que tinha escolhido para si, era claro que completá-la agora era mais importante do que qualquer coisa.

— *Cooper* — sussurrou ela, e fogo saiu de sua boca, de seu nariz, e de suas orelhas. As chamas banharam o seu rosto.

Como se você não fosse nada. Como se você fosse invisível. Como se você não existisse! Cooper tremeu de fúria, e as palavras em sua cabeça alimentaram a ira, fazendo-a borbulhar. *Você podia fazê-la enxergar. Você podia mostrar ao Tyson quem é homem de verdade.* Automaticamente, uma das mãos de Cooper tocou o volume escondido embaixo de sua jaqueta na parte inferior das costas. O choque de lembrar da arma interrompeu a raiva, e o fez piscar os olhos rapidamente, como se ele tivesse acordado de um sonho.

Um calafrio desceu pela garganta. O que ele estava fazendo com uma arma na festa de formatura? Será que estava louco?

Era uma bobagem, mas o que mais ele podia fazer se Warren Beeds o havia chamado para um enfrentamento? É claro que a segurança da escola era uma piada, e que qualquer um podia entrar ali com o que quisesse. Ele havia provado isso, não havia? Mas será que valia mesmo a pena ter uma arma nas costas, só para provar alguma coisa para Warren Beeds?

Ele podia ver Melissa, sua cabeça no ombro daquele idiota, seus olhos fechados. Será que ela tinha esquecido Cooper completamente?

A fúria surgiu novamente; ele colocou uma das mãos para trás outra vez.

Cooper sacudiu a cabeça de novo, com mais força. Maluquice. Não foi para isso que ele trouxe a arma... Era só uma piada, uma pegadinha.

Mas olhe para o Tyson. Veja aquele sorriso superior, cheio de si, no rosto dele! Quem ele pensa que é? O pai dele não é mais do que um mero jardineiro! Ele não conta com a possibilidade de que eu vou ter que fazer alguma coisa por ele ter roubado o meu par. Ele nem teria medo de mim se soubesse. E Melissa nem lembra mais que eu existo.

Cooper cerrou os dentes, sentindo o ressentimento fervendo novamente. Ele imaginou o olhar superior de Tyson sumindo, transformando-se em horror e medo ao ver a arma.

Um pavor gelado trouxe Cooper de volta à realidade. *Ponche. Mais ponche, é disso que eu preciso. É vagabundo e está muito ruim, mas pelo menos funciona. Mais alguns copos de ponche e eu vou saber o que fazer.*

Respirando fundo a fim de se acalmar, Cooper se dirigiu para a mesa de bebidas.

No banheiro, a menina pálida se irritou e balançou a cabeça com raiva. Ela respirou bem fundo duas vezes e depois murmurou palavras de incentivo para si com uma voz rouca.

— Ainda tem bastante tempo. Um pouco mais de álcool confundindo a cabeça dele, dominando a sua vontade... paciência. Ainda tem muito a ser feito, tantos outros detalhes... — Ela cerrou os dentes e piscou os olhos novamente, por mais tempo do que antes.

— Primeiro, Matt e Louisa, depois Bryan e Clara — ela disse para si, como se estivesse organizando uma lista. — Ai, e ainda falta aquele Gabe inconveniente! Por que *ele* ainda não está infeliz? — Ela respirou fundo novamente para se acalmar. — É hora de colocar a minha pequena ajudante de volta ao trabalho.

Ela pressionou os punhos contra as têmporas e fechou os olhos.

— *Celeste* — disse ela.

A voz na cabeça de Celeste era familiar, e até bem-vinda. Ultimamente, todas as suas melhores ideias apareciam dessa forma.

Matt e Louisa não estão lindos juntos?

Celeste deu um risinho olhando para o casal em questão.

Tem gente se divertindo? Podemos aceitar isso?

— Eu tenho que ir... — Celeste olhou para o rosto de seu par tentando lembrar qual seria o nome daquele ser. — Derek.

Os dedos do menino, que subiam vagarosamente pelas costelas dela, congelaram, chocados.

— Foi ótimo — disse Celeste, passando as costas de uma das mãos nos lábios como se quisesse apagar seus vestígios. Ela se libertou do abraço.

— Mas, Celeste... eu achei que...

— Tchauzinho.

O sorriso de Celeste estava afiado como uma lâmina de gilete quando ela se aproximou de Matt Franklin e sua companheira, aquelazinha, sei lá qual o nome dela. Por um breve segundo, ela se lembrou de seu acompanhante original — o impecável Gabe Christensen — e quis gargalhar. Que noite divertidíssima ele devia estar tendo! A humilhação que ela causou a ele quase fez com que valesse a pena ir à formatura, mesmo que ela não soubesse ao certo o que fez com que ela aceitasse o convite de Gabe. Celeste balançou a cabeça para afastar tal lembrança irritante. Gabe havia virado aqueles olhos azuis para ela, e — por meio minuto — ela *quis* dizer que sim. Ela quis chegar mais perto dele. Naquele breve momento, ela pensou em desistir de seu esquema delicioso e apenas se divertir na festa com um cara legal.

Agora, ela estava feliz por ter se livrado daquela onda do bem. Celeste nunca havia se divertido tanto quanto naquela noite. Ela havia arruinado a formatura para metade das meninas do salão, e metade dos meninos estavam brigando por ela. Os garotos eram todos iguais, e estavam todos aos seus pés. Era hora de afirmar o seu poder mais uma vez. Que inspiração fabulosa foi aquela que a ajudou a traçar o plano de dominação na formatura!

— Oi, Matt — falou Celeste, tocando o ombro dele.

— Ah, oi — respondeu Matt, afastando o olhar de sua acompanhante com uma expressão confusa.

— Posso pegar você emprestado por um segundo? — perguntou Celeste, batendo os cílios e colocando os ombros para trás para deixar o decote mais à mostra. — Tem uma coisa que eu quero, hum, *mostrar* para você. — Celeste passou a língua pelos lábios.

— Hum. — Matt engoliu a saliva, fazendo um som alto.

Celeste sentiu os olhos de seu par anterior fazendo um buraco em suas costas, e lembrou que Matt era o seu melhor amigo. Ela abafou uma gargalhada. Que perfeito.

— Matt? — perguntou a menina que estava com ele em um tom machucado enquanto suas mãos iam de encontro ao quadril de Celeste.

— Vai ser só um segundo... Louisa.

Boa! Ele nem conseguia lembrar o nome da criatura! Celeste lançou-lhe um sorriso matador.

— Matt? — Louisa chamou novamente, chocada e magoada, enquanto Matt pegava a mão de Celeste e a seguia até o centro da pista de dança.

A cabine mais erma do banheiro estava escura agora. A menina lá dentro estava encostada na parede, esperando até que sua respiração ficasse mais calma. Apesar de estar bastante quente dentro da cabine, a menina estava tremendo.

O barraco no banheiro tinha acabado, e outro grupo de meninas se amontoava na frente do espelho para retocar a maquiagem.

A menina que respirava fogo se acalmou, e então outro lampejo vermelho saiu de suas orelhas; todo mundo que estava se olhando no espelho virou com nervosismo para o banheiro quando a menina de vestido vermelho colocou a cabeça para fora da cabine e abriu a janela mais baixa. Ninguém percebeu sua saída por aquele lugar estranho. Elas continuaram olhando para o banheiro, procurando por aquele som que havia chamado a atenção de todas.

A noite úmida e quente de Miami era tão desconfortável que parecia um inferno na Terra. Em seu vestido de couro vermelho, a menina sorriu aliviada e esfregou suas mãos pelos braços.

Ela deixou que seu corpo relaxasse ao lado de uma enorme lata de lixo, e se inclinou para sentir o fedor de comida podre que vinha lá de dentro e contaminava o ar. Seus olhos se fecharam, ela respirou fundo novamente e sorriu.

Um outro cheiro, bem pior — tipo o de carne queimando, mas pior —, tomou o ar denso. O sorriso da menina se abriu mais ainda enquanto ela sugava intensamente o novo odor como se fosse o mais raro perfume.

E então os seus olhos se arregalaram e seu corpo ficou reto e tenso.

Uma leve risada veio do meio da escuridão de veludo.

— Está com saudades de casa, Sheeb? — disse uma voz feminina.

Os lábios da menina se curvaram em sinal de desgosto quando o corpo ao qual a voz pertencia ficou à vista.

A lindíssima mulher de cabelo negro parecia não vestir nada além de uma monótona camada de neblina escura. Suas pernas e pés eram invisíveis — talvez nem existissem. No topo de sua testa estavam dois chifres pequenos e bem desenhados.

— Chex Jezebel aut Baal-Malphus — disse a menina de vestido vermelho —, o que está fazendo aqui?

— Quanta formalidade, irmãzinha.

— Para que serve ser gentil com as minhas irmãzinhas?

— Boa pergunta. Nosso grau de parentesco é dividido entre *tantas*... pensando bem, não é um peso assim tão grande. Você pode me chamar de Jez, e eu vou pular a parte do Chex Sheba aut Baal-Malphus e te chamar de Sheeb.

Sheba soltou o ar com força.

— Achei que você tivesse sido escalada para Nova York.

— Estou só dando um tempo... assim como você, pelo que eu estou vendo. — Jezebel olhou para o local onde Sheba estava descansando. — Nova York é fabulosa, quase tão cheia de maldade quanto o inferno, mas até os assassinos dormem de vez em quando. Fiquei entediada, então vim até aqui para checar se você está se divertindo na festinha. — Jezebel gargalhou. A neblina que a cercava movia-se como em uma dança.

Sheba fez uma expressão zangada, mas não respondeu.

Sua mente estava em alerta quando ela olhou de novo para os adolescentes inocentes dentro do salão, tentando achar uma forma de interferir. Será que Jezebel estava ali para atrapalhar os seus planos? Qual outro motivo a traria ali? A maioria dos demônios medianos viajariam quilômetros fora de sua rota para atrapalhar qualquer um — eram capazes até de fazer alguma boa ação para atingir o que queriam. Balan Lilith Hadad aut Hamon certa vez se disfarçou de humana e se infiltrou numa tarefa que Sheba precisou cumprir em um colégio, na década passada. Sheba não entendia por que seus planos malignos insistiam em terminar bem. Depois, quando finalmente entendeu tudo, ela ainda não conseguia acreditar no que Lilith havia feito — a demônio tinha orquestrado três manifestações de amor verdadeiro, só para acabar com Sheba! Por sorte, ela conseguiu promover uma traição de última hora que acabou com dois dos romances. Sheba respirou fundo. Aquilo quase acabou com ela. Ela podia ter sido mandada de volta para a escola de verdade!

Sheba deu um sorriso para a demônio que flutuava em sua frente agora. Ah, se Sheba tivesse o cargo dos sonhos, como era o caso de Jezebel — ela era uma demônio homicida! Nada era melhor do que isso —, ela com certeza se concentraria no caos e esqueceria as brincadeirinhas.

Os pensamentos de Sheba atravessavam o salão como uma fumaça invisível, vasculhando entre as pessoas que dançavam, sedenta por algum sinal de traição. No entanto, tudo continuava como devia. A infelicidade no salão estava atingindo níveis mais altos. O cheiro de desespero humano inundou sua cabeça. Que delícia.

Jezebel engasgou ao entender o que Sheba estava fazendo.

— Relaxe — disse Jezebel. — Não estou aqui para causar problemas a você.

Sheba soltou uma gargalhada. Era claro que Jezebel estava ali para causar problemas. Era esse o dever de um demônio.

— Bonito vestido — elogiou Jezebel. — Pele de cão do inferno. Ótimo para incitar a luxúria e a inveja.

— Sou boa no que eu faço.

Jezebel gargalhou novamente, e Sheba se inclinou instintivamente para captar um pouco do hálito dela.

— Pobre Sheeb, ainda presa às formas humanas — provocou Jezebel. — Lembro como tudo tinha um cheiro tão *bom*. Ai, que horror. E a temperatura! Os humanos realmente precisam congelar tudo com um maldito ar-condicionado?

O rosto de Sheba estava calmo agora, controlado.

— Eu me viro. Aqui tem infelicidade suficiente para isso.

— É por aí mesmo! Só mais alguns séculos, e você vai estar se divertindo muito comigo, e até matando os outros de rir. Por que não?

Sheba deixou que um leve sorriso aparecesse em seu rosto.

— Ou talvez não demore tanto tempo.

Uma sobrancelha negra se arqueou para cima na testa de Jezebel, quase tocando um dos chifres.

— É isso mesmo? Você tem algum plano de ação especialmente maléfico na manga, irmãzinha?

Sheba não respondeu, sentindo-se tensa novamente enquanto Jezebel mandava os seus próprios pensamentos para dentro do salão. Sheba travou a mandíbula, preparada para se defender caso Jezebel tentasse desfazer um de seus esquemas. Porém, Jezebel apenas olhou, sem tocar em nada.

— Hum — murmurou Jezebel para si. — Nossa... Os punhos de Sheba se fecharam com força quando a busca de Jezebel chegou a Cooper Silverdale, mas, novamente, ela apenas observou.

— Bom, muito bem — murmurou a demônio de chifres. — Olha, Sheeb, vou ser sincera, estou impressionada. Você tem uma *arma* lá dentro. E uma mão motiva da, cheia de álcool para enfraquecer o livre arbítrio do pobre rapaz! — A demônio mais velha deu um sorriso que até pareceu ser sincero. — Isso é bem cruel mesmo. Digo, é claro, um demônio mediano pode tentar provocar assassinatos ou revoltas e também pode até de fato causar tudo isso em uma formatura se assim decidir. Quem sabe? Mas uma menina que ainda mantém a forma humana como você? Aliás, qual é a sua idade? 200, 300 anos?

— Apenas 186 desde que fui concebida — respondeu Sheba bruscamente, ainda em alerta.

Jezebel deixou que uma língua em chamas aparecesse em sua boca.

— Muito impressionada. E eu estou vendo que você não está negligenciando a sua tarefa. O pessoal lá dentro está bem infeliz. — Jezebel gargalhou. — Você acabou com todas as possibilidades de encontros, destruiu algumas amizades antigas, formou inimigos... três, quatro, *cinco* brigas formadas — contou Jezebel, sua mente focada nos humanos. — O DJ estava ouvindo você! Que cuidado com os detalhes. Ha ha! Eu posso contar com uma das mãos os humanos que ainda estão bem.

Sheba sorriu encabulada.

— Vou pegar esses também.

— Terrível, Sheeb. Muito má mesmo. Você honra a nossa raça com orgulho. Se toda festa de formatura tivesse um demônio igual a você, nós dominaríamos o mundo.

— Ah, para Jez, assim você me deixa envergonhada — disse Sheba com muito sarcasmo.

Jezebel gargalhou.

— É claro que tem alguém ajudando você.

Os pensamentos de Jezebel rodearam Celeste, que havia acabado de chegar perto de outro menino. Várias garotas abandonadas estavam chorando, enquanto os meninos que Celeste havia beijado tentavam esconder seus punhos fechados e olhavam com ódio para seus competidores; queimando de luxúria, todos estavam determinados a terminar aquela noite ao lado de Celeste.

Metade do trabalho estava sendo feita lá dentro por Celeste.

— Eu apenas uso as ferramentas que estão ao meu dispor.

— Ah que ótimo. Que nome mais irônico! Que mente mais pervertida! Será que ela é totalmente humana?

— Pior que eu dei uma verificada nela no corredor, só para checar — admitiu Sheba. — E ela é toda humana. Pura e limpa. Revoltante.

— Nossa, jurava que ela tinha algum demônio em seus ancestrais. Belo achado. Mas, Sheba, precisar de uma mãozinha amiga até nessas horas? Que coisa de amador ficar se envolvendo fisicamente desse jeito.

Sheba ergueu o queixo defensivamente, mas não fez mais nada. Jezebel tinha razão; era pior e consumia mais tempo usar a forma humana de alguém do que a mente demoníaca de outra pessoa. No entanto, o que contavam eram os resultados. A interferência de Sheba havia impedido que Logan descobrisse o seu verdadeiro amor.

— Bem, de forma alguma isso diminui as suas conquistas nesta noite. — O tom de Jezebel era de conciliação. — Se completar esta tarefa, vão conseguir um espaço para você no livro dos bebês diabinhos.

— Obrigada — respondeu Sheba. Jezebel realmente achava que podia seduzir Sheba a baixar a guarda?

Jezebel sorriu, e a neblina ao seu redor tomou uma forma curvada nas pontas, espelhando a sua expressão.

— Uma dica, Sheba. Mantenha todos lá dentro confusos. Se você conseguir fazer com que Cooper puxe o gatilho, esses aspirantes a gângster vão se sentir endiabrados.

— Jezebel balançou a cabeça, impressionada. — Você

tem muito potencial caótico ali dentro. Claro, eles vão fazer o diabo se o clima continuar esquentando... mas você vai levar parte do crédito por ter manuseado com louvor uma ferramenta tão engenhosa como Celeste. Você sabe mesmo como deixar uma menina bem endiabrada.

Sheba sorriu, e pequenas chamas vermelhas saíram de suas orelhas. O que Jezebel estava fazendo? Que pegadinha era essa? Sua mente procurava incessantemente pelos humanos que precisava atormentar, mas ela não conseguia detectar nenhum rastro de Jezebel no salão. Não havia nada além da infelicidade que Sheba tinha causado, e alguns pequenos nódulos de alegria que ela já ia dar um jeito de destruir.

— Você está sendo muito *prestativa* hoje — disse Sheba, sendo deliberadamente insolente.

Jezebel suspirou, mas tinha alguma coisa na maneira como a neblina se movia ao seu redor que a fazia parecer um pouco... envergonhada. Pela primeira vez, Sheba sentiu uma pontada de dúvida sobre os desígnios dela. Contudo, os motivos de Jezebel *tinham* que ser malignos. Esses eram os únicos motivos de um demônio.

Com uma expressão triste, Jezebel perguntou bem baixinho:

— Será que é impossível você acreditar que eu quero que você seja promovida?

— *É.*

Jezebel suspirou novamente. E mais uma vez a maneira como a neblina se movia fez com que Sheba não tivesse mais tanta certeza.

— Por quê? — perguntou Sheba. — O que você ganharia com isso?

— Sei que é errado — ou certo — que eu dê conselhos no seu trabalho. Não é nada perverso da minha parte.

Sheba concordou, cuidadosamente.

— É da nossa natureza enganar a todos, demônios, humanos — até mesmo anjos se tivermos a chance. Nós somos do mal. Faz parte da nossa natureza apunhalar os outros pelas costas, mesmo que isso de alguma forma nos machuque. Nós não seríamos demônios se não deixássemos que a inveja, a ganância, a luxúria e a ira nos guiassem — Jezebel deu uma leve risada. — Eu lembro, quanto tempo faz isso?, que a Lilith quase atrapalhou você umas séries atrás, não foi?

Uma chama vermelha tomou os olhos de Sheba ao lembrar daquilo.

— Quase.

— Você lidou com aquilo melhor do que todos. Você é uma das piores influências que temos por aqui agora, sabe.

Sendo gentil novamente? Sheba ficou tensa.

Jezebel brincou com a neblina usando um dedo, e depois fez um círculo até que o ar virasse um pequeno redemoinho sob o céu daquela noite.

— Mas tem muita coisa além disso, Sheba. Demônios como Lilith não conseguem ver além do mal mais simples. Acontece que existe um mundo todo lá fora, cheio de humanos tomando milhões de decisões o tempo todo, noite e dia sem parar. Nós só conseguimos participar de uma pequena parcela dessas decisões. E às vezes, bem, pelo que eu vejo, parece que os seres celestiais estão ganhando mais espaço...

— Mas, Jezebel! — interferiu Sheba, e o choque tomou o lugar da desconfiança. — Nós estamos ganhando. É só ver os jornais — é *óbvio* que estamos ganhando.

— Eu sei, eu sei. Mas mesmo com todas as guerras e destruições... é estranho, Sheba. Ainda tem uma quantidade considerável de alegria por aí. Para cada assaltante que eu transformo em homicida tem um assaltante do outro lado da cidade sendo salvo por um anjo qualquer. Ou algum assaltante sendo convencido a desistir de ser marginal! Ai, que mau gosto. Nós estamos perdendo terreno.

— Mas os anjos são fracos, Jezebel. Todos sabem disso. São tão cheios de amor que não conseguem se concentrar. Na maioria das vezes um idiota desses se apaixona por uma pessoa e trocam as asas por um corpo humano. Como um idiota de um anjo consegue desejar uma coisa dessas eu não sei dizer! — Sheba olhou com desprezo para o seu corpo em forma humana. Era tão limitado. — Nunca entendi muito bem qual é o objetivo de nos manter com isso aqui por meio milênio. Deve ser só para nos torturar, não é? Os senhores da escuridão devem gostar de nos ver sofrendo.

— É mais do que isso. É para que você realmente passe a *odiá-los*. Os humanos, quero dizer.

Sheba encarou Jezebel e perguntou pausadamente:

— Por que eu precisaria de um motivo para isso? Eu *pratico* o ódio.

— Acontece — disse Jezebel, vagarosamente — que os anjos não são os únicos que desistem de tudo. Existem demônios que trocam os seus chifres por um corpo humano.

— Não! — Os olhos de Sheba se arregalaram, e depois ficaram apertados em sinal de desaprovação. — Você está exagerando. De vez em quando um demônio resolve ficar com um humano, mas é só para atormentálo. Não passa de uma diversão maliciosa.

Jezebel apenas franziu o rosto, e desenhou várias figuras do número oito em sua neblina, sem argumentar qualquer coisa de volta. Foi isso que fez com que Sheba percebesse que ela estava realmente falando sério.

Sheba engoliu em seco.

— Nossa.

Ela não conseguia imaginar aquilo. Pegar toda aquela maldade deliciosa e jogá-la fora. Desistir de um par de chifres que custa tanto para se ganhar — Sheba destruiria qualquer coisa no mundo para tê-los — e ficar preso a um corpo fraco, totalmente mortal.

Sheba olhou para os chifres reluzentes de Jezebel e franziu o rosto.

— Eu não entendo como alguém pode fazer uma coisa dessas.

— Lembra o que você falou sobre os anjos? Que eles se distraem com o amor? — perguntou Jezebel. — Bem, o ódio pode ser uma distração também. Veja Lilith e suas ações bondosas. Talvez isso só aconteça nas camadas mais baixas dos demônios, mas quem sabe onde isso pode dar? A virtude corrompe.

— Eu não acredito que algumas brincadeiras contra outro demônio possam fazer com que você se torne um *anjo* idiota — murmurou Sheba para si.

— Sheba, não subestime os anjos — aconselhou Jezebel. — Não arrume confusão com eles, está ouvindo? Até uma demônio mediana como eu sabe que não vale a pena encostar um chifre em uma asa. Eles ficam fora do nosso caminho, e nós ficamos fora do caminho deles. Deixe que os Senhores Demônios lidem com os anjos.

— Eu sei disso, Jezebel. Não fui concebida uma década atrás.

— Desculpe, estou apenas sendo mais uma vez prestativa. — Ela deu de ombros. — É que eu fico tão frustrada de vez em quando! É tanta bondade e luz em todos os cantos!

Sheba sacudiu a cabeça.

— Não vejo nada isso. A infelicidade está em todos os cantos.

— A felicidade também, maninha. Ela está em todos os lugares — disse Jezebel com tristeza.

Fez-se silêncio por um bom tempo, e as palavras de Jezebel pairaram no ar. Uma brisa úmida tocou a pele de Sheba. Miami não era o inferno, mas pelo menos era um lugar confortável.

— Não na minha festa de formatura! — retrucou Sheba com força total.

Jezebel deu um sorriso largo — seus dentes eram escuros como o céu noturno.

— É isso... é por isso que eu estou sendo tão irritantemente útil. Porque precisamos de um demônio como você lá fora nas ruas. Precisamos dos piores na linha de frente. Deixe que as Liliths do submundo façam esse tipo de serviço sujo. Quero as Shebas ao meu lado. Quero mil Shebas. Vamos vencer essa luta de uma vez por todas.

Sheba pensou naquilo por um instante, medindo a determinação atroz na voz de Jezebel.

— Isso é ruim de uma forma tão estranha. Parece até ser uma coisa boa.

— Complicado né?, eu sei.

Elas riram juntas pela primeira vez.

— Bom, volta lá dentro para acabar logo com aquela festinha de formatura.

— Com certeza. Vá para o inferno, Jezebel.

— Obrigada, Sheeb. O mesmo para você.

Jezebel piscou um olho, e depois sorriu, até que os seus dentes escuros pareciam ter tomado todo o seu rosto. Ela evaporou na noite.

Sheba ficou um pouco mais no beco sujo até que o cheiro sulfúrico desaparecesse por completo. O recreio tinha terminado. Revigorada pela possibilidade de estar na linha de frente, Sheba voltou rapidamente para aquele lugar infeliz.

A formatura estava a todo vapor, e tudo corria perfeitamente.

Celeste estava se dando bem com o seu jogo malicioso; ela contabilizava um ponto a cada menina que corria para chorar em algum canto. Dois pontos a cada menino que dava um soco em um rival.

Em todo o salão, as sementes que Sheba havia plantado estavam florescendo. O ódio estava nascendo ao lado da luxúria, da ira e do desespero. Um pedacinho do inferno.

Sheba observava tudo por trás de uma palmeira.

Não, ela não podia *forçar* os seres humanos a fazer nada. Eles tinham o livre arbítrio inato, e portanto ela só conseguia tentá-los, só podia sugerir. Havia pequenas coisas — saltos altos e costuras e pequenos grupos musculares — que ela podia manipular fisicamente, mas não era possível forçar ninguém a nada. Eles tinham que escutar por vontade própria. E naquela noite, eles estavam com vontade.

Sheba estava preparada, e não queria nada atrapalhando seu plano. Então, antes de se voltar para o seu objetivo mais ambicioso — Cooper estava completamente intoxicado agora, pronto para receber direções —, ela vasculhou o salão com o pensamento a fim de achar aquelas pequenas manifestações de alegria.

Ninguém ia sair daquela formatura a salvo. Não enquanto Sheba tivesse energias.

Lá no canto — o que era aquilo? Bryan Walker e Clara Hurst estavam olhando um para o outro de forma apaixonada, ignorando completamente a fúria e o desespero e a péssima trilha sonora ao redor deles, dedicando-se ao deleite da companhia um do outro.

Sheba considerou as opções que estavam disponíveis e decidiu que Celeste deveria interferir. Celeste ia gostar daquilo — nada era mais divertido do que usar os seus poderes para destruir um romance. Além disso, ela sempre ouvia todas as sugestões de Sheba, sempre concordando plenamente com qualquer esquema demoníaco.

Sheba continuou a avaliação antes de agir.

Não muito longe, Sheba percebeu que ela havia saído da festa de forma errada. Aquele lá era o seu acompanhante, Logan, *se divertindo*? Impossível. Então, ele havia encontrado a Libby e os dois estavam inaceitavelmente felizes. Bem, aquilo seria até fácil de resolver. Ela iria até lá para recuperar o rapaz e deixar Libby ao sabor de suas lágrimas. Coisa de amador se envolver fisicamente... Isso ainda era melhor do que deixar que a felicidade vencesse, mesmo que fosse uma pequena batalha.

A tarefa de Sheba estava quase completa. Havia apenas mais um pequeno nódulo de alegria — dessa vez não era um casal; mas um menino solitário que andava pelo outro lado do salão. Aquele mala do Gabe Christensen.

Sheba olhou na direção dele. Por qual motivo *ele* estava tão feliz? Ele havia sido rejeitado e estava sozinho. Sua acompanhante era a vagabunda da festa. Um garoto normal teria ficado enfurecido e magoado. Mas ele insistia em dar mais trabalho para ela!

Sheba inspecionou a mente de Gabe mais de perto. Hum. Gabe não estava exatamente *feliz*. Na verdade, estava muito preocupado naquele momento, procurando por alguém. Celeste estava bem na frente dele, dançando uma música lenta com Rob Carlton (Pamela Green assistia ao show com uma expressão de choque, havia muito desespero ali em volta dela), mas não era ela a fonte de preocupação dele. Ele estava tentando achar outra pessoa.

Ele não estava feliz — não era essa a sensação que Sheba recebia no meio da atmosfera de caos ao redor dela. Era *bondade* que emanava daquele menino. Até pior.

Sheba se escondeu atrás da palmeira e exorcizou seus pensamentos. Uma fumaça saiu do seu nariz.

— *Gabe*.

Gabe balançou a cabeça distraidamente e continuou sua busca.

Ele esperou durante meia hora, assistindo milhões de meninas saindo do banheiro, e foram muitas delas. De vez em quando Gabe sentia um impulso fraco, mas nada como a necessidade ardente e sufocante daquela menina.

Depois que três grupos de meninas saíram e nada dela, Gabe decidiu perguntar à Jill Stein se ela havia visto a tal garota.

— Cabelo preto e vestido vermelho? Não, não vi ninguém assim lá dentro. Acho que o banheiro está vazio.

A garota deve ter passado despercebida por ele.

Gabe havia acabado de voltar para a pista de dança e começou a procurar pela menina misteriosa. Pelo menos Bryan e Clara, e Logan e Libby estavam se divertindo. Isso era bom. O resto do pessoal parecia estar tendo uma péssima noite.

De repente, ele sentiu novamente. Ele levantou a cabeça, captando aquele desespero pelo qual estava procurando. Onde ela está?

Sheba emitiu um chiado em sinal de frustração. A mente do menino estava inteiramente sóbria e peculiarmente fechada contra o som insidioso de sua voz. Bem, isso não ia impedi-la de continuar. Ela tinha outros recursos.

— *Celeste.*

Era o momento para a menina perturbar o seu próprio par.

Sheba se inclinou levemente em Celeste, indicando o rapaz. Afinal de contas, Gabe era um jovem atraente para os padrões dos humanos. Era bom o suficiente para Celeste, cujos padrões eram extremamente rigorosos. Gabe era alto e levemente musculoso, com cabelos negros e feições simétricas. Ele tinha pálidos olhos azuis que Sheba pessoalmente achava repulsivos — eles eram tão decididamente bons, eram quase *divinos*, eca! —, mas as meninas mortais adoravam. Foi fitando aqueles olhos que Celeste acabou dizendo sim ao convite do benfeitor.

Benfeitor, ele era isso mesmo. Os olhos de Sheba se estreitaram. Gabe já havia estado na lista dela antes desse incidente na festa de formatura. Foi esse mesmo menino que arruinou os seus planos para o professor de matemática voluptuoso — foi só uma pitadinha de diversão antes da formatura que Sheba havia arrumado, fazendo com que as pessoas chamassem os pares mais errados para a festa. Se Gabe não tivesse confrontado o Sr. Reese num momento crítico de tentação... Sheba trincou os dentes e faíscas saíram de suas orelhas. Ela teria arruinado o homem e a menina insuportavelmente inocente também. Não que o Sr. Reese fosse arriscar muita coisa, mas teria sido um escândalo fantástico. Agora, o professor de matemática estava sendo extremamente cuidadoso, assustado por causa daquele mesmo par de olhos azuis. Ele até se sentia *culpado*. Estava considerando a possibilidade de ver um psicólogo. Ai, quanta bobagem!

Gabe Christensen estava devendo um pouco de infelicidade à Sheba. Ela ia cobrar.

Sheba olhou para Celeste, perguntando-se por que a menina não havia se aproximado de seu par. Celeste ainda estava abraçada com Rob, curtindo a dor de Pamela. Chega de diversão! Ainda tinha mais bagunça para criar. Sheba sussurrou algumas sugestões no ouvido de Celeste, influenciando-a na direção de Gabe.

Celeste se desgrudou de Rob e olhou para Gabe, que ainda estava procurando alguma coisa no meio da multidão. Seus olhos marrons encontraram o azul dos olhos dele por um segundo, e então ela se moveu, se *contorceu* na verdade, de volta para os braços de Rob.

Bizarro. Os olhos claros de Gabe pareciam ser tão nojentos para a loira quanto eram para Sheba.

Ela se inclinou novamente, mas Celeste — pela primeira vez — a repeliu, tentando distrair os seus pensamentos sobre Gabe com a ajuda dos fartos lábios de Rob.

Perplexa, Sheba procurou outra maneira de destruir o rapaz irritante, mas foi interrompida por algo muito mais importante do que um mero humano do bem.

Cooper Silverdale estava simplesmente quicando de raiva ao lado da pista de dança, olhando para Melissa e Tyson. Melissa estava com a cabeça no ombro de Tyson e nem percebeu o sorriso orgulhoso que ele estava exibindo para Cooper.

Era hora de agir. Cooper estava pensando em tomar outro copo de ponche para acalmar sua dor, mas ele estava muito perto de desmaiar para que Sheba permitisse aquilo. Ela se focou nele, havia fumaça em suas orelhas, e Cooper percebeu de repente que a bebida era muito ruim. Ele não aguentava mais beber. Então jogou o copo quase cheio no chão e se virou para continuar olhando para Tyson.

Ela acha que eu sou patético, disse a voz dentro da cabeça de Cooper. *Não, ela nem pensa em mim. Mas posso fazer com que ela nunca mais me esqueça...*

Com a cabeça transbordando de álcool, Cooper colocou a mão para trás e acariciou o cano da arma embaixo da roupa.

Sheba segurou a respiração. Chamas emergiam de suas orelhas.

E então, naquele segundo vital, Sheba foi distraída pela impressão de que alguém estava olhando intensamente para o seu rosto.

E lá estava, na pista de dança, aquela mesma vontade sugando-o, puxando-o — alguém se afogando, gritando por ajuda. Tinha que ser a mesma garota. Gabe nunca havia sentido nada tão urgente em toda a sua vida. Seus olhos passaram desesperadamente pelos casais que dançavam, mas ele não conseguia enxergá-la. Andou pelas bordas da pista, reparando nos rostos das pessoas que dançavam. Ela também não estava lá. Ele viu Celeste com um outro cara, mas seus olhos não descansaram. Se Celeste não pedisse uma carona de volta logo, ele não poderia fazer muita coisa. Outra pessoa precisava mais ainda dele.

Aquela sensação bateu nele novamente com força, e, por um momento, Gabe chegou a se perguntar se estava louco. Talvez ele tenha apenas imaginado a menina no vestido de fogo. Talvez esse sentimento de necessidade insana fosse apenas um delírio.

Naquele momento, os olhos inquietos de Gabe encontraram o que estavam procurando.

Passando pela figura delicada de Heath McKenzie, os olhos de Gabe identificaram uma coisinha bem pequena, mas de um vermelho irradiante e forte. Ali estava ela, a menina de vestido vermelho — meio escondida atrás de uma árvore artificial, com os brincos brilhando como se fossem chamas. Seus olhos negros e profundos como a piscina na qual ele a imaginou se afogando encontraram o seu olhar. A necessidade vibrante era como uma aura em volta dela. Ele não teve que pensar se ia se aproximar ou não. Não havia como parar o seu impulso de se aproximar, caso ele quisesse.

Ele tinha certeza de que nunca havia visto aquela menina antes; ela era completamente estranha.

Seus olhos escuros e amendoados eram bem desenhados e suaves, mas ao mesmo tempo eles pareciam pedir ajuda. Eles eram o foco da sensação de urgência que ele estava tendo. Não podia mais resistir àquele chamado. Seria como pedir ao seu coração que parasse de bater.

Ela precisava dele.

Sheba olhou para Gabe Christensen se aproximando sem acreditar naquilo. Ela viu o seu próprio rosto na mente dele e percebeu que a pessoa por quem ele estava procurando era... Sheba.

Ela se permitiu aquela pequena distração — sabendo que Cooper era dela, que alguns poucos minutos não o salvariam agora —, e curtiu a deliciosa ironia. Então Gabe queria ser arruinado por Sheba pessoalmente? Bem, ela realizaria o desejo do rapaz. Sentiria a infelicidade de forma mais doce sabendo que ele mesmo foi atrás dela. Ela esticou o corpo dentro do vestido bem alinhado, deixando que ele acariciasse a sua pele suavemente. Ela sabia o que qualquer homem humano sentia quando olhava para *aquele* vestido.

Mas o menino exasperado estava fitando seus olhos.

Era perigoso olhar direto para os olhos de um demônio. Os humanos que não olhassem para outra direção a tempo poderiam se perder ali. E então eles ficariam presos, seguindo a demônio para sempre, queimando por ela...

Prendendo um sorriso, Sheba olhou de volta para ele, encarando os seus olhos azuis como o céu profundo. Humano bobo.

Gabe parou perto da menina, perto o suficiente para que não precisasse berrar para ser ouvido apesar do som da música. Ele sabia que estava olhando demais — ela acharia que aquilo era falta de educação, ou que ele era algum maluco. No entanto, ela estava olhando de volta, com a mesma intensidade, seus olhos profundos prendendo os dele.

Ele abriu a boca para se apresentar, mas de repente a expressão da garota se transformou em um rosto em choque. Choque? Ou horror? Seus lábios pálidos ficaram caídos, e ele ouviu um pequeno som saindo deles. Sua postura ereta desmoronou, e ela começou a entrar em colapso.

Gabe foi rapidamente para perto dela e a tomou em seus braços antes que ela pudesse cair.

* * *

Os joelhos de Sheba ficaram moles quando as chamas se extinguiram. O fogo do inferno morreu dentro dela, foi sugado, apagado como uma vela no vácuo.

O salão não ficou mais tão frio, e ela não sentia mais nenhum cheiro que não fosse o de suor, de perfume, e de ar denso. Ela não conseguia mais sentir o sabor da infelicidade que havia criado. Ela só sentia o gosto de sua própria boca seca.

No entanto, ela conseguia sentir os braços fortes de Gabe Christensen segurando o seu corpo.

O vestido da garota era macio e quente. Talvez esse fosse o problema, pensou Gabe ao puxá-la para perto dele. Talvez o calor do salão cheio combinado com o vestido pesado fossem demais para ela. Ansioso, Gabe tirou o cabelo da frente do rosto dela. Sua testa parecia estar fresca o suficiente e a pele macia não estava suada. Ela não tirou os olhos dele nem por um segundo.

— Você está bem? Consegue ficar de pé? Desculpa, eu não sei o seu nome.

— Estou bem — disse a menina com uma voz rouca e baixa. Apesar da rouquidão, a voz dela demonstrava tanto terror quanto os seus olhos. — Eu... eu consigo ficar de pé.

Ela se recompôs, mas Gabe não a soltou. Ele não queria. E ela não o estava afastando. As suas mãos pequenas haviam buscado apoio nos ombros dele, como se eles estivessem dançando juntos.

— *Quem* é você? — perguntou ela com uma voz abafada.

— Gabe... Gabriel Michael Christensen — respondeu ele com um sorriso. — E você é a...?

— Sheba — disse ela, abrindo ainda mais os olhos —, Sheba... Smith.

— Então, você quer dançar, Sheba Smith? Caso você esteja se sentindo bem.

— Quero — respondeu ela, como se falasse para si mesma —, sim, por que não?

Ela não parou de encará-lo.

Sem sair do lugar onde estavam, Gabe e Sheba começaram a se mover ao ritmo de outra música horrível. Desta vez, a música não deixou Gabe tão ofendido. Ele começou a juntar as peças. Aluna nova. Vestido lindo. Sheba. Era a acompanhante do Logan, a que pediu para vir com ele e depois desistiu da companhia. Por meio segundo, Gabe se perguntou se era certo estar ali com a acompanhante do amigo. Contudo, a preocupação passou rapidamente.

Primeiro, porque Logan estava feliz com Libby. Não fazia sentido interferir na paz de um casal que nasceu para ficar junto.

Depois, Sheba e Logan logicamente *não* combinavam.

Gabe sempre teve um bom faro para isso — para encontrar personalidades parecidas, naturezas compatíveis que se completariam harmoniosamente. Ele já tinha sido o motivo de várias piadas por ser o cupido do grupo, mas nem ligava. Gabe gostava de ver as pessoas felizes.

E essa menina intensa com duas piscinas profundas nos olhos — Sheba — não combinava com Logan.

Aquela sensação desesperada de necessidade havia se acalmado depois que ele a tocou. Gabe se sentiu bem melhor com ela em seus braços — abraçá-la parecia acalmar aquele estranho chamado. Ela estava segura agora, não estava mais se afogando, não estava mais perdida. Gabe tinha medo de deixá-la ir, medo de que a necessidade voltasse a doer.

Foi uma sensação muito estranha para Gabe, sentir que estava no lugar certo, que era o único que podia estar ali. Não que ele nunca tivesse tido uma namorada — as meninas gostavam de Gabe, e ele já havia passado por alguns relacionamentos casuais. Só que eles nunca duravam. Tinha sempre alguém melhor para elas. Nenhuma delas precisava de Gabe de verdade, a não ser como amigas. E elas sempre se tornavam grandes amigas.

Nunca havia sido daquele jeito. Será que Gabe pertencia àquela menina? Será que o destino dele era proteger aquela garota magra, mantendo-a em seus braços?

Era bobo pensar de forma tão dramática. Gabe tentou ao máximo agir de forma normal.

— Você é nova em Reed River, não é? — perguntou ele.

— Cheguei há poucas semanas — confirmou ela.

— Acho que não temos nenhuma aula juntos.

— Nao, acho que lembraria se já tivesse chegado perto de *você* antes.

Que maneira estranha de dizer isso. Ela encarou os olhos dele, suas mãos se apoiaram levemente nos ombros de Gabe. Instintivamente, ele a puxou para mais perto.

— Você está se divertindo na festa? — perguntou ele.

Ela deu um suspiro profundo, vindo do centro da alma.

— Agora estou — disse ela, sentindo uma tristeza estranha. — Me divertindo *muito*.

Caiu direitinho! Como uma idiota, uma bebê recémnascida, uma novata, uma aprendiz!

Sheba encostou em Gabe, sem conseguir resistir. Sem conseguir ter *vontade* de resistir. Ela olhou para ele bem nos olhos e teve a mais ridícula vontade de suspirar.

Como é que ela não havia enxergado os sinais?

A maneira como a bondade o envolvia como um escudo protetor. A maneira como as sugestões dela não o atingiam. O fato de os únicos que haviam se livrado da maldade dela naquela noite — aquelas pequenas manifestações de alegria fora do controle dela — eram as pessoas ligadas a Gabe ou que interagiam com ele.

Só aqueles olhos já eram um sinal!

Celeste era mais esperta que Sheba. Pelo menos os instintos dela a mantiveram longe daquele menino perigoso. Uma vez livre do olhar pungente dele, ela se manteve a uma distância segura a noite toda. Por que Sheba não havia entendido o motivo daquilo tudo? E o motivo pelo qual Gabe havia escolhido Celeste. Claro que ele se sentia atraído por ela! Tudo fazia sentido agora.

Sheba dançava seguindo o ritmo que tomava o ar, sentindo a segurança do corpo dele em volta de si, protegendo-a. Pequenas fagulhas de felicidade começaram a forçar passagem em direção ao seu âmago oco.

Não — isso não! Felicidade nunca!

Se ela já estava se sentindo feliz, então as melhores coisas não podiam estar muito longe. Não tinha nenhuma maneira de evitar o avanço horrível do *amor*?

Não parece ser tão fácil quando você está nas mãos de um anjo.

Não um anjo de verdade. Gabe não tinha asas, nunca teve — ele não era um daqueles anjos chatos que trocavam um par de asas por amor humano eterno. Mas um de seus pais provavelmente havia feito isso.

Gabe era um meio-anjo — apesar de não fazer ideia disso. Se ele soubesse, Sheba teria escutado isso na mente dele e escapado logo daquele horror divino. Agora, era óbvio para Sheba — estando tão perto dele, ela sentia o cheiro de asfódelo preso na pele daquele garoto. E ele claramente havia herdado aquele par de olhos angelicais. Os olhos tão azuis e divinos que deviam ter alertado Sheba de uma vez, se ela não tivesse tão concentrada em seus planos ruins.

Havia uma razão pela qual até as demônios mais experientes tinham medo de anjos. Se era perigoso para um humano olhar dentro dos olhos de um demônio, era duas vezes pior para um demônio olhar fixamente dentro dos olhos de um anjo. Se um demônio ficasse muito tempo encarando um anjo, pfff! — lá se iam as chamas do inferno e o demônio ficava preso até que o anjo desistisse de salvá-lo.

Afinal, era isso que anjos faziam. Eles *salvavam*.

Sheba era um ser eterno, e estava presa por quanto tempo Gabe decidisse mantê-la com ele.

Um anjo por inteiro teria descoberto logo o que Sheba era e tirado-a dali, caso fosse forte o suficiente. Ou teria pelo menos impedido que ela fizesse alguma coisa, caso não fosse tão forte. Sheba podia imaginar o que a sua presença significava para uma pessoa com o instinto salvador de Gabe. Sem saber o que ele realmente era, ele deve ter sentido a presença dela como uma sirene de emergência.

Ela olhou para aquele rosto lindo sem conseguir se defender, seu corpo se enchendo de alegria. Ela se perguntou por quanto tempo aquela tortura poderia durar.

Já tinha durado tempo suficiente para que a sua festa de formatura ideal fosse estragada.

Sem o fogo do inferno, Sheba não tinha influência sobre os mortais dali. Ela tinha plena consciência de que tudo estava voltando ao normal na festa.

Cooper Silverdale ficou apavorado ao olhar para a arma que estava em sua mão trêmula. O que ele tinha na *cabeça*? Ele colocou a arma de volta na calça e correu para o banheiro, onde vomitou todo o ponche que havia bebido.

Os problemas estomacais de Cooper interromperam a briga entre Matt e Derek, que estava rolando no banheiro. Os dois rapazes ficaram olhando para os seus rostos marcados. Por que eles estavam brigando? Por causa de uma menina que nenhum dos dois queria? Que idiotice! De repente, eles estavam falando ao mesmo tempo, pedindo mil desculpas. Com sorrisos cheios de dor e alguns abraços, eles voltaram para a pista de dança.

David Alvarado havia desistido dos planos de bater em Heath depois da valsa, porque Evie o perdoou por ele ter desaparecido com Celeste. O rosto dela era suave e quente e se apoiava no dele enquanto eles dançavam a música lenta, e ele nunca mais ia magoá-la desaparecendo daquele jeito, por motivo algum.

David não foi o único que se sentiu daquele jeito. Como se a nova música fosse mágica em vez de chata, as pessoas que estavam dançando na pista moveram-se instintivamente em direção à pessoa com a qual eles deveriam ter vindo para a formatura, aquela pessoa que faltava para deixar a noite perfeita.

O treinador Lauder, sozinho e triste, tirou os olhos dos biscoitos e encontrou os olhos tristes da vice-diretora, a Srta. Finkle. Ela também parecia estar se sentindo só. O treinador foi até ela com um sorriso hesitante.

Balançando a cabeça e piscando os olhos como se quisesse escapar de um pesadelo, Melissa Harris afastou-se de Tyson e correu para a saída. Ela encontrou o recepcionista e entrou num táxi...

O clima da formatura da escola Reed River voltou ao normal, como se alguém tivesse soltado um elástico que havia sido esgarçado demais. Se Sheba estivesse em seu estado normal, ela teria esticado o elástico novamente até que ele se partisse em mil pedaços. Só que agora toda a raiva e infelicidade e o ódio estavam extintos completamente. Aquelas mentes humanas haviam sido comandadas por muito tempo. Aliviados, todos na formatura relaxaram alegremente e abraçaram o amor com vontade.

Até Celeste estava cansada do caos. Ela ficou nos braços de Rob, tremendo levemente ao se lembrar daqueles olhos azuis. E assim ficou ela, música após música.

Nem Sheba, nem Gabe notaram a mudança de músicas.

Toda a sua dor e infelicidade deliciosa foram destruídas! Mesmo que ela se libertasse, Sheba teria que voltar a cursar o ensino médio. Isso era muita injustiça!

E Jezebel! Será que ela planejou isso tudo? Será que tentou distrair Sheba para que ela não percebesse que um meio-anjo estava ali? Ou ela ficaria desapontada e surpresa ao ver aquilo? Ela foi lá para encorajá-la mesmo? Sheba não tinha como descobrir. Ela não tinha nem como enxergar Jezebel, para saber se ela estaria sorrindo ou triste, pois o seu fogo estava extinto.

Com nojo de si mesma, Sheba suspirou de felicidade. Gabe era tão *bom*. Nos braços dele, ela se sentia tão bem. Ela se sentia maravilhosa.

Sheba tinha que se livrar daquilo antes que a felicidade e o amor a arruinassem! Ela não ia ficar presa a um filhote de anjo a vida inteira, ia?

Gabe sorriu para ela, e ela suspirou novamente.

Sheba sabia o que Gabe estaria sentindo agora. Os anjos nunca se sentiam mais felizes do que quando faziam alguém feliz, e quanto mais isso fizesse diferença para o espírito da outra pessoa, mais incrível era aquela experiência para o anjo. O tamanho da maldade e da podridão de Sheba antes de encontrar Gabe era igual ao tamanho da felicidade dele agora — devia ser tão bom quanto ter asas. Ele nunca ia deixá-la ir embora.

Sheba só tinha uma saída, somente uma maneira de voltar para a sua casa infeliz, pobre, quente e fedida.

Gabe teria que mandá-la para lá.

Pensando nessa possibilidade, Sheba se sentiu ainda pior, sentiu uma onda daquela infelicidade passada, perdida. Gabe a apertou mais forte contra ele ao senti-la mais fraca, e a infelicidade foi tomada por uma nova alegria, mas Sheba continuou sentindo-se esperançosa.

Ela olhou para os olhos angelicais e cheios de amor de Gabe e sorriu.

Você é a encarnação do mal, disse Sheba a si mesma. *Você tem um talento nato para a infelicidade. Você sabe tudo sobre o sofrimento. Você vai conseguir sair desta armadilha e tudo vai voltar a ser como era antes.*

Afinal de contas, com o talento que Sheba tinha para causar a desordem e a dor, não seria tão difícil que um menino angelical como aquele a mandasse para o inferno qualquer dia desses, seria?

Este livro foi composto na tipologia Classical Garamond BT, em corpo 11,5/16,3, e impresso em papel offset 56 g/m², no Sistema Cameron da Divisão Gráfica da Distribuidora Record.